AMOUR FOU

LES NUITS DU CAMPUS

REBECCA JENSHAK

RÉSUMÉ

Johnny Maverick est beaucoup de choses : grand joueur de hockey, ami fidèle, casse-cou toujours prêt à s'amuser et à présent, mon nouveau colocataire.

Ce n'est que pour quelques semaines pendant mon stage chez les Wildcats, sa nouvelle équipe de hockey. Laissez-moi vous dire qu'il y a plusieurs avantages à vivre avec mon ami sexy et ridicule (ou ridiculement sexy ?). Il est drôle, étonnamment gentil et il me rappelle que je ne dois pas me prendre trop au sérieux.

Je n'avais pas l'intention de briser la seule règle qu'on m'a fixée lors de mon premier jour de stage : interdiction de coucher avec les joueurs.

De toute façon, même si je l'avais voulu, jamais je n'aurais pensé que ce serait avec Johnny Maverick.

UN

DAKOTA

Il est ridicule.

Je reviens de mon footing matinal quand je l'aperçois. L'ensemble d'habitations commence à se réveiller. C'est la dernière semaine du semestre de printemps et, entre les examens et les fêtes de fin d'année, tout le monde est épuisé et a hâte d'être en vacances. Moi, également.

Je ralentis le pas en traversant le parking de ma résidence. J'ai du mal à détacher mes yeux de lui, mais je m'y oblige en sillonnant entre les voitures et les gens. Je passe devant plusieurs étudiants de Valley qui sortent de leurs voitures, sac à dos à l'épaule, café à la main et les yeux encore vitreux.

— Bonjour ! lancé-je.

Je reçois des marmonnements en guise de réponse.

Sur le trottoir en face de ma résidence, je laisse mon regard se poser à nouveau sur l'homme qui s'apprête à rentrer dans son appartement au rez-de-chaussée.

Johnny Maverick est torse nu, son short de sport positionné bien bas sur ses hanches minces et son torse et ses bras recouverts de tatouages. Ridicule, mais indéniablement sexy.

Les filles, parce que oui, il y en a deux, s'agrippent à lui comme leurs robes, froissées à cause de cette nuit, s'agrippent à leurs courbes. L'une est blonde et l'autre noire, toutes les deux magnifiques.

Je réprime un sourire en voyant les trois. Depuis qu'il a réussi un coup du chapeau lors de la finale du championnat, Maverick est devenu le centre d'attention de Valley. D'après son expression, il adore ça.

Je m'attarde pendant qu'il dit au revoir à ses invitées.

— Tu nous appelles plus tard ? demande la blonde en l'embrassant sur la joue.

Il répond quelque chose que je ne comprends pas et les filles partent main dans la main. Il lève la tête en les contemplant. C'est alors qu'il m'aperçoit en train de l'observer et qu'il m'adresse un sourire penaud.

— Bonjour, Kota, dit-il, l'air bien plus réveillé que les gens que j'ai essayé de saluer sur le parking.

Je ris. Oui, je parie que c'est le début d'un *bon jour* pour lui. J'attends que ses invitées ne m'entendent pas.

— Tu t'es bien amusé hier soir ?

— Toujours. Mais tu m'as manqué. Je t'ai cherchée.

J'ignore cette remarque. Je vois bien à quel point je lui ai manqué. Hé, je ne lui en veux pas. Johnny et moi avons une relation compliquée. Compliquée, mais qui peut se résumer rapidement : il me drague et je le repousse. Parce que c'est évident qu'il n'est pas vraiment sérieux.

— Tu t'es levée tôt, dit-il en étudiant mon corps transpirant. Tu es allée courir ?

Je hoche la tête, sentant la sueur s'accumulant au bas de mon dos. Même s'il vient de sortir du lit, il est aussi beau qu'à son habitude. Ses cheveux bruns sont en bataille, ses yeux noisette brillent et son sourire est taquin.

Son bouledogue français, Charli, sort de l'appartement en courant et fait des ronds à mes pieds.

Je me penche pour caresser sa fourrure douce et le gratter derrière les oreilles.

— Salut, ma jolie. Tu as dû détourner le regard toute la nuit ?

Mav rit et passe une main dans ses cheveux. Le mouvement fait contracter ses abdominaux et ressortir son biceps.

Je prends la chienne dans mes bras pour m'empêcher de reluquer son maître. Elle est petite, mais lourde. Blanche avec des taches noires, elle est adorable. Charli me lèche le visage et je ris en la tendant à son maître. D'aussi près, je peux le sentir, ou plutôt les filles avec qui il était.

— Tu sens le sexe et la vanille.

Il claque des doigts.

— Vanille. J'ai essayé de trouver l'odeur toute la nuit. Elle sentait la vanille !

— Laquelle ?

Je jette un coup d'œil vers le parking, mais elles ont déjà disparu.

— La blonde.

— Est-ce que Blondie a un nom ?

Il plisse un œil et sourit.

— Ça t'intéresse vraiment qu'elle en ait un ?

— Bien vu.

Je me tiens toujours près de lui et Charli pose une patte sur mon bras, cherchant à attirer mon attention, que je lui accorde pleinement.

— Peut-être que je devrais garder Charli pendant que tu t'amuses.

— Ou alors, on se débarrasse des autres filles et tu pourrais rester chez moi et nous tenir compagnie à tous les deux.

Je lève les yeux au ciel. Vous voyez ce que je veux dire ? Il n'est pas sérieux.

— Je n'arrive pas à croire que tu arrives à emballer avec de telles répliques.

— D'habitude, je n'ai pas besoin de parler. Je veux dire, regarde-moi. Tout ça pourrait être à toi.

Il sourit, comme s'il savait à quel point il a l'air bête.

— Douche-toi avant de me draguer au moins, pour te débarrasser de son odeur... pardon, de *leur* odeur.

Il me sourit, ce qui me déstabilise chaque fois. Pas seulement parce qu'il est incroyablement sexy. Maverick a ce truc qui, en dépit de toute raison, donne l'impression qu'on est important. Du moins, c'est mon cas.

Notre attention est attirée vers le haut tandis que la porte au-dessus de son appartement s'ouvre et que ma meilleure amie et colocataire, Reagan, ainsi que son petit ami Adam, en sortent. Les bras autour de sa taille, Adam la fait reculer vers notre appartement de l'autre côté de la passerelle. Il la plaque contre la rambarde en dévorant sa bouche.

— Je dois y aller, dit-il, mais il continue de l'embrasser.

Mav et moi sommes figés, en les fixant du regard. La tension crépite entre eux. Une volée de marches nous sépare, mais je peux sentir à quel point ils sont fous l'un de l'autre.

— Encore dix minutes.

Reagan ouvre la porte de l'appartement et ils disparaissent à l'intérieur, claquant la porte derrière eux.

Le rire rauque de Mav résonne à côté de moi.

— Tu veux entrer cinq minutes ?

— Pas vraiment, mais bon, marmonné-je en le suivant. Qu'est-ce qu'ils ont tous cette semaine ? Ils...

Je m'interromps en cherchant mes mots.

Mav dépose Charli dans le salon et se rend dans la cuisine.

—... baisent comme si c'était la fin du monde ?

— Oui, voilà.

Je scrute le salon du regard, à la recherche d'indices de la nuit dernière. Je ne veux pas m'asseoir quelque part où il y a eu des ébats vingt-quatre heures auparavant.

— C'est la fin d'une époque. Les gens obtiennent leur diplôme, avancent...

Il lève une bouteille d'eau et un Powerade. Je prends ce dernier et il me montre le canapé.

— Je crois que je préférerais m'asseoir dehors.

Il rit comme s'il savait à quoi je pensais. Si c'était le cas, il serait écœuré de ses propres actes et ne sourirait pas comme un gars... eh bien, comme un gars qui vient de faire un plan à trois. Que les choses soient claires, je ne suis pas contre les plans à trois. Je ne suis contre aucune pratique en matière de sexe. J'en ai juste tellement ras la casquette en ce moment. Toutes mes amies sont follement amoureuses et j'ai l'impression d'être la dernière célibataire. Je ne suis peut-être pas prête à vivre mon propre conte de fées, mais ce serait possible de trouver un type décent ?

Les derniers garçons que j'ai rencontrés pensent que les sextos sont des préliminaires et que sortir ensemble veut dire les retrouver dans un endroit où il y a à boire, puis rentrer avec eux.

— Tu as beaucoup couru ce matin ? demande-t-il en me tenant la porte d'entrée.

Je passe devant et m'assois sur la première marche de l'escalier qui mène à mon appartement. Il se pose à côté de moi dans l'endroit étriqué.

— Juste trois kilomètres. J'ai une visite à faire au *Hall of Fame* ce matin. Pour un joueur de hockey, un certain Toby Russo.

— Ah oui. Le coach bave devant ce gosse.

— Pas toi ?

Il prend une longue gorgée de sa bouteille et se penche en avant, les coudes posés sur les cuisses.

— Il sera un atout où qu'il aille, mais quelque chose chez lui me gêne.

— Tu l'as rencontré ?

— Oui, il était au championnat. Il est venu me voir après notre premier match et m'a prodigué quelques conseils.

Je ricane.

— Il t'a prodigué des conseils ? Sérieusement ?

Maverick est l'un des meilleurs joueurs universitaires de hockey. Je ne dis pas ça parce qu'on est amis, il y a une liste.

— Oui.

Il hoche sa tête brune.

— Qu'est-ce que tu as fait ?

— Je lui ai dit merci et je suis parti.

— C'est tout ?

— Je suis devenu très doué pour passer au-dessus des critiques et des connards condescendants.

Je crois qu'il entend par là son père. Je ne sais pas beaucoup de choses au sujet de John Maverick Senior, mais je sais que lors des quelques fois où Mav parle de lui, il perd un peu de son air taquin et joyeux caractéristique.

— Eh bien, je trouve que tu t'en sors bien. Beaucoup de filles font la queue pour alléger le fardeau de ton succès et fêter ça en se mettant à poil. Par deux, apparemment.

Il sourit.

— Ça aurait pu être toi. On a tous traîné à l'étage, puis on est allés *Au repaire*. Je t'ai cherchée. Tu étais où ?

— Je suis sortie un peu, puis je me suis couchée pour pouvoir me lever tôt et courir avant d'aller au travail.

— Tu avais un rencard ?

— Oui.

Un garçon que j'ai rencontré en ligne... une vraie perte de temps. J'ai su au bout de quelques secondes que nous n'étions pas compatibles. Je soupire.

— Je n'ai plus envie de dire à un type quelle est ma couleur préférée, ou faire semblant de m'intéresser aux endroits où il veut voyager un jour. J'en ai assez. J'ai besoin de changer de décor.

J'ai dépensé vingt dollars en boissons hier soir et pour quoi ?

— Qu'est-ce que tu fais cet été ?

Il s'appuie sur un coude.

— J'ai postulé à quelques stages, mais pour l'instant, rien. On dirait que je vais rester à Valley et bosser au *Hall of Fame.*

Je lui donne un coup d'épaule.

— Je pourrais servir du café et proposer un nettoyage à sec pour les filles qui sortent de ton appartement le matin.

— Non, à moins que tu déménages dans le Minnesota.

— Quoi ?

Je fais une pause, la bouteille au bord des lèvres.

— C'est pour ça que je te cherchais hier soir. Je voulais te parler.

Je le dévisage, essayant de comprendre les mots qui sortent de sa bouche.

— Me parler de quoi ?

— J'ai signé avec les Wildcats, déclare-t-il.

Maverick est arrivé à Valley en ayant déjà été recruté par une équipe nationale, les Wildcats. Ce n'est pas une nouvelle. Sauf que...

— Oh mon dieu ! « Signé », du genre...

Ses yeux se braquent sur les miens.

— Je ne reviendrai pas l'année prochaine.

J'envoie un message aux filles en organisant un déjeuner d'urgence. Nous nous retrouvons à ma pause entre le travail et les cours afin que je leur fasse part de la nouvelle de Maverick.

— Je n'arrive pas à y croire.

Reagan fouille dans son sac à main à la recherche de chewing-gums et en propose à tout le monde.

— Quand est-ce arrivé ?

— Je ne sais pas trop, dis-je en repoussant mon assiette, l'estomac noué. Il me l'a dit ce matin. Aucune d'entre vous n'était au courant ?

Ginny lève la main.

— Heath me l'a dit après la finale. J'aurais bien dit quelque chose, mais il m'a fait promettre de ne pas le faire avant que Maverick ne l'annonce.

Son petit ami et Maverick sont meilleurs amis, c'est donc logique qu'il le sache avant nous tous. Tout de même, je déteste le fait que je viens de l'apprendre. La finale a eu lieu il y a des semaines.

— Quelqu'un d'autre le savait ? demande Reagan. Je ne crois pas qu'Adam était au courant, il n'arrive pas à avoir de secrets pour moi.

— Moi, je le savais.

Sienna lève la main comme l'a fait Ginny. Elle sort avec Rhett et c'est la dernière à avoir rejoindre notre groupe d'amis. La dernière, mais non pas des moindres. Je ne sais pas ce que je ferais sans ces trois-là.

— C'est pour ça qu'il est allé dans le Minnesota, ajoute-t-elle.

Je commence à assembler les pièces du puzzle en repensant aux actions de Maverick ce mois-ci. Si ça avait été quelqu'un d'autre, les signes auraient été évidents. Le voyage dans le Minnesota, les fêtes à gogo, les filles deux fois plus nombreuses, etc.

Je n'arrive pas à imaginer qu'il ne vive pas en bas de chez moi ou qu'il ne traîne pas avec nous tous à l'étage. Il me fait tout le temps lever les yeux au ciel avec ses tentatives de drague et ses grandes frasques, mais il fait partie intégrale de notre groupe d'amis.

Toutes mes amies sont en couple avec des joueurs de hockey. Je vis à côté de chez eux, fais la fête avec eux et travaille même avec eux en faisant visiter le *Hall of Fame* aux nouvelles recrues.

C'est réellement la fin d'une époque.

— Heath s'en va aussi ? demande Reagan à Ginny, les yeux plissés.

Elle secoue la tête en jouant avec le bout de sa longue tresse blonde.

— Non. Il veut avoir son diplôme.

— Et rester avec sa géniale petite amie, ajouté-je.

Heath et Ginny sont inséparables depuis qu'ils ont commencé à sortir ensemble à l'automne dernier. Je n'arrive pas à imaginer un monde dans lequel il ne la suivrait pas partout.

— Aussi, reconnaît-elle en souriant d'un air amoureux et avec des yeux de biche.

Les trois filles discutent de tous les changements pendant que je suis perdue dans mes pensées. Elles parlent avec une excitation sous-jacente, même si leurs paroles sont tristes. D'ailleurs, nous nous prenons au moins cinq fois dans les bras pendant le déjeuner. Sienna termine les cours la semaine prochaine avec Rhett et Adam, et maintenant que je sais que Maverick s'en va aussi, je ressens une étrange peine.

Jusqu'à présent, j'avais du mal à ressentir la même tristesse que mes amies face à tous ces changements, peut-être parce que j'étais tellement prête à changer que je n'arrivais pas à comprendre ce qu'elles ressentaient.

Peu importe où Sienna ira, nous resterons amies. Et en restant en contact avec elle, j'aurai également des nouvelles de Rhett. D'autre part, vu qu'Adam sort avec ma colocataire et qu'il reste à Valley pour étudier à l'école de médecine, je sais que je le verrai également. Les choses changent, mais pas autant qu'avec le départ de Maverick.

Ginny se penche en avant et pose les mains à plat sur la table.

— Heath organise une soirée pour lui à l'appart ce soir. Les tee-shirts sont en option, mais pas le fun.

Je sens mes sourcils s'arquer.

— Pardon, quoi ?

Elle glousse, ses yeux bruns pétillant d'humour et d'excitation.

— C'est le thème de la fête de ce soir. Et vous devriez voir tout le Mad Dog qu'on a acheté.

Une fête où il n'y a que du vin fortifié et où les tee-shirts sont en option ? Mon estomac se dénoue devant ce ridicule qui fait que j'adore notre groupe.

— Il n'y a que les soirées en l'honneur de Maverick qui nécessite un slogan.

DEUX

JOHNNY

Un coup à la porte fait courir Charli dans cette direction en aboyant.

La voix de Heath résonne de l'autre côté.

— Mav ? Tu es chez toi ?

J'ouvre la porte et me recule pour le laisser entrer. Mon pote pose un grand carton sur la table basse du salon.

— Je crois que j'ai tout, mais je vais faire un autre passage pour m'en assurer.

J'avance et ouvre un des rabats pour voir à l'intérieur.

— Qu'est-ce que c'est que tout ça ?

Il s'assoit sur le canapé en cuir.

— Tes affaires. Jeux vidéo, écouteurs, livres, dit-il en secouant la tête. Je ne savais pas que j'avais accumulé autant de trucs. Tu devrais voir à quel point ma chambre est vide maintenant.

Je sors une paire d'écouteurs de marque.

— Je te les ai donnés.

— Prêtés, rectifie-t-il catégoriquement.

Il a du mal à accepter les cadeaux. Dommage pour lui, parce que j'adore en faire.

— Je me suis dit que tu dirais ça.

Je me rends dans la cuisine et sors une nouvelle paire d'écouteurs d'un colis que j'ai reçu hier. Je les lui jette.

Il se redresse et tient tendrement la boîte, la retournant puis sortant les écouteurs.

— Sans blague !

Il sourit, mais son excitation est de courte durée. Il les pose sur la table à côté de la boîte.

— Mav, non. Je ne peux pas accepter ça. Ils coûtent au moins trois cents dollars.

— Et alors ?

— Et alors ?

Il rit.

— Fais ton choix, mais je ne pars qu'avec une paire. Et tout ce qu'il y a dans ce carton est à toi aussi. Moins j'ai à déménager, mieux c'est.

Il s'enfonce dans le canapé et parcourt l'appartement du regard. Il n'a jamais été très habité. Je passe la plupart de mon temps chez lui, Rauthruss et Scott à l'étage, mais c'est chez moi depuis un an. Avant, j'étais en cité universitaire. J'ai passé deux ans à Valley, les deux meilleures années de ma vie, et maintenant je m'en vais. C'est irréel.

Les cours se terminent mercredi et quand tout le monde aura fini de faire la fête et partira en vacances, je m'en irai également. Je n'ai pas besoin d'aller dans le Minnesota avant encore deux semaines, mais j'ai déjà signé un bail pour un appartement et le coach Miller a dit que je pouvais commencer à utiliser la salle de sport et les équipements sportifs dès que je le voudrais.

La saison des Wildcats est terminée et le stage d'entraînement ne commence qu'en juillet. Cependant, pas de repos pour les braves. Si je veux éviter qu'on m'envoie dans une équipe de ligue inférieure, je dois commencer à m'investir tout de suite.

— Ça ne va pas être pareil sans toi, dit mon ami.

Je m'installe dans le fauteuil inclinable à côté de lui.

— Ça sera différent quoiqu'il arrive. Rauthruss et Scott ont fini leurs études et il y aura beaucoup de nouveaux dans l'équipe...

Ma voix s'éteint, je suis frappé par la finalité de ma décision.

J'ai signé et je ne peux désormais plus revenir en arrière. J'espère avoir pris la bonne décision. Mon père, malgré tous ses défauts, est un homme malin et il semble croire que j'ai pris la bonne décision. D'autant plus que, croyez-le ou non, il n'approuve pas souvent mes actes.

— Je sais. Mais ça me manquera de ne pas jouer avec toi.

— Il n'est pas trop tard. Tu peux venir avec moi. On peut commencer nos carrières professionnelles ensemble.

Je souris, comme s'il y avait de réelles chances qu'il me prenne au mot. Il ne le fera pas.

Il n'ira nulle part tant qu'il n'aura pas un diplôme. Je respecte ce choix. Heath en a bavé pour arriver là où il est. Il ne tient rien pour acquis. Il veut une solution de secours. Moi ? Eh bien, je suppose que l'argent sur mon compte me procure la liberté de ne pas m'inquiéter s'il s'avère que ma carrière de hockey ne se déroule pas comme prévu. Et on dit que l'argent ne fait pas le bonheur...

Il me pointe du doigt en l'agitant.

— Deux ans et après, je te rejoins.

— J'ai hâte, dis-je en toute honnêteté.

Il a déjà été recruté par les Coyotes et je suis impatient de le retrouver sur la glace. Qui sait, peut-être qu'un jour, nous serons à nouveau dans la même équipe.

— Les gars veulent qu'on passe un peu de temps ensemble,

rien que nous quatre, avant que tout le monde vienne. Tu es prêt ?

Son regard se pose sur mon torse nu avec amusement.

— Tu as dit que c'était une soirée torse nu, dis-je en passant une main sur mes pectoraux. J'ai même mis un peu de cette lotion chatoyante que Ginny laisse toujours chez toi. Elle capte vraiment la lumière et met en valeur mes plus beaux atouts.

Il rit, secoue la tête et me sourit.

— Putain, tu vas me manquer.

En haut dans leur appartement, nous retrouvons Adam et Rhett sur la terrasse. Il fait chaud aujourd'hui, mais il y a une légère brise. Ils sont debout, exhibant leurs torses nus. Je ris et Heath retire également son tee-shirt.

— Oh, vous allez tous vous mettre torse nu pour moi ? C'est le meilleur cadeau d'adieu qui soit. Peut-être qu'on devrait faire une fête naturiste. Ce serait un peu bizarre, j'adore.

— Garde ton pantalon.

Adam Scott s'avance et me prend dans ses bras, me donnant deux claques dans le dos.

— Félicitations, mec.

— Merci.

Rhett Rauthruss est le suivant. Il me serre rapidement, puis recule et ajuste sa casquette des Bruins sur sa tête.

— Je vais peut-être devoir commencer à supporter l'équipe de mon État maintenant.

— Eh, je me fiche que tu supportes l'équipe, mais viens me voir jouer, ça suffira.

Il vient d'une ville pas très loin de la patinoire des Wildcats et y retourne après son diplôme pour travailler dans l'entreprise familiale.

Il rit doucement.

— Bien sûr que je viendrai.

Heath sort du Mad Dog, ma boisson préférée, et tend une bouteille à chacun d'entre nous.

— Oh putain, je ne sais pas si je peux boire toute une bouteille, dit Scott en reniflant l'alcool sucré.

— C'est la règle de la soirée, réplique Heath en levant sa bouteille.

Il est le seul à rester à Valley. Techniquement, Adam sera toujours à l'université pendant ses études de médecine, mais l'équipe ne sera plus la même.

— Ça a été une sacrée aventure de jouer, vivre, boire et traîner avec vous trois. Félicitations à vous tous.

— Santé !

Rauthruss est le premier à trinquer avec Heath. Adam et moi l'imitons.

— Santé !

Je bois une longue gorgée en avalant l'émotion du moment.

— À cette soirée ridicule !

Leurs petites amies arrivent ensuite. Ginny, Reagan et Sienna débarquent ensemble et se dirigent tout droit vers leurs copains. Dakota est avec elles et, quand je l'observe de plus près, j'éclate de rire.

— C'est pour moi, chérie ?

— On m'a dit que les tee-shirts n'étaient pas obligatoires, dit-elle en battant des cils et en effectuant une pirouette qui fait tournoyer ses cheveux roux.

Le tee-shirt, ou plutôt le bout de tissu blanc qui couvre à peine ses seins est retenu par deux fines bretelles à ses épaules, laissant son dos presque nu. Elle est svelte et tonique grâce à la course à pied et sa peau envoûtante a l'air douce. Elle est tout le temps magnifique, mais quand elle essaie d'impressionner, elle pourrait faire succomber un homme.

— J'approuve. Ça devrait ne pas être obligatoire tous les jours.

— Tu ne pourrais pas supporter tout ça tous les jours, Johnny Maverick, dit-elle d'un ton taquin.

— Mais j'aimerais bien voir ça !

Je passe un bras dans son dos et l'attire contre ma hanche. Tout comme je l'avais imaginé, elle a la peau douce et trouve parfaitement sa place à mes côtés.

Elle me tape sur le torse.

— Je crois que tu vas me manquer.

— Toi, c'est sûr que tu vas me manquer.

Quelqu'un met de la musique et d'autres personnes nous rejoignent dehors. Dakota tente de s'écarter, mais je resserre ma prise.

— Tu danses ?

— Maintenant ?

Elle regarde autour de nous. Personne ne danse, mais je m'en fiche bien. Je ferais n'importe quoi pour la garder à mes côtés.

— Oui. Maintenant. Plus tard. Toute la nuit.

Sa silhouette est mince et musclée et elle danse très bien. Je ne vois pas de meilleure façon de passer ma dernière fête à Valley qu'en dansant toute la nuit avec la fille la plus cool que je connaisse.

— Maverick ! lance un joueur de première année en s'approchant, sa bouteille de Mad dog brandie.

Kota change de position pour l'accueillir et je la lâche à contrecœur. Je la laisse tout le temps partir. Elle est trop belle, trop intelligente, trop cool. Elle est trop bien pour moi. Oui, elle va évidemment me manquer.

Avec un dernier regard dans ma direction, elle braque ses yeux bleus sexy sur moi.

— Profite de ta fête, Johnny.

TROIS

DAKOTA

L'appartement des garçons est bondé ce soir. Les gens ont investi la terrasse et le salon. Il est sérieusement possible qu'on ait dépassé la capacité pondérale de cette vieille terrasse, mais au moins, on n'est qu'au premier étage.

— Bon, je sais qu'on se moquait du slogan de ce soir contre les tee-shirts, mais bordel, pourquoi on n'y a pas pensé plus tôt ?

Reagan parcourt la terrasse du regard, là où se trouvent plusieurs personnes en train de se prélasser.

Je suis son regard. Elle n'a pas tort. La plupart des garçons ont enlevé leur tee-shirt en l'honneur de Maverick et certaines filles aussi. Quand j'ai mis le plus petit top que j'avais dans mon armoire, je ne pensais pas que je serais l'une des plus habillées de la fête. J'aurais dû le savoir. Tout le monde adore Maverick. C'est facile de l'aimer. Il est amusant, généreux et il donne aux gens l'impression d'être importants. Quand il parle à quelqu'un, il donne tout de sa personne.

Il n'arrête pas de flirter et je ne sais pas si les mots qui sortent de sa bouche sont sérieux ou pas, mais il met les gens à l'aise et ce n'est pas rien.

— Première chose à faire au prochain semestre : organiser

une fête sans tee-shirt dans notre nouvel appart, dis-je à Ginny et Reagan.

Toutes les trois allons emménager ensemble maintenant que Ginny peut quitter sa cité universitaire. Nous habiterons dans les mêmes lotissements, mais nous déménagerons dans un T4.

Elles hochent avidement la tête, comme si elles n'avaient pas de petits amis qu'elles voyaient régulièrement torses nus. Je ne les rappelle pas à l'ordre. C'est rare que mes amies soient à mes côtés à une fête et pas avec leurs copains, donc j'en profite.

Tout le monde essaie de passer du temps avec les gens qu'ils ne verront plus et mes amies continueront à voir leurs petits amis. Ils ne sont pas seulement en couple, mais follement amoureux. Quant à moi, j'ai l'impression que je ne vais pas dépasser le stade de flirt.

Reagan dit que je suis trop difficile, mais je ne le crois vraiment pas. C'est juste que j'attends plus qu'un : « Salut, toi, quoi de neuf ? » suivi d'une série de questions qui ne m'apprend rien sur l'homme à qui je parle. Il doit y avoir un autre moyen.

— C'est la fille avec qui Maverick est parti hier soir ? demande Ginny.

Je sais déjà très bien où il se trouve et avec qui il est, mais j'observe avec les filles tandis que Champ de Vanille pose une main sur son avant-bras et se penche en avant.

Elle est magnifique. Voluptueuse, grande et blonde, elle a l'air de sortir tout droit d'un concours de beauté. Elle ne porte pas de haut, juste un soutien-gorge noir à dentelle qui retient à peine ses seins.

— L'une d'elles, dis-je en me forçant à détourner le regard.

Je sens les regards interrogateurs des filles se poser sur moi. Je leur explique alors que je suis tombée sur lui et deux filles alors qu'ils sortaient de son appartement ce matin.

— Il te cherchait hier soir, dit Sienna. Ça aurait pu être toi dans ce sandwich Johnny.

Mon cœur palpite.

— Aucune chance. Mais j'aurais volontiers gardé Charli. Toutes ces choses qu'a vues cette pauvre chienne.

Ginny se lève.

— Bon... mon homme est bien trop sexy pour que je le laisse tout seul.

Reagan acquiesce.

— Oui, je dois intervenir avant que la fille à côté d'Adam le touche encore une fois. L'une d'entre vous a de quoi payer ma caution si ça tourne mal ?

Je ricane.

— Non. Reste calme. Il t'aime.

— Oui, pas vrai ?

Des fossettes apparaissent sur ses joues.

— Ça va aller ?

— Oui. Allez vous amuser.

Reagan et Ginny foncent sur leurs hommes, mais Sienna reste assise à côté de moi.

— Vas-y, lui dis-je, consciente qu'elle reste probablement pour ne pas me laisser toute seule. Je vais aller me chercher un autre verre et ensuite, j'irai danser et je materai les abdos. Tu as vu Liam ? Je ne m'attendais pas à tous ces muscles sous ses polos.

— Ça va ?

Elle me regarde fixement, les sourcils froncés.

— Oui, dis-je en souriant et en m'agitant, mal à l'aise. Bien sûr, pourquoi ?

— Mav et toi... Je croyais que peut-être que vous deux...

Elle ne termine pas sa phrase. J'assimile ces mots en me demandant pourquoi elle pense que nous deux, nous pourrions bien aller ensemble.

— Maverick et moi ? Pourquoi ? demandé-je d'un air incrédule, mais j'ai à nouveau le cœur qui palpite.

— Juste une impression quand vous êtes ensemble.

Elle hausse les épaules et regarde Mav puis moi.

— Il n'est pas seulement ce qu'il montre à la plupart des gens.

— Ah bon ?

Je contemple ses muscles et ses tatouages.

Champ de Vanille discute encore avec lui et il rit à quelque chose qu'elle dit. Tout son corps est secoué par le rire.

Sienna s'incline et pose son genou contre le mien.

— Quand j'ai eu mon accident de patinage l'année dernière et que j'ai passé un mois à l'hôpital, Maverick m'a envoyé des fleurs tous les jours. Tous les jours. C'était toujours un bouquet lumineux et joyeux.

— On dirait que tu lui plaisais.

Cela ne me surprendrait pas. Sienna est gentille, belle et très talentueuse comme patineuse artistique.

— Non, c'est ça le truc. Il n'a jamais envoyé de mot ou dit quoi que ce soit à ce sujet. Il ne voulait pas que je sache que ça venait de lui.

— Je ne comprends pas.

— J'étais curieuse et j'ai appelé le fleuriste. Ils n'ont pas voulu me donner son nom, mais leur description suffisait pour que je devine.

J'essaie d'imaginer Maverick dans un magasin de fleurs et commander une dizaine de bouquets. Étonnamment, j'y parviens. L'idée me fait sourire.

— Les gens ne lui accordent pas assez de crédit. Il a un grand cœur fougueux.

— Qui aime beaucoup de monde, fais-je remarquer.

Elle sourit.

— Jalouse ?

— Non. Certainement pas. Je ne pourrais jamais être avec un tel homme. Il ne prend rien au sérieux.

— D'accord, dit-elle en posant les deux mains sur ses cuisses. Si tu ne comptes pas empêcher Mav de se retaper la blondinette là-bas, alors tu veux danser avec moi ?

— Danser ? Où ?

Il y a beaucoup de monde sur la terrasse et dans le salon. Elle sourit.

— Dans la chambre de Rhett. Il a poussé tous les meubles pour nous. Une dernière danse ?

Elle tend la main et je la prends.

— Absolument.

Au début, il n'y a que nous deux, mais la musique attire du monde. Au bout de la troisième chanson, la chambre de Rhett est bondée de filles en train de danser et chanter.

Là où il y a des filles, il y a des garçons. Tout sourire en me sentant libre et heureuse, je lève la tête et j'aperçois Maverick m'observant depuis le seuil. Il arbore son sourire narquois caractéristique, mais ses yeux sont dépourvus d'humour contrairement à d'habitude. Je m'arrête de respirer en soutenant son regard. C'est à cause de Sienna si je me demande l'espace d'un instant s'il pourrait y avoir plus que de l'amitié entre nous.

Il s'avance à grands pas vers moi et je m'arrête de danser.

— Tu t'amuses bien ?

C'est une question rhétorique. Johnny s'amuse toujours. C'est son seul mode de fonctionnement. En sueur et à bout de souffle, un nœud dans la gorge m'empêche de respirer. Toutes ces discussions à propos du départ des gens, ça m'a rendue émotive. Sûrement que l'alcool n'aide pas.

Devant moi, Johnny danse en rythme. Nous avons déjà dansé ensemble avant, mais je n'ai jamais trouvé ça bizarre. Cette fois-ci, je suis consciente de chacune de mes respirations et de mon pouls qui s'accélère chaque seconde.

Il baisse le menton et me prend fermement par la taille, menant la danse en nous balançant. J'ai des fourmis partout où sa peau chaude touche la mienne, ce qui, à cause de notre manque de vêtements, fait beaucoup de surface.

Je regarde tout sauf lui : nos pieds, Sienna, qui m'assène un sourire quand Rhett lui fait quitter la piste de danse, sûrement pour l'embrasser dans un coin tranquille. Je regarde partout sauf le visage de Johnny, jusqu'à ce que ce ne soit plus possible.

La pointe de mes oreilles brûle en ressentant l'impression qu'on m'observe. Je lève la tête et tombe sur ses yeux braqués sur moi. Je me demande s'il la ressent aussi, cette tristesse de savoir que nous n'aurons plus jamais de telles occasions. Bien sûr, nous nous reverrons probablement un jour, mais ce ne sera jamais comme ça. C'est un instant figé dans le temps et il m'est impossible de ne pas me poser de questions sur lui et moi. C'est normal, non ?

Je n'arrive pas à déchiffrer son expression. Le parfum vanillé frappe mes narines et je me rends compte que la blonde d'hier soir danse à côté de moi. Quand je reviens à Mav, il la regarde puis moi, ce qui rompt le moment que nous avions.

Vanille atterrit derrière lui et il se presse davantage contre moi.

Je me penche afin qu'il puisse m'entendre par-dessus la musique.

— Je vais aller prendre l'air.

— Tu veux de la compagnie ?

Un petit rire s'échappe de mes lèvres tandis que Vanille pose ses doigts sur son ventre. Pas de sandwich Johnny pour moi ce soir.

— Ça va aller.

Je m'éloigne et le laisse avec elle. Je lâche une expiration éraillée. Il est probablement temps que j'arrête de boire.

Dans la cuisine, Adam enfile un tee-shirt et Reagan prend son sac.

— Te voilà, dit-elle. Tu es partante pour une dernière partie nocturne de sardines ?

J'acquiesce. L'air frais devrait atténuer la chaleur dans mes veines.

— Tu as vu Mav ? demande-t-elle en regardant autour d'elle.

— Je crois qu'il n'ira nulle part ailleurs que dans son appartement, pour recoucher avec la fille d'hier soir, et je suis presque sûre que Sienna et Rhett sont partis faire l'amour quelque part.

— Je vais chercher tout le monde, nous dit Adam en déposant un baiser sur les lèvres de Reagan. On se retrouve dehors.

Je cours chercher mon téléphone dans mon appartement. Je ne l'ai pas pris parce que je n'ai pas de poche et que je ne pouvais pas le mettre dans mon soutien-gorge.

Je fais défiler les notifications en allant dehors. Durant ma courte absence, Adam a réussi à réunir tout le monde. Même Maverick.

Tous les huit, nous nous rendons sur le campus plongé dans le noir. Nous l'avons fait des centaines de fois auparavant. C'est notre truc. En fin de soirée, nous finissions souvent à jouer aux sardines sur le campus, avec ceux ou celles avec qui nous parlions à la fête. Mais ce soir, alors que l'année scolaire s'achève, tout le monde a un partenaire sauf Mav et moi.

— Je suis surprise que tu sois venue, dis-je en me plaçant à côté de lui.

Ce n'est pas loin, mais nous marchons lentement. Devant nous, les couples heureux passent leur temps à se câliner et à s'embrasser en marchant.

— Tu plaisantes ? C'était mon idée. Une dernière partie.

La mâchoire contractée, il regarde droit devant lui.

— Et Vanille ?

Il hausse les épaules.

— Peut-être qu'elle sera encore là après.

Bien sûr qu'elle sera là. La fête ne s'arrêtera pas si l'on s'en va. Quand on reviendra, il pourra choisir parmi une sélection de filles.

Il s'approche et son bras effleure le mien.

— En plus, tu es ma partenaire préférée et on va se cacher ce soir. J'ai la cachette parfaite. Je l'ai réservée pour ce soir.

Quand nous arrivons enfin sur le campus, Maverick me conduit à sa cachette parfaite pendant que les autres nous laissent une longueur d'avance. Au fil des ans, nous avons établi des frontières pour le jeu, mais nous n'avons jamais manqué de créativité pour trouver des cachettes. Dans des fontaines, sous des tables, derrière des arbres et des piliers. C'est bien plus que de trouver une bonne cachette. Il faut se taire et rester immobile, ce que Maverick a du mal à faire, c'est généralement à cause de ça que les joueurs se font prendre.

Ce soir, se taire n'est pas un problème. Perdue dans mes pensées, je me demande à quoi ressemblera l'année prochaine. Ceux qui restent à Valley viendront-ils ici ? Non, sûrement pas. Ce ne sera pas pareil. Je n'arrive pas à croire que je suis devenue aussi mélancolique que mes amies. Je ne suis pas triste parce qu'ils partent. Je suis heureuse pour eux. Ils vont accomplir des choses incroyables. Le problème, c'est que ce n'est pas mon cas.

— Tout va bien ? demande Mav alors que nous nous approchons de la bibliothèque.

Des travaux de construction sont en cours d'un côté. Du plastique lourd et translucide pend, recouvrant la zone de travail.

— Oui. Oui, ça va.

Je me force à paraître enthousiaste.

— Pas triste qu'on parte tous ?

Il fait la moue.

— Si, mais je continuerai à parler à Sienna, qui me donnera des nouvelles de Rhett, et Adam ne s'en va pas.

— Et moi ?

— Charli va me manquer, dis-je avec un sourire malicieux. Tu m'enverras des photos d'elle de temps en temps ?

— Bébé, si tu veux des photos de ma queue, tu n'as qu'à demander.

Je ris malgré moi. Il lève la bâche pour me laisser passer. Un projecteur suspendu au-dessus de moi nimbe la zone spacieuse d'une lumière douce.

— Qu'est-ce qu'ils font ici ? demandé-je tandis que nous entrons et que Maverick laisse retomber le plastique.

— Je ne sais pas trop. Peut-être des tables pour s'asseoir dehors.

— Oooh, ce serait sympa.

Je m'imagine assise dehors en train d'étudier ou de discuter avec les filles. Cela me fait penser que Sienna ne sera pas là et mon cœur saigne à nouveau.

Quand je me tourne vers Maverick, son regard est braqué sur moi. Comme tout à l'heure, il arbore son sourire narquois, mais ses yeux sont durs et luisent d'une émotion que je n'arrive pas à déchiffrer. Je rejette la faute sur mon haut. Ce tee-shirt a dû être conçu avec des fantasmes d'étudiants cochons en tête.

— Ils ne pourront pas nous voir avec la lumière ?

— Je ne pense pas, dit-il en regardant dehors.

De notre côté, il n'y a que l'obscurité.

— Je n'ai pas pu voir les gars qui y travaillaient hier.

— Sors et dis-moi si tu me vois.

La bâche crisse quand il passe de l'autre côté.

— Dis-moi.

J'agite les mains dans les airs.

— Je vois un peu de mouvement, mais quand tu es immobile, je ne vois rien.

— Et là ?

Je me rapproche du plastique, mais garde les mains près du corps.

— Non.

Je me rapproche encore d'un pas, de sorte que je suis quasiment plaquée au plastique.

— Et maintenant ?

Il rit.

— Non. Est-ce que je peux revenir avant qu'ils me repèrent ?

Je jette un coup d'œil à mon téléphone.

— Ils n'ont pas encore dû partir.

— Oui, eh bien, ils vont tous avoir hâte de nous trouver pour rentrer baiser.

— Et pas toi ? Vanille a peut-être trouvé d'autres abdos à ramener chez elle.

— J'arrive.

— Attends, ordonné-je.

Ses pas s'interrompent. En saisissant l'avant de mon tee-shirt, je relève le tissu. La brise fait durcir mes tétons et je souris en sachant qu'il ignore complètement mon geste osé.

— Et là ?

Sa réponse se fait attendre et je panique une seconde en pensant qu'il m'a peut-être vue.

— Non, rien, bébé.

La lumière clignote au-dessus de moi, lumineuse puis de nouveau tamisée. Rapidement, je baisse mon tee-shirt et lève la bâche entre nous.

— Je crois que ça ira.

Mav et moi sommes assis côte à côte contre le mur de la bibliothèque. Il sort une bouteille de Mad Dog de la poche de son jean et m'en propose. Pour lui faire plaisir, je bois une petite gorgée avant de la lui rendre.

— Je ne comprendrai jamais pourquoi c'est ta boisson préférée.

— C'est sucré et collant.

Il me fait un clin d'œil et rebouche la bouteille, puis la pose entre nous.

— En fait, je bois ça parce que ça énerve mon père.

— Pourquoi ça l'énerve ?

— Ce n'est pas exactement le genre d'alcool que l'on sert à une soirée en costard-cravate.

Je me surprends à sourire.

— Laisse-moi deviner. Tu en boirais en cachette juste pour l'énerver ?

Il ne répond pas, mais son expression veut tout dire.

Le vent fait souffler mes cheveux sur son visage. Je les coince derrière mon oreille, puis serre les genoux contre ma poitrine. Même s'il fait chaud la journée, il fait frais la nuit.

— Quand est-ce que tu pars ? demandé-je à voix basse, au cas où nos amis nous chercheraient.

— Je ne sais pas trop, répond-il en pliant les jambes et en posant les coudes sur ses cuisses. Tu restes tout l'été ?

— On dirait bien, dis-je d'un air morose. Aujourd'hui, j'ai encore reçu une réponse pour un stage auquel j'avais postulé, qui disait : « Désolé, nous avons choisi un autre candidat ». C'était ma dernière demande. Je suis officiellement à court d'options.

— Il doit bien y avoir quelque chose.

— J'ai essayé. J'ai postulé dans tout l'Arizona et partout où je pensais que ma voiture pourrait aller sans tomber en panne. Soit ce n'est pas payé, soit c'est tellement convoité qu'ils choisissent les meilleurs candidats.

— C'est toi la meilleure candidate.

— Merci, marmonné-je.

J'ai de bonnes notes, mais depuis que j'ai arrêté l'athlétisme, les seuls atouts sur mon CV sont que j'ai gagné un championnat de roundnet en intérieur et que je travaille au *Hall of Fame*. C'est un boulot super, mais maintenant, je pourrais le faire les yeux fermés.

Dans ma main, mon téléphone s'allume en recevant la notification d'une application de rencontres. **TFQ, ma jolie ?**

— J'en peux plus, râlé-je.

C'est la goutte d'eau qui fait déborder le vase. Je déverrouille l'écran avec colère et supprime l'application.

Le haut du corps de Mav s'agite. Il sourit, se retenant de rire.

— Je suppose que les rencontres en ligne ne se passent pas bien ?

— Chaque conversation que j'ai eue s'est déroulée exactement de la même façon, expliqué-je avant de baisser d'un ton. « Salut, toi. Qu'est-ce que tu fais ? Tu veux échanger des photos ? »

— Je ne fais pas confiance aux rencontres en ligne.

— Tu as peur d'être arnaqué ?

— Non, c'est juste que tu sens si le courant passe quand tu vois quelqu'un. Tu ne peux pas le savoir à travers quelques textos.

Il a peut-être raison sur ce point. Tout ce que je sais, c'est que je ne ressens rien pour ces types à qui je parle.

— Eh bien, j'arrête. C'est nul de parler à des inconnus. Tu as peut-être raison. De coucher sans sentiments, sans avoir à parler d'espoirs et de rêves.

Je lève les yeux vers lui. Il est toujours en train de me regarder, mais il ne rit pas.

— Ça ne se passe pas vraiment comme ça.

— Comment c'est ? demandé-je en me prêtant au jeu. Raconte-moi toutes tes techniques, Johnny Maverick.

Il m'observe attentivement, un petit sourire sur les lèvres. Joueur, arrogant, attirant.

Il dégage les cheveux à nouveau devant mon visage. Ma respiration s'accélère tandis que sa main calleuse effleure ma nuque. Il s'approche et je déglutis. La brise souffle vers moi son haleine sucrée à cause de l'alcool et une autre odeur, propre et masculine. Son savon, je crois.

L'espace d'une seconde, j'ai l'impression qu'il va m'embrasser. Il ne le fait pas, bien sûr. Ce serait de la folie. Au lieu de ça, il incline la tête sur le côté et m'observe pendant que ses doigts sont toujours posés sur ma clavicule, répandant de la chaleur sur ma peau et jusque dans mon ventre.

La lumière clignote au-dessus de nous et je lève rapidement les yeux. Je ne sais pas pourquoi, par réflexe, je suppose. Quand je baisse la tête, il s'écarte. La voix de Rhett résonne alors dans la nuit.

— Ils sont là ! Derrière la bâche en plastique.

— Ils nous ont trouvés.

Je suis reconnaissante d'avoir quelque chose à dire qui rompt la gêne entre nous, mais c'est alors que j'assimile les propos de Rhett. Que je les assimile vraiment. *Oh mon Dieu !* Je me tourne vers Mav qui se mord la lèvre inférieure, ses yeux braqués sur ma poitrine.

Il a tout vu quand j'ai levé mon tee-shirt.

QUATRE
DAKOTA

Le lendemain matin, je me lève une heure plus tard que d'habitude, à cause de la soirée qui a fini tard, et je fais mon smoothie.

Petite astuce, un pot de protéine et un autre de beurre de cacahuète vous nourriront pendant des semaines. Aussi, ça ne revient pas cher quand on additionne le nombre de repas que ça fait.

Je ne manque pas vraiment d'argent, mais je dois faire attention. J'ai des prêts étudiants qui me paient l'école et l'appartement, mais l'argent que je gagne au *Hall of Fame* doit financer tout le reste.

Reagan est restée dormir chez Adam, donc l'appartement est silencieux. Je prends mon verre, m'assois sur le canapé et m'empare de mon téléphone. Par habitude, je cherche mon application de rencontres, puis je me rappelle que je l'ai supprimée. Je jette mon portable sur le coussin. C'est mieux comme ça. J'allais finir dans l'une de ses émissions sur les femmes désespérées si un homme me proposait encore de coucher au bout du deuxième message.

Je me lève quand on frappe à la porte. Je ne me demande

même pas qui c'est, ça peut être n'importe qui ici, mais Maverick est la dernière personne que je m'attendais à voir en ouvrant la porte.

— Salut. Qu'est-ce que tu fais là ?

Il me jette un rapide coup d'œil. Je porte toujours un débardeur sans soutien-gorge et un short de sport. Il ne se gêne pas pour dévorer du regard chaque centimètre de peau nue.

— J'ai une proposition à te faire.

Sa voix rauque fait trembler mon échine.

Je recule pour le laisser entrer, puis croise les bras dans le but de cacher le fait que mes tétons semblent apprécier sa voix et sa façon de me reluquer.

— Faire une proposition à une fille si vite après qu'une autre vient de sortir de ton appart, c'est audacieux, dis-je en attrapant un sweat sur le dossier du canapé.

Je l'enfile et m'assois. Il m'imite.

— Pas ce genre de proposition.

Je remarque qu'il n'essaie pas de nier qu'il a encore ramené Vanille chez lui hier soir. D'ailleurs, j'ai malheureusement appris qu'elle s'appelait Claudia et maintenant, je me sens mal de l'avoir surnommée Vanille. Dommage, ça lui allait si bien.

Je me tourne pour lui faire face, à présent qu'il ne peut plus voir mes tétons qui se prosternent devant lui.

— Qu'est-ce qu'il y a ?

— Ça te dirait de faire un stage chez les Wildcats cet été ?

— Les Wildcats ? Genre, l'équipe de hockey du Minnesota ?

— C'est ça.

Il retrousse les lèvres.

— J'ai déjà essayé les Coyotes et l'équipe de ligue inférieure de la ville. Mon conseiller m'a dit que ces stages recevaient des centaines de candidatures et qu'ils trouvaient rapidement des stagiaires. Ils ont encore de la place chez Les Wildcats ?

Il passe une main dans ses cheveux noirs emmêlés.

— Oui, ils ont déjà fait passer des entretiens à plusieurs personnes, mais Blythe a dit que si tu lui envoyais ton CV ce matin, elle y jetterait un coup d'œil.

— Blythe ?

— C'est la vice-présidente du secteur marketing. Ça a l'air cool.

Mes lèvres s'étirent en un grand sourire. C'est bête d'avoir espoir, sans oublier tous les éléments à prendre en compte si je pars faire mon stage dans le fichu Minnesota, mais je ne peux m'empêcher d'avoir des papillons dans le ventre.

— Sérieux ? Tu ne te moques pas de moi ?

— Je ne me moque pas de toi. Elle attend de tes nouvelles. Ils ont quelques heures d'avance sur nous, alors à ta place, je n'attendrais pas trop longtemps.

— Tu as fait ça pour moi ?

— J'ai juste demandé. Je devais appeler pour avoir des informations ce matin, de toute façon.

Je m'élance et le serre dans mes bras.

— Merci, Johnny.

Quelques secondes s'écoulent avant qu'il ne me rende mon étreinte. Je le sens rire et parler contre moi.

— Avec plaisir.

Je m'écarte, abasourdie et exaltée à l'idée de quitter Valley cet été. J'ai besoin d'un changement de décor.

Je contemple mon ordinateur sur la table basse. J'ai envie de l'attraper et de chercher tout ce que je peux trouver sur les Wildcats et Blythe, mais Mav est toujours là et ce serait impoli après tout ce qu'il a fait. Cependant, il a dû deviner, car il se contente de hocher le menton et de dire :

— Vas-y. Je dois aller en cours de toute façon.

— Ce n'est pas un peu inutile d'aller en cours maintenant ?

— Non, répond-il en secouant rapidement la tête. Je veux

dire, oui, ça l'est probablement, mais je veux m'imprégner de tout ça avant de partir.

Il pose la main sur ma cuisse et la serre.

— Tu m'enverras un message plus tard pour me dire comment ça s'est passé ?

— Absolument.

Cinq minutes après avoir envoyé mon CV à Blythe, je reçois un appel de la femme en personne.

Reagan est rentrée et elle me sourit depuis la cuisine pendant que je parle à Blythe. Je l'adore. Elle est déjà mon héroïne : vingt-neuf ans et vice-présidente du secteur marketing d'une équipe de la NHL.

— Le stage dure huit semaines et consiste à être ici, au bureau principal. Nous essayons de vous donner des opportunités dans tous les domaines, de la vente de billets à la création des contenus pour nos réseaux sociaux.

Plus elle parle, plus je suis enthousiaste.

— Ça a l'air génial. Sérieusement, c'est le job de mes rêves. Je bosse au *Hall of fame* de l'université et je supervise les visites.

— Johnny l'a mentionné. Il a aussi dit qu'on serait fous de ne pas vous engager.

Mon rire est guindé, j'ai un peu peur de ce qu'il a pu dire.

— C'est un bon ami.

— On dirait bien, mais je pense qu'il a raison. Vous avez toutes les qualifications et les ambitions que j'espérais et, honnêtement, j'ai un bon pressentiment à votre sujet.

— Vraiment ?

Mon sourire s'élargit et je fais une danse de la joie qu'elle ne peut pas voir. Reagan ricane dans la cuisine.

— Qu'est-ce que vous en dites ? Vous voulez travailler pour les Wildcats cet été ?

— Oh mon Dieu, oui. Oui !

Elle rit.

— Parfait. Je vais faire savoir à notre responsable des ressources humaines qu'on a pourvu notre dernière place et elle nous enverra des informations sur les dates, les possibilités de logement et probablement un million d'autres choses que je n'ai pas mentionnées. D'habitude, c'est elle qui mène ces entretiens, mais elle est absente aujourd'hui et je voulais vous parler avant que quelqu'un d'autre ne prenne un autre candidat.

— Merci. Je suis très enthousiaste. Vraiment. C'est un rêve qui devient réalité.

Je ne sais pas du tout comment je vais m'y rendre ni si je pouvais me permettre de payer deux loyers, mais je prendrai le bus et dormirai dans un motel pourri s'il le faut. D'ailleurs, elle n'a pas parlé du salaire et ça me gêne de demander, surtout qu'elle m'a félicitée et m'a dit qu'elle avait hâte de me rencontrer en personne.

Dès que j'ai raccroché, Reagan se jette sur moi.

— Alors ?

— J'ai réussi ! dis-je en bondissant. J'ai eu le stage !

— Je dois aller en cours, mais je veux que tu me racontes tout après.

Elle se dirige vers la porte, puis se fige, un pied dans le couloir.

— N'oublie pas qu'on déménage nos affaires dans le nouvel appart à l'étage demain, me prévient-elle en m'assénant un grand sourire. Aahh ! Je suis tellement excitée pour toi. On fêtera ça après !

Ces dernières semaines, nous enchaînons les fêtes les unes après les autres, mais je ne me plains pas, parce que celle-ci sera en mon honneur.

Mon excitation perdure durant mes cours du matin et l'après-midi, tandis que je fais plusieurs visites du *Hall of Fame*. C'est mon métier : je convaincs des recrues talentueuses de tout le pays de venir à Valley. Je leur fais visiter les équipements et les salles de sport, mais aussi les terrains, les pistes ou la patinoire, en fonction de leur sport. Ensuite, je les emmène dans la salle high-tech pour le bouquet final.

La salle high-tech est la pièce où l'on projette des vidéos épiques des joueurs actuels et passés. Le court-métrage est différent pour chaque sport, mais l'ambiance et la réaction sont toujours les mêmes. Rien que l'installation est impressionnante. Il faut un code pour entrer et sortir de la pièce circulaire insonorisée. Les écrans occupent les trois quarts des murs et vont du sol au plafond. Les recrues et leurs familles se tiennent dans le fond, avec la lumière tamisée, et moi, je me contente de lancer la vidéo. Bon, ce n'est pas tout ce que je fais. Je connais toutes sortes de faits importants sur chaque équipe du campus, mais cette pièce a prouvé à plus d'une occasion qu'elle était décisive dans la décision des recrues.

Peu importe le sport (le golf peut paraître incroyable dans une vidéo accrocheuse, croyez-moi) et peu importe le nombre de fois que je les ai vues, quand la musique commence et que les vidéos se lancent, même moi je ne m'en lasse pas. Je suis toujours impressionnée par l'esprit sportif et de groupe que ces films parviennent à capturer. Parfois, j'en viens même à me languir de l'époque où je faisais partie de l'équipe d'athlétisme. Il y a quatre ans, la salle high-tech n'existait pas quand je suis venue visiter Valley et l'équipe d'athlétisme. Je crois que j'aurais signé bien plus tôt si ça avait été le cas.

J'attends ma dernière recrue, une joueuse de tennis qui

s'appelle Natalie et sa famille, quand je reçois le mail du département des ressources humaines des Wildcats.

Je l'ouvre en survolant les termes soutenus du contrat, mais les mots « non rémunéré » me ramènent à la réalité. Merde. Je ralentis et me force à lire plus attentivement. À chaque mot, mon sourire s'efface et je suis ramenée dans le présent.

Huit semaines non rémunérées. Je ne peux pas tenir si longtemps sans être payée. J'ai de l'argent de côté, mais pas beaucoup. Et certainement pas assez pour le stage, deux appartements et les dépenses habituelles.

J'avale le nœud dans ma gorge et me force à sourire quand Natalie et sa famille passent les portes. Je ferais mieux de m'y habituer. On dirait bien que je vais devoir travailler ici tout l'été.

Je sais que j'ai de la chance, et je suis sincèrement reconnaissante pour ce poste. Cependant, l'idée de passer les deux prochains mois à regarder mes amies tomber encore plus amoureuses pendant que je tiens la chandelle, ça me donne envie de nouveauté, d'excitation et de quelque chose à moi.

CINQ
JOHNNY

Parler à mon père, c'est comme jouer au hockey sans protection. Tout le monde sait que c'est une mauvaise idée, mais de temps en temps, tu t'amuses, tu te sens chanceux et tu décides qu'un petit match sans violence serait bien. Tout se déroule sans encombre, puis tout à coup, un connard s'énerve et te jette contre la rambarde, ou alors tu te prends le palet dans le genou. Tu ne vois jamais le truc arriver, mais après, quand tu souffres le martyre, tu te dis que c'était idiot d'avoir même envisagé l'idée.

Mon père n'est pas un connard. Du moins, il ne le fait pas exprès. Je ne crois pas. Pour être honnête, je ne le connais pas assez bien pour décrire son caractère. Nos discussions sont rares. Ce que je sais ? C'est que j'ai toujours l'impression de passer pour un imbécile.

— Tu as reçu les échantillons ?

Je l'entends tirer sur son cigare, puis le bruit d'un bois n° 1 frappant une balle de golf au loin.

— Oui.

Je jette un coup d'œil au carton non ouvert avec le logo *Maverick* sur le côté.

— Je les ai reçus aujourd'hui.

— Super. J'en ai envoyé au bureau des Wildcats aussi.

— Cool.

Je m'installe dans le canapé. L'entreprise familiale ne m'a jamais intéressé. Sûrement parce que c'est à cause d'elle que j'étais souvent seul. Papa et maman travaillaient au bureau ou se rendaient à des soirées de réseautage et moi, je restais à la maison avec mes nounous.

Quand j'ai été assez grand pour m'y intéresser, je la méprisais bien trop. Maintenant que j'avais ma propre vie et ma carrière, je me sentais plus léger. En plus, j'ai du shampoing et du déodorant gratuits.

— Je demanderai à l'avocat de la société d'envoyer le contrat à ton agent. On devra organiser une séance photo une fois que tu seras dans le Minnesota.

Il me faut une minute pour assimiler ses mots. Je me redresse.

— Oh, ce sera un partenariat ?

— Bien sûr. Voilà vingt-et-un ans que *Maverick Company* te soutient. Tu crois que c'est qui qui a payé pour l'école et l'équipement de hockey ? Le timing est parfait avec la nouvelle ligne masculine. On veut la lancer début août, il y a donc beaucoup de travail.

Et voilà. L'attaque sournoise. En plein dans le ventre. « Tu n'es rien sans moi et mon argent ». Mon premier partenariat et je ne peux même pas m'en réjouir. L'entreprise ne fait qu'un retour sur investissement.

— D'accord. Ça marche. Je dois y aller, papa.

— Moi aussi. Je dois tirer la première balle. Je planifierai le shooting avec Hugh.

Il raccroche sans dire au revoir.

Je m'affale sur le canapé en cuir et souffle. Ensuite, je me lève et ouvre le carton pour voir les produits que je vais promouvoir.

Je commande de la pizza pour le groupe et monte à l'étage, une poignée d'articles gratuits avec moi. Je les dépose sur le comptoir de la cuisine et agite les bras.

— Vous aussi, vous pouvez sentir comme moi.

Heath arque un sourcil.

— C'est mon premier partenariat, expliqué-je.

Il sourit.

— Félicitations.

Rauthruss s'avance, s'empare d'un déodorant, l'ouvre et le porte à son nez pour le sentir.

— *Maverick*, dit-il en lisant l'étiquette. C'est la marque de ta famille, c'est ça ?

Je hoche la tête.

— Une nouvelle ligne de cosmétiques masculins. Jusqu'à maintenant, il n'y avait qu'une ligne féminine et unisexe.

Il soulève son tee-shirt et le fait rouler sous son aisselle.

— Alors ? Ça sent bon ? demandé-je.

Il se tourne et Heath et moi nous penchons pour le sentir.

— C'est viril.

Heath recule, un sourire narquois aux lèvres.

— Ça sent un peu la noix de coco, dis-je en réfléchissant.

J'attrape une brume et l'asperge sur mon tee-shirt. C'est pas mal. Ce n'est pas super non plus.

— On est fiers de toi, mec, dit Heath. Si je ne me remettais pas difficilement de toutes les soirées qu'on a faites ces dernières semaines, je proposerais qu'on fête ça, mais je ne crois pas que mon corps pourra encaisser un autre soir.

— Faisons un truc tranquille, suggéré-je. Invitez les filles à venir regarder un film.

Les gars acceptent sans protester et leurs petites amies arrivent en même temps que les pizzas. Dakota aussi. Elle n'a pas l'air aussi contente que lorsque je l'ai vue ce matin.

Une fois que nous sommes installés dans le salon, je prends place à côté d'elle sur le canapé.

— Comment s'est passé l'entretien ?

— Super bien. Merci encore de nous avoir mises en relation.

Euh, elle a dit « super bien », mais elle n'a pas l'air très excitée.

— Alors, on part ensemble pour le Mini-soda cet été ?

Elle rit à peine. Le film commence, elle se penche donc et baisse la voix.

— Non. Ça n'a pas marché.

— Pourquoi ? Tu n'as pas aimé Blythe ?

— Ne pas l'aimer ? s'exclame Dakota en ricanant. Je crois que je suis un peu tombée amoureuse d'elle. Tu savais qu'elle figurait sur la liste des trente personnes de moins de trente ans de Forbes ? Elle est incroyable. Elle a refusé des postes dans des tas d'endroits très en vogue pour travailler chez les Wildcats.

— OK, donc tu as craqué pour elle. Et je sais qu'elle t'a adorée. Où est le problème ?

— Tu sais qu'elle m'a adorée ?

— Oui.

Ça ne fait aucun doute dans mon esprit. Dakota bosse dur. Le coach Meyers lui demande systématiquement de faire des visites pour les recrues de hockey. Je l'ai dit à Blythe.

Elle renifle l'air et se penche vers mon tee-shirt.

— C'est quoi cette odeur ? Tu as échangé Vanille contre... Noix de coco ?

— Un spray pour le corps. Tu aimes ?

Je baisse la tête vers son visage.

— C'est... intéressant. Pourquoi voudrais-tu sentir la crème solaire ?

Je hausse les épaules.

— C'est quoi le problème avec le stage, Kota ?

Elle soupire et s'affale contre le dossier du canapé. Son épaule est posée contre la mienne. Je nous redresse afin de passer un bras autour d'elle. Nos amis sont absorbés par le film et leur moitié.

— C'est un stage non rémunéré.

— Oh.

Merde. Je n'avais pas pensé à demander le salaire.

— C'est normal ? Est-ce qu'ils ont le droit de faire ça ?

— Oui, c'est plus courant qu'on ne le pense. J'effectuerais ce travail gratuitement sans hésiter, mais je n'ai pas assez pour payer tous mes frais par-ci par-là. En plus, sur le plan logistique, c'est compliqué. Ma voiture n'arriverait probablement pas à faire le voyage aller-retour en un seul morceau.

— Tu pourrais faire la route avec moi. Merde, tu pourrais aussi vivre avec moi.

— Je ne vais pas vivre avec toi.

Ses yeux bleu glacé se plissent en me regardant, mais sa bouche affiche un sourire moqueur.

— Pourquoi ? Je suis un coloc génial. Demande à n'importe lequel d'entre eux.

J'incline le menton vers nos amis.

— Tu ne vis même pas ici.

— Un peu, quand même.

Je lui serre l'épaule, ce qui la rapproche de mon torse.

— Allez, ce serait top.

— Je pourrai lancer mon service de nettoyage à sec et de café pour toutes tes conquêtes.

— Mes conquêtes ?

J'arque un sourcil. Je ne les vois certainement pas comme

ça. Ce sont de belles femmes intelligentes qui veulent s'amuser. Avec moi.

— Merci, mais ce n'est pas pour moi. Ça ira. J'ai mon boulot au *Hall of Fame* et j'ai Blythe dans mes contacts maintenant. Peut-être que l'année prochaine, ils auront un stage rémunéré.

J'acquiesce en soutenant son regard. Elle se détourne la première en direction de la télévision. Je suis déçu pour elle. Elle était si excitée ce matin. Charli est à mes pieds. Je tapote mes genoux et elle grimpe sur moi, effectue un cercle et s'allonge. Dakota la gratte sous le menton. Charli s'avance légèrement afin de poser la tête sur sa jambe. C'est ainsi que nous regardons le film.

Le lendemain matin, je fais les cartons dans la cuisine quand mon agent, Hugh, m'appelle.

Je réponds et mets le haut-parleur.

— Je t'écoute, Hugh.

Il rit.

— Salut, Johnny. Comment ça va ?

— Bien, dis-je instinctivement. Je fais les cartons.

— Quand pars-tu ?

— Ce week-end, peut-être.

— Ravi de l'entendre. Écoute, j'ai de la paperasse pour toi à propos du partenariat. Je te l'ai envoyée par mail, mais j'ai pensé que je devais t'appeler. Je suis inquiet.

Mes sourcils se froncent et j'arrête de remplir mon carton. Je prends le téléphone et ouvre le mail qu'il m'a envoyé.

— Pourquoi ?

Je parcours rapidement le contrat de *Maverick Company*. Je ne connais pas grand-chose aux partenariats puisque c'est mon premier, mais rien ne sort du lot.

— Je sais que c'est la société de ta famille, alors je ne veux pas dépasser les limites...

— Je te paie pour ça, mon ami.

— Franchement, Johnny, c'est la plus petite somme que j'aie jamais vue pour un athlète professionnel.

Mon regard se pose sur le chiffre en question. Quinze mille dollars pour ne rien faire ?

— Je débute. Tu as dit toi-même que tu n'attendais pas de gros contrats pour moi avant l'année prochaine.

— C'est vrai. Tu as raison. Mais une fois que tu auras accepté ton premier contrat, d'autres personnes se baseront sur celui-ci et sur les revenus que tu en tires pour déterminer ta valeur. Si tu acceptes une offre dérisoire dès le départ, tu fais comprendre aux autres que c'est tout ce qu'il faut pour t'avoir.

— Oui, mais c'est la société de ma famille.

— Bien sûr. Je comprends, mais je me serais senti mal si tu signais le contrat sans que je t'aie pas d'abord mis en garde.

Je songe à ses paroles en contemplant le chiffre. J'ai beau ne pas aimer la formule de mon père, il a raison : *Maverick Company* me sponsorise depuis des années.

— Je me fiche de l'argent.

Il rit à nouveau.

— Ah, j'adore les débutants. Dans deux ans, je te rappellerai cette conversation lorsqu'on renégociera ton contrat.

— Je n'en ai même pas besoin. Je ne peux pas tout donner à une œuvre de charité ou quelque chose comme ça ? Ça aiderait ?

— Oui. On pourrait faire quelque chose comme ça. Tu as une association en tête ?

— Non, mais je suis sûr que mes parents en ont une qu'ils aiment bien.

Il reste silencieux un moment.

— Quoi ? lui demandé-je.

Nous sommes encore en train de nous habituer à travailler ensemble, mais j'ai remarqué que Hugh n'est pas quelqu'un qui dit ce qu'il pense sans y avoir réfléchi longuement.

— Tu n'es pas *Maverick Company*. Tu es Johnny Maverick.

— Je sais.

Oh, ça, je le sais.

— D'accord. Alors, choisissons une association caritative qui a de l'importance pour toi. Réfléchis un peu et je reviendrai vers toi plus tard.

— Oui... d'accord. Je peux faire ça.

— Donc on accepte l'offre ?

On frappe à la porte.

— C'est ouvert, lancé-je avant de répondre à Hugh. Oui, on accepte.

Dakota entre avec Charli. Elle est passée pour l'emmener faire une petite balade. Elle transpire et a les joues rouges. Son débardeur est relevé jusqu'à sa brassière de sport et son short tombe en bas de son nombril. La langue de Charli pend tandis qu'elle trottine vers sa gamelle d'eau. Moi aussi, tout ça me donne soif, ma petite.

Dakota me salue de la main et s'en va sans rien dire.

— Super, dit Hugh en brisant le silence. Je me mets au travail alors.

— En fait, attends, j'ai une autre idée...

SIX

DAKOTA

Après le travail, je monte dans ma voiture quand un numéro inconnu du Minnesota me contacte. Je démarre le moteur et mets la climatisation à fond tout en contemplant le portable qui sonne dans ma main. L'aération souffle de l'air chaud. Ça ne refroidira sûrement pas avant que je rentre à la maison. Par conséquent, je l'éteins et descends à la place les vitres.

— Allô ? dis-je quand l'air s'engouffre dans la voiture.

— Bonjour, Dakota. C'est Katherine Holland. Je suis la responsable des ressources humaines chez les Wildcats.

Oh, merde. Je me demande s'ils ont reçu mon mail de refus.

— Pardon d'avoir été absente et de ne pas avoir eu l'occasion de vous parler. Blythe a dit du bien de vous.

— Merci. J'ai beaucoup aimé parler avec elle.

Je me pince l'arête du nez. Argh. J'avais presque chassé cette opportunité de mon esprit, mais maintenant, je suis de nouveau en train de m'apitoyer sur mon sort.

— J'ai reçu votre mail dans lequel vous décliniez l'offre.

— Ah oui ? dis-je en étant fortement embarrassée. Le poste a l'air génial. Parfait, en fait, mais je n'avais pas réalisé qu'il n'était pas rémunéré.

J'écarte les cheveux de mon cou et laisse la brise me rafraîchir.

— Je comprends tout à fait, mais si nous pouvions offrir une compensation pour un poste similaire, est-ce que vous seriez toujours intéressée ?

— Oui.

Je n'ai même pas besoin de savoir en quoi consiste le poste. Entrer chez les Wildcats serait énorme.

Elle rit doucement.

— J'espérais que vous diriez cela. Nous avons affaire à une situation unique avec un stage payé par un sponsor. Ils soutiennent l'un de nos joueurs et veulent quelqu'un pour les aider dans leur campagne marketing et pour leurs réseaux sociaux. Une séance photo avec le joueur est même prévue.

Ooooh. Je travaillerais directement avec les joueurs ?

— Pourquoi ne m'engagent-ils pas directement au lieu de passer par vous ?

— Bonne question. Normalement, ils ne le feraient pas, mais il s'agit d'une situation unique, comme je l'ai dit, et Blythe a beaucoup insisté. Le poste rémunéré par le sponsor n'occupera probablement pas tout votre temps et on espère toujours vous avoir comme stagiaire quand vous aurez du temps libre. Donc, vous aurez plus de travail, mais vous serez rémunérée.

— De combien parle-t-on ?

Je ferme les yeux. *S'il vous plaît, faites que ce soit assez.*

— Douze mille pour l'été, payée toutes les semaines. Et le logement est inclus.

Je ris tandis que le chiffre flotte dans mon esprit en me narguant.

— Pardon, on aurait dit que vous aviez dit douze *mille*.

Mille cinq cents par semaine ? Ça ne peut pas être possible.

Son rire relâche la tension que j'ai accumulée dans ma nuque depuis que j'ai dû refuser le stage.

— C'est bien ça. C'est une occasion incroyable et, honnêtement, je n'en ai jamais vu de telle auparavant. J'ai examiné le contrat moi-même et les résultats attendus ne me semblent pas astronomiques ou au-delà de ce que je vous pense capable. Pour des raisons de confidentialité, je ne peux pas parler du joueur ou du partenariat tant que vous n'avez pas signé le contrat, poursuit-elle tandis qu'elle semble feuilleter des pages. Je peux vous dire qu'on vous demandera d'assister à la séance photo et de rédiger des textes marketing et publicitaires pour chacun de leurs réseaux sociaux. Si quelque chose vous inquiète, je peux vous décrire en quoi ça consistera.

— Je peux m'en charger. De tout. De tout ce qui est nécessaire.

— J'aime votre confiance en vous. Et je suis sûre que vous en êtes capable. Blythe a accepté de vous superviser et il n'y a rien qu'elle n'ait pas déjà vu. Vous n'aurez aucun problème à deux. Si vous voulez un jour ou deux pour y réfléchir...

— Oui ! Je veux dire, non, je n'ai pas besoin de temps. C'est oui.

Je dois encore trouver comment m'y rendre, mais j'irai, quitte à réparer ma voiture avec du ruban adhésif ou rouler sans pot d'échappement !

***

Après que j'ai fait part à Reagan et Ginny de la nouvelle, nous passons vingt bonnes minutes à sauter sur place et à fêter ça. Ensuite, je descends voir Maverick.

Je frappe à la porte, mais la musique est si forte que je doute qu'il m'entende. Je l'entrouvre et passe la tête à l'intérieur. Il y a des cartons partout, empilés les uns sur les autres dans le salon.

J'entre et ferme la porte. J'entends Charli glapir, mais je dois franchir le labyrinthe de cartons avant de l'apercevoir. Elle jappe et je me penche pour la porter avant de continuer mon chemin dans l'appartement.

Il n'y a qu'une seule chambre, donc il ne peut pas y avoir plusieurs cachettes. Je suis la musique dans sa chambre, mais je ne le vois toujours pas.

— Mav ?

Charli se débat dans mes bras et, une fois que je l'ai lâchée, elle court vers la salle de bain attenante. Je ne vais certainement pas entrer. J'attends maladroitement. La chanson se termine et je l'entends parler tendrement à sa chienne.

— Salut, ma jolie. Je sais. Je sais. Cet endroit va me manquer à moi aussi.

Il sort, torse nu. Ce n'est pas très surprenant. Il se fige en me voyant.

— Kota ?

— J'ai frappé.

Il prend son téléphone et éteint la musique.

— Mi casa es tu casa. Qu'est-ce qu'il y a ? J'étais sur le point de manger un bout.

Nous nous dirigeons vers la cuisine et il ouvre le réfrigérateur pour inspecter les étagères vides.

— On dirait que je vais devoir commander. Tu veux quelque chose ?

— Non. Je suis juste venue t'annoncer la bonne nouvelle.

Il pose son téléphone sur le comptoir et s'y adosse, m'accordant toute son attention.

— J'ai accepté un stage chez les Wildcats !

— Pas possible ? s'exclame-t-il, un grand sourire aux lèvres. Félicitations !

— Merci. Je suis si excitée. Techniquement, c'est un stage pour une entreprise appelée *JM Holdings*, mais je serai avec les stagiaires et je ferai juste ça à côté. Ils sponsorisent l'un des joueurs. Je me demande ce qu'ils vendent. Probablement de l'équipement de hockey ou quelque chose de tout aussi ennuyeux.

Il râle.

— Ennuyeux pour moi, précisé-je. Mais j'ai tellement hâte !

— Je savais que tout se passerait bien.

— Je suis encore sous le choc. C'est trop beau pour être vrai. Le salaire est... incroyable, et ils couvrent le logement.

— Où vivras-tu ?

Il se penche pour prendre la gamelle de Charli et la remplir.

— En face de la patinoire. Le lotissement des Légendes, je crois. C'est un T2 assez standard, mais je n'aurai pas à me soucier du transport, ce qui est un avantage.

— C'est là que je vivrai. On sera encore voisins.

— Oh, cool. J'aurai mon activité secondaire comme plan de secours.

Il s'esclaffe.

— Fêtons ça en commandant à manger.

— Les filles ont déjà réclamé toutes les heures qu'il me reste jusqu'à mon départ. On reste à la maison ce soir et on sort danser demain. Les garçons ne sont pas autorisés.

— Pff. Ce n'est pas drôle.

— J'ai une faveur à te demander.

— Je t'écoute.

— Ton offre de faire la route ensemble tient toujours ? Je laisserai ma voiture ici et je louerai un camion pour le retour.

— Oui, bien sûr. Quand dois-tu y être ?

— Lundi, dis-je avec hésitation, en espérant qu'il n'a rien prévu d'autre.

— C'est parfait. On peut partir samedi matin et être dans le Mini-soda dimanche soir.

— Super ! m'exclamé-je. Je n'arrive pas à croire que tout se goupille bien. C'est trop.

— Non, tu le mérites.

— Oh, une dernière petite demande.

Il sourit.

— Ce qui se passe sur la route reste sur la route.

— Quoi ?

— Si tu veux partager une chambre d'hôtel et pourquoi pas te mettre nue et faire des galipettes, alors je suis ton homme.

Il me fait un clin d'œil.

— C'est tentant, dis-je sarcastiquement. Mais ma faveur va résoudre ce problème de lit à partager. Il faut que je passe chez mon père pour prendre quelques affaires pour l'appart. C'est sur le chemin et ça m'évitera d'avoir à acheter tout un tas de choses une fois sur place. On pourra y passer la nuit de samedi à dimanche.

— Ah, merde. L'appart n'est pas meublé ?

Il a l'air déconcerté.

— Non, mais je n'ai pas besoin de grand-chose et mon père a dit que je pouvais emprunter quelques affaires pour l'été, comme ça je n'ai pas besoin de prendre des trucs d'ici. Le canapé est à Reagan de toute façon.

Il hoche la tête d'un air pensif.

— Bien sûr. J'ai toute la place qu'il te faut à l'arrière de mon pick-up, ou tu pourras m'emprunter des affaires. Voire dormir avec moi, dit-il avec des yeux lumineux. Un seul lit... c'était le destin.

— Il n'y a pas assez de place dans ton lit pour moi et les filles qui n'arrêtent pas d'aller et venir.

Il rit doucement.

— Un lit, un fauteuil ou un canapé et ça ira.

Je m'avance et le prends par la taille. Son corps est chaud et dur.

— Merci, Johnny.

Une seconde passe avant que ses bras m'enveloppent. Quand il prend la parole, les mots font vibrer ma joue.

— Y'a pas de quoi.

Le vendredi soir précédant mon départ, Reagan a prévu toute une soirée à boire et à danser entre nous quatre.

— C'est le premier été où on sera séparées depuis qu'on se connaît.

Ma meilleure amie me tient la main tandis que nous observons Ginny et Sienna sur la piste de danse. Nous reprenons notre souffle et buvons notre troisième shooter. La barmaid nous déteste. Nous n'arrêtons pas de lui demander de mettre l'équivalent d'un shooter dans deux verres afin de ne pas nous saouler trop vite. De plus, ça revient moins cher parce qu'elle remplit toujours le verre plus que la moitié. Par conséquent, les deux verres font un shooter et demi, c'est une affaire !

Nous engloutissons les demi-shooters, puis Reagan prend mon autre main.

— Je sais que j'ai été occupée avec Adam et tout ce qui s'est passé avec ma mère, mais je t'aime tellement. Je ne sais pas ce que je ferais sans toi.

— Rea.

Je serre ses mains. Ma meilleure amie est solide comme le roc, grâce à sa mère toujours absente qui se pointait seulement quand elle avait besoin de quelque chose de sa belle et talentueuse fille.

— Ce n'est que pour deux mois.

— Je sais.

Elle ramasse sa chevelure couleur de miel sur une épaule et joue nerveusement avec une mèche.

— C'est juste qu'avec tout le monde qui passe son diplôme et qui s'en va, je commence à prendre conscience qu'on ne sera pas colocs pour l'éternité. Promets-moi qu'on sera toujours amies, peu importe où on habite ou le temps qu'on passe sans se voir.

C'est une promesse facile à faire.

— Je te le promets.

Je me lève et la prends dans mes bras. Sa mère a été nulle et la mienne est décédée quand j'avais quinze ans. Nous sommes tellement plus que des colocataires et amies. Aucune de nous n'a de frère et sœur, mais je crois que je l'aime comme une sœur. Je n'imagine pas un avenir où je ne resterais pas proche d'elle.

— Tu as pensé aux beaux gosses de hockey avec lesquels tu vas travailler ? dit-elle en s'éventant. J'ai vu leurs photos. Bon sang...

— J'y serai pour travailler, pas pour draguer.

Mais elle a raison. J'ai moi aussi jeté un coup d'œil à la liste et waouh !

— Oui, mais tu dois vivre toute l'expérience *Wildcat*.

Je secoue la tête.

— Allons danser, et comme il faut, parce que je vais passer huit longues semaines sans te voir te trémousser.

Elle sourit et secoue ses seins devant moi.

— Non, on fera des appels vidéo où on dansera. Je viens de le décider. Une fois par semaine. Présence obligatoire.

— J'en suis !

SEPT

JOHNNY

Dakota a les yeux fermés et les sourcils froncés tandis que je conduis. Nous venons d'arriver dans l'Oklahoma et il reste une heure avant d'arriver chez son père dans le Kansas.

La journée a été longue dans le véhicule et Dakota a tellement la gueule de bois à cause d'hier soir qu'elle n'est pas d'une grande compagnie.

— Je dois m'arrêter pour laisser sortir Charli. Tu as faim ?

Elle gémit sans ouvrir les paupières.

— Un peu de graisse pour absorber l'alcool et tu seras comme neuve.

— D'accord.

Elle se redresse et s'étire, ce qui fait ressortir ses seins.

— Où sommes-nous ?

— Je ne sais pas. Toutes ces petites villes se ressemblent.

Je me gare sur le parking d'un fast-food et je coupe le moteur.

Dès que j'ouvre la porte, l'air extérieur me coupe le souffle.

— J'oublie toujours que l'humidité est affreuse ici.

— Ah oui, tu as grandi à Chicago. L'Arizona te va si bien,

dit-elle en secouant un peu la tête. En fait, oublie ça. Je crois que tu pourrais t'intégrer n'importe où.

— Je choisis de prendre ça comme un compliment.

Nous promenons Charli dans une zone herbeuse entre les commerces. Dakota s'assoit comme si nous n'avions pas fait cela toute la journée.

— Qu'est-ce que vous avez bu exactement hier soir ? Je ne me rappelle pas t'avoir un jour vue avec une telle gueule de bois.

— Des shooters. Tellement de shooters. On s'est juré fidélité en dansant comme des folles et en buvant du Get 27.

— Les filles sont bizarres.

Elle acquiesce.

— Qu'est-ce que vous avez fait ?

— J'ai joué à la Xbox et j'ai mangé quatre grandes pizzas.

Elle ricane, puis s'arrête et se tient l'estomac.

— Tu as entendu ça ? Mon estomac vient de gargouiller. Je crois qu'il est enfin réveillé.

— Et qu'il veut de la pizza.

Elle se mord le coin de la lèvre.

— Bonne idée. Il y a une très bonne pizzeria dans ma ville natale.

— D'accord. Reprenons la route alors, parce que je meurs de faim.

Lorsque nous arrivons sur l'autoroute, Kota est plus alerte et joue avec l'autoradio pendant que je conduis.

— Je vais prévenir mon père qu'on est bientôt là.

— Comment sont tes parents ?

Elle hésite.

— Ils sont très bien. Il n'y a plus que mon père et moi. Ma mère est morte quand j'avais quinze ans.

— Je n'en avais aucune idée. Je suis désolé.

Un poids s'installe au fond de mon estomac.

— Ce n'est pas grave. Enfin... Je ne sais pas. Je ne sais jamais comment répondre à ça. Merci ?

Elle sourit.

Je me rends compte que malgré tout le temps que j'ai passé avec Dakota, à traîner, faire la fête et plaisanter, je ne sais pas grand-chose d'elle. J'ai envie d'en savoir plus.

— Que fait ton père ?

— Il est pompier.

— C'est un dur à cuire.

— Techniquement, c'est mon beau-père, mais il a épousé ma mère quand j'avais cinq ans, donc je l'appelle papa.

— Et ton vrai père ?

— Mon vrai père, répète-t-elle en levant les yeux au ciel. Il n'était pas vraiment intéressé par la vie de famille. Il est venu de temps en temps quand j'étais plus jeune. Je reçois une carte d'anniversaire et un appel à Noël.

— Je suis désolé.

— Non, ne le sois pas. Si tu veux, sois désolé que ma mère géniale soit morte, mais pas que mon géniteur ne fasse pas partie de ma vie. Certains ne sont pas faits pour être parents. Mon vrai père est l'un d'entre eux.

Je me demande si mes parents remplissent ce critère. Ils se sont toujours assuré que j'avais tout ce qu'il me fallait, mais cela ne les a jamais vraiment intéressés de faire les activités familiales traditionnelles, comme passer du temps ensemble.

Quand nous arrivons, Dakota me guide dans la ville où elle a grandi. Je m'arrête devant la pizzeria et elle court à l'intérieur pour commander. Charli l'observe, les pattes posées sur le tableau de bord.

Quelqu'un l'arrête devant la porte et la prend dans ses bras. Charli et moi les contemplons. Ma chienne gémit.

— Je sais, je sais, elle va revenir, dis-je en lui tapotant la tête.

Charli est très amicale, mais elle craque vraiment pour Kota.

Qui pourrait lui en vouloir ? Dakota l'a gardée récemment quand je devais monter dans le Minnesota et elle lui accorde toujours de l'attention, la câline et l'emmène en promenade. Nous sommes faciles à satisfaire.

Je consulte ma boîte mail sur mon téléphone. Hugh a envoyé le contrat finalisé pour le partenariat, ainsi que mon bail. J'ai eu de la chance d'avoir pu trouver une sous-location pour Dakota dans le même immeuble.

Le lotissement des Légendes est généralement complet, mais l'un de mes nouveaux coéquipiers cherchait à se débarrasser de son appartement vu qu'il rentrait dans sa ville natale pour se remettre d'une opération. Je n'ai même pas pensé au fait qu'il prendrait ses affaires avec lui. J'ai simplement supposé que c'était meublé.

Elle finira par découvrir que le partenariat est avec *Maverick Company*, mais je ne pouvais pas prendre le risque qu'elle refuse par fierté. J'ai bien vu à quel point elle voulait ce travail, elle ne devrait pas refuser à cause de quelque chose d'aussi banal que l'argent.

Quelques minutes plus tard, elle sort, deux grandes boîtes à pizza dans les mains. Je me penche pour lui ouvrir sa portière. L'odeur qui envahit mon pick-up est divine.

— Oh là là, je commence à saliver.

— D'accord.

Elle s'assoit et ouvre le couvercle qui révèle une pizza à la saucisse. Elle sépare une part et prend une bouchée, puis gémit bruyamment.

— Il faut que tu goûtes ça.

Elle me tend la pizza et je prends une énorme bouchée qui la fait rire.

— Tu as failli m'arracher les doigts.

— J'ai tellement faim. J'espère qu'une de ces boîtes est à moi.

J'attrape une autre part et elle me tape sur la main.

— Une seule bouchée. On doit garder le reste pour manger avec mon père.

Le père de Dakota vit dans un lotissement paisible au sud-est de la ville. Je gare mon SUV le long de la route, attrape nos affaires pour la nuit ainsi que Charli et je suis Dakota dans l'allée jusqu'à l'entrée à l'arrière de la maison.

La moustiquaire s'ouvre et un grand homme costaud avec une barbe grise apparaît.

— DJ !

— Papa !

Elle tient les pizzas d'une main sur le côté et le serre de son autre bras.

Son père me regarde par-dessus son épaule et fait une évaluation rapide, comme le font tous les papas. Charli grogne dans mes bras.

Dakota rit et s'écarte.

— Papa, je te présente Maverick. Maverick, voici mon père.

— Maverick, hein ?

— Johnny Maverick, mais tout le monde m'appelle par mon nom de famille.

Je pose Charli au sol et m'avance pour lui serrer la main.

Il contemple les tatouages le long de mon bras en me serrant la main.

— Johnny, merci d'avoir fait la route avec ma DJ.

Kota lève les yeux au ciel.

— Il a toujours voulu un fils. D'où le surnom.

Jerry sourit et nous tient la porte pour qu'on entre. Enfin... il lui tient la porte à *elle*. J'ai l'impression que ce bon vieux Jer l'aurait claquée à mon visage si Dakota ne l'avait pas retenue avec le pied pendant que je me frayais un passage avec Charli et les valises.

La maison est petite, mais chaleureuse. Tout est rangé et

propre, mais il y a des piles de papiers et du fouillis que mes parents à moi ont toujours caché aux invités.

Nous déposons nos affaires et je nourris Charli pendant que Dakota et Jerry se retrouvent. J'essaie de leur laisser du temps ensemble, mais Kota m'appelle. Tant mieux, parce qu'au moment où je m'assois, ils ont déjà mangé toute une pizza.

— Je peux t'offrir quelque chose à boire ? propose Jerry.

Depuis la table de la cuisine, il ouvre le réfrigérateur.

— J'ai du coca ou de la bière.

— Du coca, ça ira.

— Il veut de la bière, papa, dit Dakota en même temps que moi.

Jerry nous regarde tour à tour.

— L'un ou l'autre, c'est parfait. Merci.

J'essuie mes paumes sur mes cuisses. Je n'ai pas beaucoup d'expérience avec les pères. Surtout les pères de filles.

Je marmonne des remerciements tandis qu'il pose une bouteille de Bud Light devant moi. Je crois que je transpire. Ce doit être l'humidité. Charli tourne en rond dans le salon, puis dans la cuisine, vérifiant tout.

Je siffle légèrement et tapote ma cuisse pour attirer son attention.

— Viens t'allonger, ma petite.

— Ah, laisse-la faire, dit Jerry. Elle est restée enfermée dans la voiture toute la journée. Alors, DJ, parle-moi de ce travail.

Mon amie s'illumine et se lance, racontant chaque détail à son père.

— Tu ne sais pas quel joueur il sponsorise ou ce qu'ils représentent ?

Son père s'adosse à sa chaise et boit une longue gorgée de bière.

— Non, mais j'ai vérifié tous les gars de l'équipe et leurs

sponsors et il n'y a rien d'extraordinaire. Je pense qu'il s'agit d'un égocentrique qui a besoin d'un manager pour s'assurer qu'il se présente sur le plateau et qu'il est beau. Peut-être Jack Wyld. Il a une réputation de fêtard, dit-elle en me regardant.

— Jack est un type bien. Je doute qu'il fasse quoi que ce soit qui puisse compromettre une relation lucrative. Les gars que j'ai rencontrés ont tous été raisonnés et calmés.

— Des joueurs de hockey raisonnés, dit Jerry en souriant. C'est drôle, Maverick.

Sa façon de prononcer mon nom donne l'impression qu'il se moque de moi.

Maintenant, je suis réellement en sueur.

Je tire sur le col de mon tee-shirt pour m'aérer.

— Encore des tatouages, hein ? Qu'est-ce qu'ils veulent dire ?

— Qu'est-ce qu'ils veulent dire ?

Je baisse les yeux sur mes deux manches.

— À mon époque, quand un homme se faisait tatouer, ça voulait dire quelque chose. Maintenant, vous en êtes tous couverts et ça perd tout son sens, tu ne trouves pas ?

— Papa, le menace Dakota en lui lançant un regard agacé.

— Non, c'est bon. Mon père a dit à peu près la même chose quand je me suis fait faire ma première manche, dis-je avant de tendre mon bras gauche. La vérité, c'est que certains ont une signification particulière, d'autres non.

— C'est comme la décoration d'une maison, réplique Dakota. Tu as certains objets qui sont sentimentaux et d'autres que tu as achetés parce que tu les trouvais jolis.

Elle pose les coudes sur la table et regarde Jerry.

— Tu as toujours le canapé rose ?

— Au sous-sol, répond-il en hochant la tête.

— Oh, il faut que tu le voies, dit Dakota en me touchant

légèrement le bras. Le vendeur a qualifié la couleur de « bois de rose », mais il est bubblegum.

Tout chez mes parents était blanc ou gris. Je crois bien que je pourrais apprécier un canapé bubblegum. Jerry se retire dans le salon sur un vieux siège inclinable. Dakota rince les assiettes pendant que je termine la pizza.

— On descend, papa, dit-elle alors que nous commençons à descendre les escaliers grinçants.

— Laisse la porte ouverte, crie-t-il.

— Oh, mon Dieu. C'est tellement embarrassant, marmonne-t-elle en allumant une lumière dans l'escalier. Bienvenue dans mon repaire d'adolescente. J'ai passé de nombreuses heures ici à regarder la télévision et à passer du temps avec mes amis.

— Des amis au masculin ?

— Parfois.

Elle se dirige tout droit vers le canapé rose et s'assoit. Elle passe une main sur le tissu pendant que je scrute la pièce.

Ma tête frôle le ventilateur de plafond au centre. Le mobilier n'est pas assorti, comme s'il s'agissait de vieux meubles que Jerry a été incapable de se débarrasser. Un fauteuil en cuir usé, une causeuse au motif écossais et le canapé rose. Un écran plat est accroché au mur, au-dessus d'une étagère contenant des livres et des jeux poussiéreux.

— Tu avais un sous-sol où emmener des filles au lycée ?

— En quelque sorte.

Je m'assois à côté d'elle sur le canapé. Il est dur, pas très souple et bas, ce qui fait que mes fesses arrivent sous mes genoux.

— J'avais une pergola.

— Oh mon Dieu, évidemment.

Elle lève les yeux au ciel, mais sourit.

— C'est une belle couleur, dis-je, et je le pense vraiment.

Mais il pourrait être plus confortable. Ce truc est dur comme la pierre.

J'essaie de rebondir dessus, puis de me trémousser pour trouver ma place, mais c'est comme si j'étais assis sur un siège de gradins.

— Ma mère a toujours voulu un canapé rose. Je ne sais pas pourquoi. Elle en parlait dès qu'on achetait de nouveaux meubles, raconte-t-elle en jouant avec l'ourlet de son short et en fixant du regard le tissu entre ses doigts. Le jour où elle a appris le retour de son cancer, elle est partie du cabinet et s'est rendue directement au magasin de meubles. Quand je suis rentrée de l'école, elle était assise dessus et souriait. Elle est morte deux semaines après.

— Je suis vraiment désolé.

Je recouvre sa main avec la mienne.

Elle expire et acquiesce.

— Il est plutôt inconfortable.

— Horrible, avoué-je. Mais je l'aime bien. Mes parents ne juraient que par le blanc et le gris. J'aime quand c'est coloré.

Elle me serre les doigts.

— Comment ça se fait que tu n'aies pas de tatouages colorés ?

J'observe mon bras. Je n'y avais jamais pensé auparavant.

— Je suppose que moi aussi, je ne jure que par le blanc et le gris.

— Oh non, dit-elle en souriant. Tu es un canapé rose. Non, pas tout à fait, mais tu rends les gens heureux.

En riant, je retire ma main.

— Jerry a l'air sympa.

— Sympa ? Vraiment ?

— D'accord, il a l'air d'un dur à cuire, mais il t'aime, je l'ai bien vu.

— Il aimait tellement ma mère. Même si j'étais une vraie

terreur, soyons honnêtes, j'étais horrible au lycée, il m'aime quand même parce que je suis sa fille. Elle faisait de la chimio quand ils se sont rencontrés. Tu peux imaginer le genre d'amour que ça demande ? Il ne savait pas si elle irait mieux.

— Mais elle a guéri.

— Oui. Ils ont eu dix années extraordinaires. Je suppose que c'est plus que ce que la plupart des gens ont.

Dakota attrape deux autres bières et nous finissons par terre, le dos contre le canapé. C'est vraiment mauvais signe quand on préfère s'asseoir par terre plutôt que sur le canapé, mais je passe un super moment.

Elle pose un coude sur le canapé rose et se tourne vers moi.

— Parle-moi de tes parents.

— On n'est pas proches. Ils étaient occupés à faire prospérer l'entreprise quand j'étais enfant. Mais ils m'ont beaucoup donné.

— J'ai vu ton père à la fête pour la victoire du championnat. Il avait l'air fier de toi.

Je lâche un rire.

— Désolé, je ne voulais pas rire. Il est fier à sa manière, mais je crois qu'il n'a jamais prononcé ce mot.

— Il le devrait. Tu as accompli des choses incroyables. Ils ont été déçus que tu arrêtes les études pour signer chez les Wildcats ?

— Non, ils étaient à fond avec moi, dis-je en haussant les épaules. Je ne serai jamais rien d'autre qu'un joueur de hockey.

— Ne te sous-estime pas, Johnny Maverick. Je crois que tu pourrais être tout ce que tu veux.

Il aligne les bouteilles vides entre nous. En haut, tout est silencieux. Mon père a dû aller se coucher. Ça fait du bien d'être à la maison. Ça n'a pas beaucoup changé depuis que je suis partie à l'université il y a trois ans, mais le sous-sol a l'air plus petit avec la présence de Maverick.

Il a ce truc, il occupe l'espace. Pas seulement physiquement parce qu'il est imposant, mais parce que sa personnalité l'est encore plus.

Nous sommes passés par tous les sujets inimaginables, de ma mère à toutes les choses affreuses que les hommes m'ont dites sur les applications de rencontre.

— Non ! Il n'a pas dit ça.

Mav rejette la tête en arrière et rit.

— Si. Je te le prouverais bien, mais j'ai supprimé l'application. Je lui ai demandé quel était l'endroit qu'il a préféré visiter et il a répondu : l'utérus. Qu'est-ce que je fais de cette info ? Comment rendre heureux un gars comme ça ? Je ne peux pas lui donner ça. Va-t-il avoir une obsession bizarre pour mon utérus quand je serai enceinte ? Tant de questions.

— Encore une fois, c'est la raison pour laquelle je ne fais pas de rencontres en ligne.

— Tu as un certain charme qui pourrait être mal interprété par message.

— Pas vrai ?

Il rit et étend une longue jambe devant lui. Charli ronfle à ses côtés et il la caresse distraitement.

— C'est différent maintenant, dis-je. À présent que nos amis sont tous en couple. Je vois à quel point ils sont heureux. C'est ce que je veux.

— Tu sais ce dont tu as besoin ?

— Oh mon dieu, je te jure que si tu me dragues maintenant, je vais casser une de ces bouteilles et te frapper à la tête avec.

— Premièrement, aïe. C'est une sacrée technique de bagarre de bar, Kota.

Je ris. J'ai reluqué Patrick Swayze dans *Road House* de trop nombreuses fois, il faut bien l'admettre.

— Deuxièmement, arrête d'essayer de forcer les choses. Apprends à apprécier les garçons bizarres et les histoires à faire frémir. Amuse-toi. L'amour arrivera quand il sera censé arriver. La vie est une série d'événements, tu peux soit les laisser t'abattre, soit les ignorer et aller de l'avant. Je suis célibataire et j'en profite au maximum.

— Oh, je sais. Je t'ai vu en tirer le meilleur parti. Deux filles à la fois. Comment une seule fille peut-elle être comparable à ça après, sérieusement ?

— Tu sais ce qu'il y a de bien avec deux filles au lieu d'une ?

— Oh, j'ai l'impression que je devrais prendre des notes. J'ai hâte d'entendre ça. Non, Johnny, qu'y a-t-il de bien avec deux filles au lieu d'une ? En dehors du fait qu'il y a deux vagins dans lesquels on peut s'enfoncer.

Il secoue la tête.

— Pas de pression. Pour tout le monde.

— De pression ? Sérieux ? Mon pauvre. Tu stresses de ta performance ? Je le savais.

— Réfléchis. Tu sors avec quelqu'un et il n'y a que vous deux. À chaque mouvement, chaque mot, tu essaies de cerner l'autre et tu te demandes ce qu'il pense ou ressent. Alors que lors d'un coup d'un soir, surtout quand il y a plus de deux personnes, tout est une question de plaisir. Personne n'appelle le lendemain d'un plan à trois pour savoir si tu veux prendre un café.

Je secoue la tête, mais ne peux cacher mon sourire. Je le comprends. C'est une question d'attentes.

Quand tu prends les gens au mot, parfois, ils te déçoivent. Tu te sens spécial et désiré, ils disent tout ce qu'il faut, mais tu ne sais pas vraiment ce qu'ils ont sur le cœur. Le bon côté ? C'est qu'ils finissent toujours par te montrer leur vrai visage.

Ça ne concerne pas que les relations sexuelles. Nous avons des attentes dans tous types de relations. J'ai appris cette leçon à dix-huit ans, quand un homme en qui j'avais confiance, mon coach d'athlétisme au lycée, m'a fait croire que j'avais du talent et une grande carrière devant moi. Peut-être était-ce le cas, pourtant il ne l'a jamais vraiment cru. Il faisait et disait tout ce qu'il fallait pour que je finisse dans son lit. Je trouve ça incroyable de voir jusqu'où les gens sont capables d'aller pour te cacher qu'ils ne veulent que du sexe.

Mav me sourit.

— En plus, deux filles qui me veulent en même temps, c'est trop sexy.

— Et voilà. Je vais rester célibataire pour toujours. J'apprécie ton honnêteté, cependant.

Le silence s'installe. Les seuls bruits sont les ronflements de Charli.

— On devrait aller dormir un peu.

Je tente de me lever de la position inconfortable. Mav se

lève en me prenant les mains, il me soulève avec facilité. Il est si grand qu'il ne peut pas se redresser complètement sans se cogner contre le ventilateur du plafond.

— Merci.

Il baisse les mains, mais ne lâche pas les miennes. Il caresse légèrement du pouce le dos de mes doigts et sourit, son habituel sourire amical, mais mon rythme cardiaque s'accélère.

— Je vais te montrer la chambre d'amis. Viens, ma fille, dis-je à Charli en changeant de ton.

Oui, j'utilise le chien pour me sortir de cette situation. J'ai des images de Maverick avec deux filles dans la tête et je ne déteste pas ça. Qu'est-ce qui ne va pas chez moi ?

— Ma chambre est la dernière porte à droite. Celle de papa est la dernière à gauche et il est armé. Tu es prévenu.

Il dépose son sac sur le lit, Charli grimpe dessus, effectue un cercle à l'extrémité du matelas et se couche.

— Bonne nuit, Mav.

— Hé, attends.

Il m'attrape la main alors que je me tourne pour partir.

— Ah oui, la salle de bain est de l'autre côté du couloir. Tu peux y aller en premier.

— Merci, mais ce n'est pas ça.

Il a l'air mal à l'aise en se balançant d'un pied sur l'autre.

— Tu me stresses. Qu'est-ce qui ne va pas ?

— Tu m'as dit de ne pas te draguer, sinon tu me frapperais avec une bouteille, alors je choisis mes mots avec soin.

Je ricane bruyamment, puis me souviens que mon père dort. Je l'oblige à me lâcher la main en l'agitant et lui montre mes deux mains.

— Pas de bouteille de bière. Tu ne risques rien. Tant que tu ne m'invites pas à faire un plan à trois.

— Ne critique pas tant que tu n'as pas essayé.

Il sourit, puis redevient sérieux.

— Tu es géniale, Kota. Tu ne seras pas toujours célibataire. Tu pourrais avoir n'importe quel mec.

J'essaie d'en rire, mais il se rapproche et l'air autour de nous s'appauvrit.

— C'est bien d'avoir des critères élevés, mais les gens peuvent te surprendre si tu décides de leur faire confiance. S'ils n'arrivent pas à bien s'y prendre par message, ou s'ils aiment parfois s'adonner à des plans à trois, ça ne veut pas dire qu'ils sont incapables de te donner ce que tu veux.

Il s'interrompt. Je n'arrive pas à répondre ni à bouger.

— Voilà, c'est tout ce que je voulais dire.

Il bouge le premier et s'assoit sur le lit. Charli tend une patte dans sa direction. Elle souhaite se rapprocher de lui, mais elle est trop fainéante pour se lever. Johnny est comme ça. Les gens s'étirent pour se rapprocher de lui.

Je me force à reculer et tiens la poignée en retroussant les lèvres en un sourire amical.

— Merci, Mav. À demain matin.

***

Quand je me réveille le lendemain matin, c'est au son des voix de mon père et Johnny. Je regarde l'heure, puis me lève et enfile mes vêtements de sport. Je m'arrête rapidement à la salle de bains pour me brosser les dents et me faire une queue de cheval.

L'odeur du bacon m'accueille quand j'entre dans la cuisine. Johnny est à la cuisinière, torse nu, et mon père est assis à la table, des analgésiques et des ibuprofènes devant lui. Il se tient le dos.

— Oh non, qu'est-ce qui s'est passé ?

Papa agite la main.

— Rien. Je me suis fait mal quand on a rempli le pick-up.

— Pourquoi ne m'avez-vous pas attendu ? Mav et moi

aurions pu le faire. Il n'est même pas sept heures du matin. Tu as hâte de te débarrasser de moi ?

Son sourire s'adoucit. Je m'assois sur l'une des chaises et pique un morceau de bacon dans l'assiette au centre de la table.

— Tu as reçu ça.

Papa glisse trois enveloppes identiques vers moi.

Je lève la première, regarde l'expéditeur et la laisse tomber.

— Ils t'embêtent encore pour que tu sois dans le *Hall of Fame* ?

Je hoche la tête et fourre un autre morceau de bacon dans ma bouche. Depuis six mois, le lycée m'envoie des demandes pour être affichée dans leur *Hall of Fame*. Je pensais que j'avais réussi à esquiver ça puisque la cérémonie était le mois dernier, apparemment pas.

Mav se retourne.

— C'est génial !

— C'est inutile et injustifié.

Je me lève et les dépose sans les ouvrir dans la poubelle.

— Je vais courir. Tu veux que j'emmène Charli ? proposé-je en regardant autour de moi. Où est-elle ?

Maverick sourit légèrement et pointe la spatule vers le sol. Je me penche et vois Charli à côté des pieds de papa.

— Tu t'es fait une amie.

Papa répond par un grognement, mais se penche et gratte Charli derrière les oreilles.

Avant de partir, je lance un regard noir à mon père.

— Ne déplace plus rien tant qu'on est là.

Il se tait, mais son air peu impressionné m'indique qu'il n'en fera qu'à sa tête, ce vieux têtu.

Je n'ai fait que quelques mètres quand Mav me rattrape en courant.

— Hé, dis-je, surprise. Besoin de t'éloigner de mon père ?

— Non, il m'a jeté dehors en disant qu'aucun homme

respectable ne laissait une femme courir seule. Soi-disant que le quartier n'est plus ce qu'il était.

— Oh, mon Dieu. Je suis désolée. Et puis, ça va aller. Je suis plus rapide que la plupart des gens.

— C'est rien. Il faut que je m'y remette de toute façon.

J'emprunte mon chemin habituel en direction du lycée. Le quartier est vieux, beaucoup de couples à la retraite y vivent et les rues sont tranquilles à cette heure-ci. Au bout du pâté de maisons, nous tournons à droite.

Je nous fais remonter et descendre chaque rue pour prendre note des changements, au lieu de prendre la route qui mène directement à l'école. L'air matinal est très humide. Il fait beau et le soleil tape déjà sur ma peau.

Quand j'aperçois la piste d'athlétisme et le terrain de football, de la sueur coule dans mon dos.

— Waouh, s'exclame Johnny à côté de moi, alors qu'il était resté silencieux. Joli terrain.

— Le football, c'est *LE* sport ici, dis-je en prenant ma voix de pom-pom girl.

— Tu n'as pas l'air aigrie du tout, dit-il d'un ton sarcastique.

— Hé, je ne le suis pas vraiment. Ils ont refait le terrain en deuxième année et cela incluait la piste d'athlétisme, alors j'en ai profité.

Nous nous arrêtons devant la clôture et regardons à l'intérieur. Quelques personnes matinales se promènent le long de la piste en caoutchouc.

— Pourquoi ne veux-tu pas être intronisée au panthéon de ton école ?

— Je n'ai pas dit ça.

— Tu as jeté l'invitation à la poubelle.

Il fronce un sourcil sombre.

— Je ne cours même plus. Pas vraiment, tu vois ? Je ne mérite pas d'en faire partie et même si c'était le cas, c'est idiot.

— Et alors ? On s'en fout si c'est idiot. Et, ne me sors pas un : « je ne mérite pas d'en faire partie ». Qui es-tu, une membre du comité de sélection ? Laisse-les célébrer ton niveau. Je veux dire, tu travailles au *Hall of Fame*, tu sais ce que ça représente.

Je ne dis rien. C'est tellement plus compliqué que ça, mais j'apprécie qu'il me trouve douée.

— Viens, on y va. On devrait rentrer. On a encore une longue journée sur la route.

Nous prenons une route plus directe pour rentrer. À une rue avant la maison de mon père, un type dans une décapotable nous tourne le dos. Peut-être qu'il y a plus de jeunes dans le quartier que lorsque j'y vivais. L'adolescente que j'étais a passé beaucoup de temps à courir dans ces rues en espérant voir un nouveau voisin sexy.

Il tourne alors que nous nous rapprochons, c'est alors que mon souffle se coupe. Il m'aperçoit, me reconnaît et sourit.

— Dakota ?

Mon coach du lycée se penche pour attraper une bouteille d'eau à ses pieds, sans jamais me quitter des yeux. Je n'ai pas envie de remarquer la sueur qui coule sur son torse et ses abdominaux, mais je le fais tout de même. Hans Hote. Le coach Hot, c'est comme ça qu'on l'appelait. Le surnom lui va toujours. Je parviens à le saluer de la main sans m'arrêter, un pied devant l'autre. J'accélère alors que mon cœur bat la chamade.

— Bonjour, dit Johnny en suivant mon allure.

Mes poumons me brûlent tandis que nous tournons au coin de la rue de mon père.

— Tu veux me dire qui c'était et pourquoi on s'est enfuis en courant ?

— Personne, dis-je en mentant. Allez, viens. Je meurs de faim.

Peu après le petit-déjeuner, Maverick et moi sortons, prêts à entamer la dernière étape de notre voyage.

— Tu me manques, DJ. Défonce tout dans le Minnesota.

— Promis.

Je le prends dans mes bras et m'imprègne de l'odeur de son après-rasage.

— Merci de m'avoir laissé emprunter les meubles.

Je n'ai pas vu ce qu'ils ont mis dans la remorque du pick-up, mais Johnny a dit qu'ils avaient pris un canapé, un fauteuil, une table de chevet et un lit. L'appartement sera tout de même vide, mais c'est tout ce dont j'ai besoin.

Je m'arrête avant de monter devant. Maverick est déjà au volant, ses lunettes de soleil sur le nez. Papa se tient dans le jardin. Il me manque. Maman me manque. Après des années, j'oublie encore qu'elle n'est plus là.

— Bye bye, dis-je en le saluant de la main.

— Ne le laisse pas te convaincre de te faire tatouer, m'avertit papa avec un petit sourire au coin des lèvres. Fais attention sur la route avec ma DJ, dit-il avant de prendre une voix plus douce. Au revoir, Charli !

— Je suis presque sûr que ton père aime plus ma chienne que moi, dit Maverick en s'éloignant de la maison de mon enfance.

— Oh, c'est sûr qu'il aime Charli plus que toi, affirmé-je.

NEUF
DAKOTA

Il fait nuit quand nous arrivons à l'appartement. Je suis trop fatiguée pour contempler correctement les alentours. On doit encore installer nos affaires et je devrais au moins défaire mes essentiels pour pouvoir me préparer avant d'aller au bureau demain matin.

Le travail. Hiiii ! Je suis excitée pour mon premier jour.

Maverick se gare dans le parking souterrain. Quatre types appuyés contre le mur se redressent quand Mav éteint le moteur et ouvre sa portière.

— Euh... dis-je, mal à l'aise. On va se faire piller ?

Maverick me jette un drôle de regard avant de leur parler.

— Salut, les gars. Merci de...

Je ne l'entends plus quand il ferme la portière et salue les hommes. Je reste dans le pick-up, tout en les observant de plus près. Ils portent des tee-shirts verts assortis avec marqués dessus : « Les déménageurs ».

Les types écoutent Maverick. Il pointe du doigt la remorque et deux d'entre eux s'approchent. Les autres se dirigent vers un camion utilitaire et sortent une bâche et des sangles. Voilà qui est plus logique. Il a fait appel à une entreprise pour emménager.

Maverick retourne au pick-up et ouvre la portière.

— Prête à voir ton nouvel appartement ?

— Oui. Euh... Je peux prendre mes affaires en premier puisqu'elles sont à l'avant de la remorque. Tu peux m'aider avec les gros meubles ? Je pense que je peux prendre le cadre du lit toute seule, mais pas le matelas ni le canapé. Probablement pas le fauteuil non plus.

Il me regarde d'un air confus.

— Tu crois qu'ils vont déplacer mes affaires et pas les tiennes ?

— Je...

Eh bien, oui.

— J'ai appelé tout à l'heure. Je me suis dit que vu l'heure tardive, ce serait plus facile de porter les petits cartons et de commencer à déballer pendant qu'ils s'occupent des meubles. Tu as une grosse journée demain.

— Tu n'avais pas besoin de faire ça. Merci.

Il me fait un grand sourire.

— Viens, allons voir ton nouveau chez toi.

Nous prenons l'ascenseur jusqu'au premier étage. Mav m'informe que le rez-de-chaussée est un grand hall et que les portes d'entrée donnent sur la patinoire de l'autre côté de la rue. Il y a également un service postal, un pressing, un dépose-minute, un café (adieu mon second travail) et une conciergerie.

L'immeuble est fermé la nuit, j'aurai besoin du badge qu'il me donne pour rentrer après vingt-et-une heures. Je ne tiens plus en place quand il pointe une porte et déclare :

— C'est chez toi.

Il me donne la clé magnétique et je la passe. Un cliquetis et une lumière verte m'indiquent que ça a fonctionné. Je pousse la porte.

Comme je m'y attendais, c'est vide, mais l'appartement est immense. Tellement plus grand que ce à quoi je m'attendais.

Je traverse une grande entrée. La cuisine est sur la gauche et le salon s'étale devant moi. Je me dirige tout droit vers les fenêtres sur le mur du fond. En bas, les lampadaires sont éclairés. Mon ventre papillonne. Bon sang !

J'ai envie de faire des pirouettes alors que ce n'est pas du tout mon genre.

— L'agencement ressemble beaucoup au mien, dit-il en montrant la droite. Chambre et salle de bain.

Il se tient dans l'embrasure d'une porte et allume une lumière. C'est une chambre de taille normale, avec un beau dressing et une salle de bains attenante. Je ne peux m'empêcher de sourire.

— La buanderie est là.

Il ouvre une porte où devraient se trouver une machine à laver et un sèche-linge, mais c'est vide.

— Oh, merde.

— Pas grave, dis-je rapidement. Je me débrouillerai pour la lessive. Cet endroit est incroyable.

— Tu pourras utiliser ma machine.

Je ne vais certainement pas traîner mes culottes sales jusqu'à l'appartement de Maverick, mais j'apprécie l'offre.

Nous continuons à explorer. Il y a de petites toilettes de l'autre côté de la cuisine et une salle à manger. C'est parfait. Je n'ai jamais vécu seule et je suis tout à coup excitée, mais aussi un peu nerveuse. Cet endroit sera à moi pour les huit prochaines semaines !

Quelqu'un a dû frapper à la porte, car Johnny y va et l'ouvre pour les déménageurs. Cependant, je ne les entends pas, je suis encore trop occupée à analyser chaque détail de l'appartement.

J'ouvre tous les placards de la cuisine pendant qu'ils entrent avec les meubles.

— Où est-ce que vous voulez qu'on les mette ? demande l'un des déménageurs.

Je me retourne et les vois portant le canapé rose dans mon nouveau salon. Je ne peux m'empêcher de rire.

Deux autres types entrent avec le fauteuil assorti. Mon cœur se serre. *Sacré papa.*

— Près de la fenêtre.

— Il a insisté, dit Johnny. Tu auras les meubles les moins confortables de tout le Minnesota, mais je me suis dit que tu refuserais qu'il en soit autrement.

Les larmes aux yeux, je secoue la tête, étant incapable de parler pendant quelques secondes. C'est comme si ma mère était en train de me regarder.

— C'est parfait. Allons chercher le reste. J'ai hâte de dormir dans mon nouvel appart.

Nous rapportons tous les sacs en un voyage. Maverick fait rouler mon énorme valise jusque dans ma chambre.

— Merci.

Je la lui prends et essaie de la soulever pour la mettre sur le lit. Elle est lourde. Il s'approche pour m'aider.

— Je t'inviterais bien à monter chez moi, mais on dirait un champ de bataille ici.

Il n'a pas tort. J'ai la ferme intention de rendre cet endroit exactement comme je l'ai visualisé avant d'aller me coucher.

— Je dois tout trouver pour demain. À quel étage es-tu ?

— Au dixième.

Il prend Charli dans ses bras. Elle aussi s'est occupée de visiter les lieux.

— À quelle heure dois-tu être à la patinoire ?

— Neuf heures. Juste le temps de courir et de prendre le petit-déjeuner. Oh, merde. La bouffe. Je n'ai même pas pensé aux courses.

— On peut aller chercher des trucs maintenant si tu veux.

— Non, c'est bon. J'ai ma poudre de protéines et mon beurre de cacahuètes quelque part, et mon mixeur est là, dis-je en tapotant la valise.

Il sourit.

— Pas étonnant qu'elle soit si lourde. Alors, c'est bon ?

— Oui ! Je vais déballer mes affaires et essayer de dormir.

— Envoie-moi un message si tu as besoin de quoi que ce soit.

— Merci.

Je le raccompagne à la porte d'entrée. Il sort dans le couloir et me fait un sourire. — Bienvenue, voisine.

***

Au lieu d'aller courir, je passe mon temps à paniquer pour mon travail et à aménager la cuisine. Je n'ai pas apporté beaucoup de vaisselle puisqu'il n'y a que moi, mais j'ai plusieurs assiettes, bols, verres et une poignée de couverts. J'ai aussi pris une poêle, une spatule, un fouet et un économe. Même si j'ai emporté le dernier sur un coup de tête, je ne prévois pas vraiment de l'utiliser.

J'installe mon blender pour me faire mon smoothie. Je ne trouve pas mon beurre de cacahuètes alors que je sais que je l'ai apporté. Reagan s'est moquée de moi en le jetant dans les airs pendant que j'empaquetais mes chaussures. Oooh, je parie qu'il est dans le sac de chaussures.

Tandis que je me dirige vers la chambre, on sonne à la porte. Je me fige comme si j'étais prise en flagrant délit dans la maison de quelqu'un d'autre. J'attends une seconde, puis m'approche discrètement de la porte et regarde par le judas. Personne n'est là, mais il y a quelque chose par terre.

Curieuse, je déverrouille et ouvre la porte. Plusieurs sacs de courses remplis se trouvent là et au sommet, un pot de beurre de cacahuètes. Génial ! J'ai envie d'embrasser Maverick.

Quand vient l'heure d'aller au travail, je vérifie que j'ai bien mon sac, mon téléphone et le badge de l'appartement, avant de prendre l'ascenseur. Je souris devant le marbre blanc et le soleil qui entre dans le hall d'entrée.

Un homme à la porte l'ouvre pour les gens qui vont et viennent. Derrière un comptoir se trouve une jeune femme. Ça doit être la concierge dont Johnny m'a parlé.

Je lui souris et le portier me dit bonjour.

Je le salue en sortant. La rue entre l'appartement et la patinoire est animée. Je remonte jusqu'à l'angle et traverse avec d'autres passants. Je contemple le centre-ville. D'autres grands immeubles avec des noms de sociétés nous surplombent. Certaines que je connais et d'autres non.

J'ai l'impression d'être mal habillée à côté de ces gens en tenue d'affaires : costume et talons raisonnables. J'ai opté pour une robe noire simple et mes Converses rouges. Katherine des ressources humaines a dit qu'il fallait une tenue professionnelle décontractée, en insistant sur « décontractée », donc je ne m'inquiète pas trop. D'autre part, qui va voir mes chaussures si je suis assise derrière un bureau ?

Je reçois un message de Reagan alors que je m'apprête à entrer dans la patinoire. Je m'arrête et me mets sur le côté pour laisser les gens passer.

Bonne journée avec les beaux gosses de hockey. J'attends tous les détails. Des détails EXPLICITES. Elle a ajouté six émojis aubergine, un attaché-case et un visage qui envoie un baiser. Je l'aime.

À l'intérieur, je m'arrête au bureau d'accueil et donne mon nom, comme on me l'a dit. Les employés passent un coup de fil et me disent d'attendre dans l'entrée. Quelques minutes plus tard, Blythe en personne apparaît.

Elle est magnifique. Encore plus en personne. Un ensemble n'a rien à envier au pull qu'elle met en avant à chaque longue foulée. Sa belle peau sombre ressort avec sa tenue crème, mais la cerise sur le gâteau, ce sont ses talons rouge vif. Oh, je crois que je viens de trouver mon nouveau modèle.

— Dakota.

Elle sourit en tendant la main. Des bijoux en or simples, un bracelet et une bague... pas d'alliance.

— Je suis tellement contente que vous soyez là.

— Merci. Je n'arrive pas à y croire. J'attends toujours de me réveiller et d'être encore à Valley.

Ses yeux brun foncé s'illuminent quand elle sourit. Elle me tend un badge et nous passons devant l'accueil.

— C'est l'entrée principale. On peut aussi entrer par l'arrière, près des salles de sport, mais c'est sans doute plus facile en venant de votre appartement. Vous êtes bien installée ?

— Oui. On est arrivés tard hier soir.

— On ?

— Oh, j'ai fait le trajet avec Johnny Maverick.

— C'est vrai. Bien sûr.

Nous prenons un ascenseur jusqu'au dernier étage. Tous les gens que nous croisons sourient à Blythe et la saluent d'un signe de la tête. Je suis ravie de voir beaucoup de personnes en tenue décontractée et en tennis.

— Voici mon bureau.

Elle entre dans un grand bureau en angle. La vue donne sur la rue de mon appartement et sur un carrefour.

— Je regarderai en détail votre contrat demain, après l'intégration, mais c'est là que vous pourrez me trouver si je ne suis pas en réunion. Si j'y suis, vous pouvez venir me poser tout un tas de questions.

Elle a du goût en matière de décoration. C'était très moderne et chic, ça lui ressemble. Le bureau blanc aux pieds en acier doré est immaculé, hormis son ordinateur et une tasse de thé posés dessus. Elle me montre un grand carton derrière moi.

— Ce sont les produits du partenariat. Je vous les apporterai cet après-midi ou demain matin, dès que vous aurez un bureau.

Ça me démange de voir ce qu'il y a à l'intérieur. Des barres protéinées ? Des vêtements de sport ? Le suspense est insoutenable.

Nous sortons de son bureau et elle me conduit dans une salle de conférence.

— Laissez-moi vous présenter aux deux autres stagiaires dans notre groupe.

À l'intérieur, les gens s'activent. Ils rapprochent de longues tables face à un projecteur qui affiche un diaporama de bienvenue.

— Aujourd'hui, c'est une présentation générale pour tous les stagiaires. On vous parlera de tout et on vous fera visiter. Le repas est offert et... Je parle trop vite ? Désolée, j'ai tendance à le faire.

— Non, dis-je en riant doucement. Je crois que j'ai tout saisi. J'ai tellement hâte.

Elle me sourit de façon si sincère. Puis elle s'arrête à côté d'une brune aux cheveux soyeux, très bien habillée, comme ces gens dans la rue qui avaient l'air sur le point de tout déchirer. Seulement, elle est bien mieux vêtue. Une vraie Barbie carriériste !

— Dakota, je vous présente Quinn.

Je salue Quinn. Celle-ci m'adresse un sourire poli et me regarde de la tête aux pieds. Blythe s'approche d'un type qui porte une cravate des Wildcats. Je ne crois pas qu'il la porte pour se moquer.

— Et voici Reese.

— Salut, dit-il en agitant une main d'une façon un peu ridicule, mais ça a l'air de coller au personnage.

Je m'assois entre eux. C'est tellement irréel, je n'arrive pas à croire que je suis là.

Blythe sourit à ses stagiaires dévoués assis côte à côte.

— Je viendrai aux nouvelles de tout le monde cet après-midi. Bienvenue chez les Wildcats !

DIX

DAKOTA

Après plusieurs discours de bienvenue de plusieurs employés des Wildcats, on nous fait faire une rapide visite des équipements. Nous commençons par le guichet de vente de billets, puis découvrons les bureaux principaux, là où la plupart d'entre nous travailleront. Ensuite, nous descendons à la patinoire d'entraînement, qui est malheureusement déserte. Après quoi, on nous guide vers la patinoire principale, qui est également affreusement déserte, mais waouh, elle est impressionnante.

En fait, tout le bâtiment est stupéfiant, en partant des gradins verts aux incroyables tableaux dans les couloirs, avec également des photographies en noir et blanc de l'équipe au fil des ans. C'est comme si le *Hall of Fame* de Valley décidait de faire un bébé avec une patinoire de hockey, et que ce bébé possédait toutes les qualités d'une patinoire, ainsi que les gènes fabuleux du *Hall of Fame*. Il y a même une musique entraînante qui résonne à travers des haut-parleurs dans les couloirs.

Je suis époustouflée.

Tout le monde est excité pour la saison qui arrive. Ces gens adorent leur équipe. Je souris quand le nom de Johnny est mentionné plusieurs fois, avec d'autres joueurs qui viennent de signer et qui les enthousiasment.

Il est vrai que chaque fois que nous tournons à un angle et que je ne vois pas de joueur de hockey costaud, je suis déçue. Il est fortement probable que ma meilleure amie m'ait refilé sa fascination pour les beaux gosses de hockey. Mais sérieusement, nous n'avons pas vu un seul joueur de toute la matinée.

Quand alors j'arrive presque à sentir la sueur et les phéromones, nos guides se contentent d'agiter la main en direction d'un grand couloir, au bout duquel les joueurs font du sport, visionnent des matchs et s'habillent. Puis on nous demande de faire demi-tour. J'avais vraiment envie de jeter un œil aux vestiaires. Pas pour apercevoir un derrière parfait, même si cela aurait ajouté du piment à la visite, mais parce que j'ai envie de voir si c'est aussi bien que je l'imagine.

À présent, nous retournons dans la salle de réunion. Le diaporama explique l'histoire des Wildcats et affiche une photo de l'équipe qui, d'après les moustaches et les mulets, date des années 80.

— Oooh, peut-être que maintenant on va pouvoir rencontrer quelques joueurs, dis-je en m'asseyant entre Quinn et Reese. J'ai en tête cette image où ils les font défiler devant nous pour nous montrer pourquoi on travaille si dur. Peut-être que Jack Wyld nous fera un discours émouvant, puis on aura tous droit à une tape du poing et à un autographe. Allez, l'équipe !

Quinn me regarde bizarrement.

— J'en doute. Pas après l'été dernier, dit Reese d'une voix calme et basse, la bouche tordue sur le côté.

— Qu'est-ce qui s'est passé l'été dernier ? chuchoté-je, mais je ne sais pas pourquoi.

— Dernière page du manuel.

Devant mon expression confuse, il le pointe avec son stylo vert des Wildcats.

Je feuillette le petit manuel qu'on nous a donné ce matin et parcours des yeux le paragraphe sur les relations professionnelles.

— Sérieusement ? murmuré-je en le relisant.

Je me concentre sur la clause : « Nous décourageons fortement les relations sexuelles entre employés des Wildcats. » Ils listent ensuite des postes chez les Wildcats pour étoffer leur propos : managers, employés, collègues, stagiaires et joueurs. Ça n'explique pas ce qui s'est passé l'été dernier, mais c'est plutôt direct.

Ce n'est pas comme si j'allais réellement sortir avec un joueur, mais je suis surprise de le voir écrit noir sur blanc.

Jack ne vient pas nous faire un discours passionné. Ni d'autres joueurs. Après d'autres diaporamas sur les Wildcats et le programme de stage, on nous montre enfin notre espace de travail. Tous mes espoirs de voir des athlètes célèbres sont alors anéantis.

Épuisée après être restée assise si longtemps, mais encore si exaltée que je n'arrive pas à m'arrêter de sourire – car oh, mon Dieu, je bosse ici ! –, je m'assois à mon nouveau poste dans la partie stagiaire. Nous sommes regroupés avec d'autres stagiaires de notre département. On dirait que je vais passer beaucoup de temps avec Quinn et Reese.

Je fais tourner ma chaise et Quinn me lance un sourire narquois. Je crois qu'elle commence à m'apprécier. Elle n'a pas dit grand-chose aujourd'hui, à part pour nous informer que son père est ami avec le propriétaire et qu'elle est invitée à la soirée du lancement de saison tous les ans. Suis-je jalouse ? Pas du tout. Vais-je faire ami ami avec elle dans l'espoir de l'accompagner ? Peut-être. Je plaisante... je crois. Je dois vraiment faire sortir Reagan de ma tête. Je travaille avec des sportifs depuis des années. Tout de même, ici c'est différent.

Tout comme Quinn, Reese vient du coin. C'est sa seconde

année en tant que stagiaire chez les Wildcats, mais c'est leur fan depuis toujours, comme en témoignent les nombreuses statistiques ainsi que les faits qu'il récite sur les joueurs chaque fois que l'un d'entre eux est mentionné. La première chose qu'il pose sur son bureau est un palet.

Il est dix-sept heures passées, mais nous attendons que Blythe sorte de sa réunion et nous donne nos instructions pour demain. Quand elle apparaît, tout l'étage se fige pour l'observer. Il y a ce truc chez elle, je jure qu'on dirait que tous les lieux sont pour elle un podium de défilé.

— Vraiment désolée, j'ai été retenue en réunion. Comment s'est passé votre premier jour ?

Elle nous regarde tour à tour.

Nous marmonnons en chœur un « bien » fatigué.

— Rentrez chez vous et laissez vos cerveaux se remettre de la surcharge d'informations. On commencera demain à la première heure. À demain matin.

Elle sourit, les mains posées sur son téléphone.

Reese desserre sa cravate et l'enlève par-dessus sa tête.

— Certains stagiaires sont allés au *Wild's*, le bar en bas de la rue. Vous voulez aller prendre un verre ?

— Je suis partante, dis-je en prenant mon sac à main.

Je suis trop excitée pour aller m'asseoir dans mon appartement vide.

Quinn regarde son téléphone en répondant.

— Les joueurs ne seront pas là. Ils évitent ce coin-là pendant l'été. Même ceux qui viennent à la patinoire.

Reese et moi échangeons un regard et Quinn arrête de jouer avec son téléphone assez longtemps pour lever les yeux au ciel.

— Il y a tellement de bars plus sympas dans le coin. Le seul attrait du *Wild's*, c'est qu'on y voit des joueurs de hockey, mais peu importe, allons-y. J'ai un rendez-vous pour me faire faire les ongles en ville à dix-neuf heures, alors autant rester.

— Super, s'exclame Reese en rangeant sa cravate dans sa poche. Allons-y.

J'écris à Reagan pendant que nous marchons. Elle me dit qu'elle est avec Adam à la bibliothèque, mais elle promet de m'appeler une fois rentrée pour tout savoir sur mon premier jour. J'envisage d'inviter Maverick à se joindre à nous, mais je doute qu'il veuille être accosté par une foule de stagiaires surexcités. S'ils sont comme moi, à n'avoir qu'une seule hâte, c'est de rencontrer un joueur, alors il regrettera d'être venu. Ou peut-être pas. Johnny en profiterait sûrement.

Le *Wild's* a une ambiance sympa. C'est un café des sports ordinaire. La télévision diffuse des événements sportifs. Des souvenirs des Wildcats sont accrochés aux murs, aux cibles de fléchettes et aux billards. L'intérieur est très éclairé, au lieu de l'éclairage généralement tamisé de certains bars. Ici, on n'essaie pas de cacher la crasse. La table à laquelle nous sommes assis ne colle pas et n'est pas branlante. Je suppose que lorsqu'on a des joueurs de hockey professionnels comme clients, on doit faire un effort sur la propreté.

— Tu es fan des Wildcats ? me demande Reese.

Étonnamment, Quinn propose de payer la première tournée et va chercher nos verres au bar.

— Je le suppose, oui.

Il émet un rire profond et rauque, mais amical. Ensuite, il pointe du doigt Quinn qui se tient au bout du bar, à côté de deux garçons. Le barman la sert et elle leur dit au revoir de la tête avant de nous rejoindre.

— Tu connais Declan Sato ou Léo Lohan ?

Je secoue la tête et regarde à nouveau les types au bar de la tête aux pieds.

— Non. Oh, merde. Ce sont des joueurs ?

Il acquiesce tandis que Quinn pose nos verres avec un sourire triomphant.

— Je suppose qu'ils sortent pendant l'intersaison, lui dit Reese.

— Ce ne sont pas vraiment les joueurs les plus sociables. Pas comme Jack Wyld.

— Pourquoi ? Parce qu'ils ne discutent pas avec des groupies dans les bars ?

Oh mince, il parle de Quinn ?

— Je ne suis pas une groupie.

Tout comme elle, j'arbore une expression horrifiée. C'est tellement années 90 de traiter une fille comme ça.

Le visage de Reese pâlit.

— Merde, je ne parlais pas de toi. Je voulais dire... peu importe. Je suis désolé.

Elle reprend son verre et joue avec sa paille.

— D'ailleurs, si c'était le cas, mes critères pencheraient pour Jack Wyld.

Oh, Quinn. Je crois que je l'aime bien.

— Enfin bref, dit Reese, vous les avez enfin vus pour la première fois, c'est officiel.

— Ce n'est pas comme si ça comptait puisqu'on ne peut pas les approcher cet été, dit Quinn en fronçant les sourcils.

Je remarque qu'elle a dit « cet été », comme si elle avait bien l'intention de conquérir un joueur de hockey un jour... et un joueur de haut niveau, on dirait.

Reese baisse la voix.

— Tu peux remercier Jack pour cette règle.

— Comment ça ? demandé-je.

Il remue sur sa chaise et se penche en posant un coude sur la table.

— L'été dernier, il y avait une stagiaire, Crissy, la rumeur disait qu'elle sortait avec un joueur.

— Jack ? demande Quinn. J'en doute. Probablement une fille qui cherche à attirer l'attention.

— Peut-être. Je ne la connaissais pas. J'étais au département des relations publiques l'été dernier, mais Crissy faisait partie de la rotation des stagiaires avec Blythe, comme nous. Elle était dans mon département au moment où elle a posté la photo.

Il s'assoit bien droit et se sert de ses mains pour nous décrire la photo.

— Elle est manifestement nue, avec un drap sur elle pour la couvrir, et un homme, prétendument Jack, est allongé sur le lit derrière elle.

— Prétendument ? répété-je.

— On ne voit qu'un dos et une moitié d'épaule. Impossible de savoir, précise Reese. Elle l'a postée sur la page de l'équipe, avec « Infidèle » pour légende. Ça a très vite fait du bruit puisque personne n'était sûr que c'était lui. D'ailleurs, notre capitaine peut se taper tout l'État tant qu'il continue à jouer comme il le fait. Mais c'est juste après cet incident qu'ils ont interdit de sortir avec les joueurs.

— Premièrement, Jack ne se met jamais en couple, donc l'idée qu'il ait été infidèle est bête, dit Quinn en pinçant ses lèvres brillantes.

— Et deuxièmement ? s'enquiert Reese.

— C'est idiot qu'ils aient établi une règle parce qu'une personne n'a pas su garder son sang-froid.

— Ouah, m'exclamé-je, abasourdie. Je suis choquée par le culot qu'il faudrait pour faire ça. Et pour risquer son poste. J'ai vu des photos de Jack, il est magnifique, mais aller aussi loin et le dénoncer publiquement ?

Nous restons assis en silence quelques instants avant que Reese ne prenne à nouveau la parole.

— Arizona, qu'est-ce qui t'a amenée au Minnesota ?

— Le travail, bien sûr.

— Je veux dire, il y a beaucoup de stages là-bas. Pourquoi un stage si loin de l'Arizona ?

— Tu fuis quelque chose ? demande Quinn, les yeux étincelants.

J'aurais dû deviner qu'elle aimait les potins. Ça se confirme quand je vois à quel point elle serait ravie que ce soit le cas.

— Non, c'est un ami de la fac qui m'a recommandée pour ce poste.

— Tu étudies où ? demande Reese.

Une bouffée de fierté jaillit en moi.

— À l'Université de Valley.

Son sourire s'élargit.

— Ils ont gagné le championnat universitaire cette année.

J'acquiesce.

— Ils ont fait une grande saison. Je voulais venir à Kansas City pour la finale, mais je n'ai pas pu.

— J'y étais et c'était génial.

— Attends... un ami de la fac. Tu ne veux pas dire...

— Si.

Encore une bouffée de fierté. C'était incroyable d'entendre le nom de Maverick prononcé si souvent aujourd'hui. Le Minnesota est très heureux que les Wildcats l'aient recruté.

— Quoi ? demande Quinn en nous regardant tour à tour. Qu'est-ce que j'ai raté ? Qui est-ce ?

Elle plisse les yeux vers moi.

— Johnny Maverick. On était à la fac ensemble.

C'est bizarre de dire ça au passé. Il ne sera plus là quand j'y retournerai.

Elle fronce les sourcils en faisant la moue, peu impressionnée.

— Je n'ai jamais entendu parler de lui avant aujourd'hui.

— Tu en entendras parler, assure Reese en levant sa bouteille de bière. Aux Wildcats !

Quinn et moi joignons nos verres au sien.

— Aux Wildcats !

Je reste avec Reese qui me présente à beaucoup de personnes. Vu qu'il a été stagiaire l'année dernière et qu'il vient du coin, il sait tout. J'ai l'impression de boire ses paroles comme devant une lance incendie. J'ai envie de faire du si bon travail cet été.

Quinn finit par nous quitter pour aller faire ses ongles. Je suis contente qu'elle soit venue. Elle ne ressemble à aucune de mes amies, mais j'aime son impudence.

En parlant d'amie, Reagan m'appelle pendant que nous jouons aux fléchettes. Je me retire et trouve un endroit tranquille au bar.

Le visage de mon amie apparaît à l'écran et je lui souris.

— Rea !

— Kota ! Tu me manques, dit-elle en affichant une mine triste. Parle-moi de ton premier jour. C'était génial ? Tu as rencontré des joueurs de hockey ? Tu me manques tellement !

— Tu me manques aussi.

C'est vrai. Nous sommes inséparables depuis trois ans. Depuis notre rencontre, nous avons passé très peu de jours sans nous voir ou nous parler.

— Et les beaux gosses de hockey ? demande-t-elle avec un large sourire.

— J'en ai vu quelques-uns au bar, mais seulement de dos. C'est tout aussi bien. Pendant la présentation aujourd'hui, ils nous ont bien fait comprendre qu'il ne fallait pas fraterniser avec les joueurs.

— Vous ne pouvez pas sortir avec les joueurs ?

Sa bouche forme un O parfait et ses yeux s'écarquillent. On croirait que je viens de lui dire que je ne peux pas quitter mon bureau pour aller aux toilettes.

— Oh, allez, ce n'est pas comme si je comptais vraiment le faire de toute façon.

Le seul joueur avec qui je passerai du temps cet été est celui du partenariat. Et Maverick, bien sûr. Enfin, en supposant qu'il en ait envie. Il pourrait être occupé avec l'équipe.

— Je t'en prie, c'est marqué sur ton front que tu en as envie, me taquine-t-elle. Tu as porté le numéro de Maverick lors de la finale et ensuite, il a fait un coup du chapeau. C'est suffisant pour convaincre n'importe quel homme que tu rencontreras là-bas que tu es l'accessoire parfait d'une grande saison.

Je ricane.

— Sauf que je ne serai plus là quand la saison commencera.

— Je crois en toi. Fais en sorte que ça arrive.

Je me mets dans la peau de mon amie actrice et pose une main sur mon cœur.

— Hé, toi. Tu veux qu'on sorte ensemble pour les deux prochains mois ? Je pars à la fin de l'été, mais mon vagin est magique. Je te garantis que tu vas passer une bonne saison.

Je glousse et regarde Reagan, qui devrait rire avec moi. Cependant, ses yeux bruns sont encore plus écarquillés.

— Euh, Kota.

— Quoi ?

Elle pointe du doigt. Je me retourne sur ma chaise et tombe nez à nez avec Johnny et Jack Wyld.

Maverick rit doucement et Jack arbore un sourire amusé. Oh, mon Dieu, il est beau de près. Il fait la même taille que Maverick, mais il est plus large et a juste ce qu'il faut de barbe. Ses cheveux noirs sont coiffés en arrière. Quel beau gosse ! Je retire ce que j'ai dit tout à l'heure, je comprends tout à fait qu'il ait pu rendre une jeune fille folle et lui faire jeter sa raison et son travail par la fenêtre.

— Qu'est-ce que vous avez entendu ?

— Assez pour vouloir t'offrir un verre, dit Jack en faisant signe au barman.

— Je vais raccrocher maintenant, dit Reagan en attirant mon attention sur son visage souriant. Amuse-toi bien !

Elle raccroche, je n'ai d'autre choix que de faire face à Johnny et Jack.

Maverick s'installe à côté de moi.

— Jack, voici mon amie Dakota. Kota, je suppose que tu connais Jack.

— Non, dis-je avant de secouer la tête. Je veux dire, oui, je sais qui tu es.

Jack me tend une large main.

— Enchanté, Dakota.

ONZE

JOHNNY

— Tu devrais voir ta tête.

Je me retiens de rire alors que Dakota, bouche bée, regarde Jack traverser le bar en direction de Dec et Lohan.

— Je ne m'attendais pas du tout à ce que tu sois éblouie.

— Je...

Sa bouche s'ouvre et se ferme plusieurs fois avant qu'elle continue.

— J'ai juste été prise au dépourvu. Bon sang, quel morceau !

Elle secoue la tête en faisant tomber ses longues mèches rousses sur une épaule. Elle se ressaisit et m'adresse un sourire ravageur.

— Qu'est-ce que tu fais là ?

— Jack a appelé et a dit que quelques gars étaient là.

Je hausse une épaule. J'ai passé la journée à déballer mes affaires et à m'installer dans l'appartement. Avoir des nouvelles du capitaine de ma nouvelle équipe a été une distraction bienvenue.

— Tu crois que tu supporteras de rencontrer deux autres de mes coéquipiers ?

Elle lève les yeux au ciel.

— Bien sûr que oui.

Nous nous levons et je la guide vers les gars.

— Johnny Maverick, me salue Léo Lohan, perché sur un tabouret de bar. C'est bon de te revoir, mec.

— Pareil pour moi.

La dernière fois que je suis venu ici, j'ai rencontré la plupart des membres de l'équipe, mais seuls quelques-uns sont encore en ville pendant l'intersaison.

Declan incline la tête en guise de salut. Je ne suis pas sûr de l'avoir déjà entendu parler, mais il a une tête sympathique.

— Les gars, voici mon amie Dakota. Elle fait un stage chez les Wildcats cet été.

— Salut.

Kota sourit et les salue.

— Comment vous vous connaissez ? lui demande Jack.

Je passe un bras autour de ses épaules.

— Oh, on se connaît depuis longtemps.

Jack hausse les sourcils et hoche lentement la tête.

— Vagin magique... Je crois que je comprends maintenant. C'est grâce à elle que tu as réussi un coup du chapeau à la finale du championnat.

Dakota râle et se dérobe sous mon bras.

— C'est vrai, dis-je. On n'a pas couché ensemble, mais elle portait mon numéro au dernier tiers-temps.

— Des seins magiques.

Jack sourit et tend le poing à Dakota.

Elle tape ses jointures avec les siennes, mais sans grand enthousiasme.

— Bon, c'était mortifiant. J'ai été ravie de vous rencontrer. Oublions cette conversation, d'accord ?

— OK, dit Léo en ajustant la casquette des Wildcats sur sa tête. Ignore Jack. C'est ce qu'on fait.

— Elle devrait être douée pour ça si elle est amie avec Maverick, ajoute le silencieux Declan.

Je retire mon commentaire sur le visage sympathique.

— S'ils distribuaient des diplômes pour ça, j'aurais un doctorat, confirme-t-elle en me donnant un coup de coude. Je peux vous le voler ? Je veux te présenter à quelqu'un.

— Je dois y aller, les gars, dis-je. Elle veut me montrer.

Je pare le coup de coude qu'elle s'apprête à me donner, je le sais, et fais un pas de côté par sécurité. Je ne suis allé qu'une seule fois au *Wild's*, c'est bondé cette fois-ci. Dakota sillonne entre les tables et s'arrête devant les cibles de fléchettes. Un type lui sourit comme ils ont tous l'habitude de faire devant Dakota, mais celle-ci ne semble jamais le remarquer. Puis son regard dérive vers moi et il écarquille les yeux.

— Johnny, voici mon nouvel ami et collègue, Reese. Reese, Jo...

— Johnny Maverick, l'interrompt-il. Mec, je suis vraiment content que tu sois là. J'aurais bien eu besoin de quelques-uns de tes points la saison dernière.

— Reese est un fan, dit Dakota, les yeux pétillants d'amusement, comme si elle n'était pas en train de s'extasier devant Jack il y a quelques minutes.

— C'est le gars dont tu ne fais que parler ?

Une fille s'avance à côté de lui et me jette un coup d'œil qui me donne l'impression que je devrais prendre une douche. Ce n'est pas tant sexuel qu'invasif.

— Je croyais que tu étais partie, dit Dakota, les lèvres plissées en un grand sourire moqueur. Johnny, je te présente Quinn.

— Enchanté.

Je serre la main à tous les deux.

— Je suis revenue quand j'ai appris que Jack avait fait une apparition, explique Quinn aux yeux rayons X.

Mieux vaut se méfier de cette fille. Laque, parfum, maquillage et produits corporels... ça fait beaucoup de produits. Je jure qu'elle sent les emmerdes. Elle est magnifique et apprêtée d'une façon qui fait comprendre qu'elle est prête à aller là où la soirée la mènera, tout en espérant qu'il s'agira d'un repas gastronomique sur un yacht.

Quand une fille sent l'argent, ça veut soit dire qu'elle est riche, soit qu'elle aspire à l'être. Je reste poli tandis que Dakota m'explique qu'ils travaillent tous les trois pour Blythe cet été. Reese est réellement un fan et il me sort certaines de mes statistiques de la saison dernière ce que Dakota trouve amusant et moi génial.

— On était sur le point de commencer une nouvelle partie, dit Reese en brandissant une fléchette. Vous en êtes tous les deux ?

— Oui, jouons en équipe !

Les yeux de Quinn s'illuminent et elle m'attrape le bras.

Dakota recule en contemplant les doigts de Quinn sur moi.

— On ne devrait probablement pas être vus faisant ami ami avec toi.

— Pourquoi ? Je pue ? J'ai pris une douche, aujourd'hui.

Dakota lève les yeux au ciel. J'adore quand elle fait ça. Ne lui dites pas.

— On n'est pas censés fraterniser avec les joueurs, dit-elle.

— Quoi ? Pourquoi ?

— Longue histoire, répond Dakota en même temps que Quinn insiste sur le fait que ce n'est pas grave. Allez-y, les gars. J'étais sur le point de partir de toute façon. À demain, dit-elle en regardant ses nouveaux amis.

Quinn fait un pas vers moi et enfonce ses ongles dans mon biceps. Je commence à avoir l'impression qu'elle a envie de s'offrir des Louboutin. Je n'aime pas juger, mais elle est un peu trop avide.

— Je crois que je vais rentrer aussi. Je suis plutôt fatigué.

— Tu n'as pas besoin de faire ça, insiste Dakota.

— Non, j'en ai envie.

Je me dégage de l'emprise de Quinn.

— Prête, bébé ?

Une fois dehors, Dakota éclate de rire.

— Bébé ? Est-ce que tu viens de m'appeler bébé pour empêcher une fille de te suivre jusqu'à chez toi ? Ou tu as eu son numéro et elle te suit dans cinq minutes ?

Elle se retourne vers l'entrée du bar.

— Cette fille est dangereuse.

— Quinn ? Je pense que ce n'est qu'une façade.

— Hmm hmm.

Je ne crois pas.

— Oh, allez. Comme si tu n'avais jamais couché avec une groupie.

— Ce sont des groupies professionnelles, Kota. C'est une toute nouvelle ligue.

Nous marchons sur le trottoir en traînant les pieds. Le soleil se couche et il y a moins de trafic.

— Tu as dîné ?

— Non, pas encore. Et toi ?

Je m'avance pour lui ouvrir la porte, mais Larry, l'un des portiers, me devance et ouvre grand la porte du hall en nous accueillant.

— Salut, Larry. Vous avez rencontré Dakota ? Elle fait un stage chez les Wildcats cet été.

— Vous êtes la nouvelle locataire au premier étage ? lui demande-t-il.

— Oui.

— Enchanté.

Dans l'ascenseur, elle appuie sur les étages un et dix.

— Qu'as-tu envie de manger ? lui demandé-je.

— On va vraiment manger ensemble ? Je croyais que ce n'était que pour t'éloigner de Quinn.

L'ascenseur s'arrête au premier étage et elle sort.

— Je n'ai pas envie de sortir.

— Commandons.

Je pose une main sur la porte pour qu'elle ne se referme pas.

— Chez moi ou chez toi ? proposé-je avant de secouer la tête. Non. Chez moi. Je ne veux pas m'asseoir sur ce canapé rose.

Elle rit.

— On se voit dans quinze minutes.

———

Je commande au premier restaurant que je trouve qui livre à domicile et pars promener Charli. Declan revient du bar au même moment. Quelques gars de l'équipe, y compris lui, vivent ici, mais les autres sont absents pour l'été. Ça me fait encore bizarre de vivre ici sans mes amis. À part Kota, bien sûr.

Il s'agenouille et tend sa grosse main vers ma chienne. Elle s'approche joyeusement. Il n'y a pas beaucoup de gens qu'elle n'aime pas, mais mon nouveau coéquipier gagne des points.

— Tu es bien installé ?

— Oui. J'adore le Mini-soda.

Il me fait un sourire narquois.

— Bien. Dis-moi si tu as besoin de quelque chose. Je suis au onzième.

— Merci, mec.

Je tombe sur le livreur qui entre dans l'immeuble, prends les plats et retourne à l'étage.

Dakota m'attend devant la porte, les jambes croisées. Elle a échangé sa robe pour un short et un tee-shirt ample et s'est fait une queue de cheval. Elle est habillée de façon décontractée, mais reste belle quoiqu'elle porte.

— J'ai la bouffe, dis-je en levant le sac.

Elle le prend et j'ouvre la porte de l'appartement. Une fois que Charli n'a plus sa laisse, elle court partout, encore en train de s'adapter. Tous les deux, nous ne nous sommes pas encore habitués à ce que ce soit notre nouveau chez nous.

— Raconte-moi ton premier jour, chérie, dis-je d'un air moqueur en attrapant des assiettes et des couverts dans un carton.

Je n'ai pas vraiment défait les cartons pour le moment, mais ma télévision est installée. Chacun ses priorités.

Dakota fait le tour de l'appartement. Elle me parle sans me regarder.

— C'était génial. La majeure partie de la journée, on est restés dans une salle de conférence pour discuter de la rotation des stagiaires. Les ressources humaines nous ont aussi fait part de détails ennuyeux, mais on nous a ensuite fait visiter toutes les installations. La patinoire...

Elle se tourne vers moi. Son expression est impressionnée, comme il se doit.

— C'est la plus belle chose que j'aie jamais vue.

— Pas vrai ?

J'apporte les plats et les couverts dans le salon. J'ai une table à manger, mais Kota n'a pas l'air de se soucier de manger dans le séjour. En fait, elle s'assoit en tailleur par terre et continue à parler pendant que je pose une assiette devant elle et ouvre tous les plats.

— C'est ce que j'ai préféré aujourd'hui, haut la main. Je ne m'attendais pas à ce qu'elle soit si imposante.

— Comme ma queue.

C'est sorti de ma bouche avant que je ne puisse l'arrêter.

Dakota froisse le ticket de caisse de la livraison et me le jette à la figure.

— Pour moi, c'est les vestiaires. Peu importe le nombre de vestiaires que j'ai vus, il y a toujours quelque chose de spécial quand j'en découvre de nouveaux. Et le vestiaire des Wildcats est plutôt épique.

— Ils ne nous ont pas laissés entrer, dit-elle en fronçant les sourcils. Ils nous ont gardés très loin des endroits où pouvaient se trouver les joueurs.

Je mets une grosse bouchée de nouilles dans ma bouche et je mâche.

Dakota prend une bouchée beaucoup plus petite et son visage se crispe de dégoût.

— Euh, c'est quoi ça ?

— Je croyais que tu aimais manger thaï, dis-je, la bouche encore presque pleine.

J'ai tellement faim. Je ne sens même pas le goût. J'ai sauté le déjeuner alors que j'essayais d'aménager le salon.

— Oui, mais ça a un goût bizarre.

Je lui tends mon assiette. Elle prend une autre bouchée et se rue dans la cuisine. La main sur la bouche, elle marmonne en cherchant quelque chose.

— La poubelle est sous l'évier.

Je crois. J'espère parce que je l'entends cracher, puis elle réapparaît.

— Ce n'est pas comestible.

— Tu es du genre à ne pas avaler ? Je suis tellement déçu.

Avant qu'elle ne puisse lever les yeux au ciel, enfin, juste avant, je pose ma fourchette.

— Tu veux que je commande autre chose ?

— Non, je vais trouver quelque chose.

Elle ouvre un placard, puis un autre, avant de me lancer un de ses regards sans complaisance.

— Johnny Maverick, tu as fait les courses pour moi et tu ne t'es rien acheté ?

— Comment tu...

— Oh, je t'en prie. Tu es la seule personne que je connaisse ici.

Je souris.

— J'avais prévu de les faire ce soir.

— D'accord. Laisse-moi t'accompagner. J'ai besoin d'autres trucs de toute façon.

— Je peux finir ça d'abord ?

— Vraiment ?

Mon ventre gargouille. Oui, ce n'est peut-être pas une bonne idée. Quelque chose cloche ou alors, elle a bien réussi à me faire peur.

— Merci, au fait.

Dakota prend un chariot pour nous à l'intérieur du magasin.

— Pour quoi ?

— Les courses.

— Oh, ce n'était rien.

Elle conduit le chariot jusqu'au rayon fruits et légumes et s'arrête devant les bananes.

— Ce n'est pas rien. C'est vraiment sympa.

C'est la partie que je déteste quand il s'agit de faire un cadeau. Je ne sais pas quoi faire des remerciements. C'était cinquante dollars de courses, pas une Rolls-Royce.

— Avec plaisir, dis-je en plaçant un paquet de bananes et des oranges dans le chariot.

— Qu'est-ce qu'il te faut ?

— De tout. Et des trucs sains. Je commence à m'entraîner avec les autres demain.

Mon contrat est bilatéral, si je veux rester dans le Mini-soda et ne pas être envoyé dans l'équipe inférieure de l'Iowa, je dois prendre les devants.

— D'accord. Moi aussi. De bons aliments sains pour avoir un summer body sexy.

Elle s'approche de l'avant du chariot et y pose des produits.

— Je vais mettre mes affaires là pour qu'on ne les mélange pas.

Les courses ne durent que dix minutes, j'ai rempli le chariot avec tellement de choses que je dois empiéter sur son espace. Je ne sais même plus ce qui est à qui.

Nous contemplons le chariot qui déborde.

— Tu as tout ? demande-t-elle.

— Oui, je crois.

J'observe les légumes et la viande empilés, puis jette un regard dans le rayon des chips que nous avons volontairement évité parce que nous n'en voulions pas.

— Tu sais, on devrait prendre des chips et des bonbons, propose-t-elle.

— Peut-être de la glace.

Elle hoche la tête avec enthousiasme.

— On se mettra au régime demain.

— Ça marche !

Je me rue dans le rayon, debout sur les roues du chariot jusqu'à atteindre les chips que je veux. Ceux à la crème et aux oignons. Pourquoi n'en ai-je pas voulu ?

Les rayons sont saccagés, comme avant une tempête de neige ou les vacances. J'aperçois ceux que je veux sur l'étagère du haut, mais il n'en reste pas beaucoup et je n'arrive pas à les atteindre.

Je me hisse sur le chariot, mais même comme ça, je n'y arrive pas.

— Fait chier. Je les voulais absolument.

Dakota tient fermement un paquet de bretzels dans une main et des Cheetos dans l'autre.

— Lesquels ?

Je les lui prends et jette les deux dans le chariot.

— Monte sur mes épaules.

— Quoi ?

Elle rit.

— J'ai besoin de ce paquet de chips, Kota. C'est une question de vie ou de mort.

— On ne peut pas demander de l'aide à quelqu'un ?

— On perd du temps. On doit encore aller au rayon des glaces.

En riant, elle secoue la tête, mais se place derrière moi.

Je m'accroupis et elle passe une jambe par-dessus mon épaule tout en se tenant à ma tête pour garder l'équilibre.

— J'ai l'impression que c'est une très mauvaise idée.

— Je ne te laisserai pas tomber. Promis.

Elle râle, mais pose l'autre jambe sur mon autre épaule. Lentement, je me lève avec elle sur mes épaules. Je m'agrippe à ses cuisses. Elles sont douces comme de la soie. J'essaie de ne pas me concentrer là-dessus parce que la faire tomber gâcherait vraiment ce moment. Aussi, je n'aurais sûrement pas mes chips.

Je m'approche de l'étagère et elle se penche en avant, une main dans mes cheveux et l'autre tendue. Je lève la tête et son ample tee-shirt m'offre une belle vue directe. Merde, je vais aller en enfer. Toutes les sensations : ses petits seins recouverts par de la dentelle noire, ses jambes douces et sexy et sa façon d'empoigner mes fichus cheveux ; c'est mon nouveau début de film porno préféré. Vous savez, ceux qui démarrent par des rencontres fortuites et qui finissent par le livreur de pizza qui arrache le haut de la fille. Ou, dans ce cas-là, Dakota toute nue sur mes épaules en train de me tendre des chips.

— Je les ai ! crie-t-elle.

Je recule et elle les jette dans le chariot.

— Maintenant, repose-moi.

— Je ne sais pas. J'avais une bonne vue quand tu t'es penchée en avant. Il me faudrait peut-être d'autres trucs.

Elle me frappe le front.

— Oh mon dieu. Je te faisais une faveur.

— Je ne voulais pas les voir. Ils étaient juste là.

— Ils... Oh mon Dieu.

Elle se couvre le visage.

Je m'accroupis pour qu'elle puisse descendre.

— Détends-toi. Ce n'est pas la première fois que je les vois. Merde.

— Je savais que tu les avais vus cette nuit-là !

— Je n'ai pas vu grand-chose.

J'ai tout vu.

Les yeux plissés, elle continue tout de même à me sourire. Je sais qu'elle me les a montrés derrière la bâche à Valley. Quand les lumières ont vacillé, je les ai suffisamment aperçus pour que ça m'excite. Pour être honnête, même quand elle est habillée, elle est excitante. Bon, d'accord, à mes yeux en tout cas.

C'est un avion de chasse. J'adore ses cheveux roux, son teint pâle, sa façon de lever les yeux au ciel et son sourire quand je la drague, ce que je fais souvent. Elle croit que je plaisante. Je ne suis jamais très sérieux. Mais je ne lui ai jamais rien dit que je n'étais pas prêt à assumer ensuite.

DOUZE
JOHNNY

EN FIN de matinée le mardi, je me rends à la patinoire. Jack m'a dit que les joueurs encore en ville continuaient à s'entraîner et, pour être honnête, j'ai besoin d'une excuse pour sortir. Je n'aime pas être seul. À Valley, c'était pile ce qu'il me fallait. J'avais mon propre appartement, mais je n'étais qu'à une volée de marches de Heath, Adam et Rhett. Bon sang, les gars me manquent.

Je m'arrête devant les portes de la patinoire et prends un selfie, puis je l'envoie au groupe. Heath est le premier à me répondre tandis que je traverse le hall en direction de la salle de sport.

Payne : Jolie patinoire, mec. Ce n'est plus pareil sans toi dans l'équipe.

Il envoie une photo de la patinoire de Valley et je dois admettre que même en étant dans cette patinoire luxueuse, je suis frappé par la nostalgie en sachant que je ne m'y rendrai plus.

Scott : Tu as laissé une boîte énorme de capotes phosphorescentes à l'appart. Tu veux que je te les envoie ?

Rauthruss : On est à nouveau dans le même État ! Dis-moi quand tu es libre et Sienna et moi viendrons dîner.

Maverick : C'est un cadeau d'adieu, Scott. Profite. Payne, je t'aime, mec. On s'appelle plus tard ? Rauthruss, oui, on se verra dès que le camp d'entraînement sera terminé.

Bon sang, ça fait bizarre. Je ne suis resté que deux ans à Valley et pourtant, je m'y sentais plus chez moi que tous les endroits où j'ai vécu. Je parcours les alentours des yeux. Ce n'est pas trop mal ici. Pas mal du tout même.

Jack, Declan et Léo soulèvent des haltères avec la musique à fond. Je m'arrête sur le pas de la porte et contemple la salle de sport. J'en ai la chair de poule. C'est immense. Tellement de machines dernier cri. Personne n'a regardé à la dépense ici.

— Johnny Maverick, dit Jack en regardant l'horloge au mur. C'est gentil de nous rejoindre enfin.

— Ton message disait que tu serais là de neuf à quatorze heures.

Le capitaine des Wildcats laisse tomber les haltères dans ses mains et s'avance.

— Je plaisante. Tu es à l'heure pour les haltères.

— C'est bien joué de ta part d'avoir volontairement raté la course de huit kilomètres.

Léo sourit en épongeant la sueur de son front avec une serviette.

Dec termine sa bouteille d'eau et utilise le dos de sa main pour s'essuyer la bouche.

— Et la séance d'étirements d'une heure.

Huit kilomètres ? Des étirements ? Déjà ? Meeerde. J'ai mangé un bol de céréales et l'ai fait descendre en engloutissant une dizaine de beignets tout en regardant *Le Juste Prix*. Je sais. Je sais. J'étais censé commencer à bien manger aujourd'hui, mais je n'ai pas pu me résoudre à jeter toutes mes cochonneries.

Je m'approche du seul type que je ne connais pas dans la salle et lui tends la main.

— Salut, moi, c'est Johnny Maverick.

Imposant, il fait plusieurs centimètres de plus que moi et avec une carrure deux fois plus large. Sa poigne est douloureuse.

— Hercule.

— Sérieux ?

Hercule lâche ma main et se rend dans le coin pour faire des squats. Il entreprend de mettre quarante-cinq disques de chaque côté d'une barre, jusqu'à ce que je sois persuadé qu'elle ne peut pas en supporter plus.

— Il ne parle pas beaucoup.

Jack ramasse ses poids et se remet au sport tout en discutant.

— Prêt à te mettre au travail ?

— Oui.

Je hoche la tête et m'assois sur le banc libre. Nous ne démarrons pas le stage d'entraînement avant deux semaines, mais je suis impatient de commencer.

— Eh bien, ne reste pas assis là. Prends des poids, le bleu. Hercule a besoin d'un peu de sang neuf, dit Declan en me souriant dans le miroir.

L'entraîneur en question sourit.

— Ne t'inquiète pas.

Il a un fort accent, Autrichien, je crois. On dirait Arnold Schwarzenegger. Il est presque aussi costaud que lui quand il a gagné le grand prix de culturisme. Il penche la tête, m'indiquant que je devrais m'approcher.

— Mettons un peu de viande sur ces jambes, hein ?

Oh putain, ça va faire mal.

Jack lâche un rire.

— Tu t'es fait un ami. C'est plus que ce qu'il m'a dit de toute la journée.

Hercule ne répond pas, mais un coin de sa bouche se recourbe, amusé.

L'entraîneur massif a beau ne pas être bavard, il n'a pas besoin de l'être. Je termine une série et il ajoute du poids, puis agite la main pour me dire d'y aller.

Au bout d'une heure à éliminer le sucre que j'ai avalé ce matin, Jack finit par avoir pitié de moi. Je me tue à la tâche en essayant de faire tout ce qu'Hercule me demande.

Jack me jette une serviette.

— Ça va aller, Herc. Tu t'es assez amusée avec le nouveau. Pour l'instant, dit-il avant de me regarder. Demain, neuf heures.

— Je serai là. Je pourrai bien ne pas être capable de rentrer chez moi. Je ne suis pas sûr de pouvoir marcher. J'ai les jambes en compote.

Je m'allonge par terre. J'ai mal partout, agonisant. J'ai beaucoup de travail à faire. Moins de bière, moins de pizzas et beaucoup plus de musculation, voilà ce qui m'attend.

Jack s'accroupit et me tend la main.

— Il faut que tu rencontres Elsa.

— Elsa ?

— Fais-moi confiance.

Je prends sa main pour qu'il m'aide à me relever. Ouah, mes cuisses sont en feu, mais je le suis dans l'autre pièce, là où m'attend un bain glacé.

— Sept minutes avec Elsa et tu seras comme neuf. À demain, le bleu.

Il me frappe dans le dos et je m'avance vers le bain, les jambes flageolantes.

Même si Elsa n'est pas un remède magique, je me sens mieux après un bain. Hercule est toujours dans la salle de sport, je lui demande s'il peut me faire un programme pour cet été. Il sourit et je regrette immédiatement. Enfin, j'ai une réunion avec le coach, puis curieusement, la journée se termine et il est dix-sept heures. Je monte dans les bureaux principaux, à la recherche de Dakota. Je ne sais pas du tout où elle bosse, mais je croise beaucoup de gens qui, j'imagine, sont des stagiaires. Je me promène jusqu'à ce que j'aperçoive des cheveux roux. Elle se tient devant un bureau, accoudée à un mur.

— Qu'est-ce que tu fais là ?

Elle regarde autour d'elle.

— Je viens te chercher au bureau. Allons dîner.

Maintenant que je n'ai plus mal et que je ne risque plus de vomir mon petit-déjeuner, je meurs de faim. Il va falloir que je mette de l'ordre dans mon alimentation pour survivre à l'entraînement d'Hercule.

— J'attends Blythe. Qu'est-ce que tu fais là ?

— Je travaille ici, dis-je en lui faisant un clin d'œil.

— Oui. Je voulais dire...

— Je sais ce que tu voulais dire, la coupé-je en m'appuyant contre le mur à côté d'elle. J'ai fait de la muscu avec les gars et j'ai passé sept minutes au paradis avec Elsa.

Dakota arque les sourcils et se pousse avec sa hanche.

— Est-ce que j'ai envie de savoir ?

— Bain glacé.

Je me redresse et tends le bras. En restant immobile, je me rends compte à quel point mes jambes sont faibles. J'aurais dû passer plus de temps avec Elsa. Ou moins avec Hercule.

— Prête à y aller ?

Elle regarde l'heure sur son téléphone.

— Blythe est en retard. Elle a les cartons et tous les détails du partenariat. Je ne sais toujours pas avec quel joueur de hockey je vais travailler. Le suspense est insoutenable !

Ses beaux yeux s'illuminent.

Mes entrailles se tordent. J'aurais dû lui dire, je le sais, mais elle ne serait peut-être pas venue dans le Minnesota.

— Tu ne peux pas le savoir demain ?

Un jour heureux de plus à tout ignorer.

Ses épaules s'affaissent.

— Si. Je crois que oui.

— Super.

Aussi vite que possible, ce qui n'est pas si rapide que ça après aujourd'hui, je nous éloigne pour nous sortir de là avant le retour de Blythe.

Une fois dehors, je pousse un soupir de soulagement.

— Où veux-tu aller ?

— J'avais prévu de cuisiner. On vient d'acheter une tonne de provisions.

— Oui, mais j'ai déjà mangé toutes les bonnes choses.

J'aimerais bien un autre beignet maintenant.

— Je pense que je vais faire du poisson et une bonne salade.

Mon estomac grogne fortement et je la regarde avec de grands yeux suppliants qui disent : « S'il te plaît, nourris-moi et tiens-moi compagnie. »

Dakota lève les yeux au ciel.

— Très bien, tu peux venir, mais seulement si tu amènes Charli et que tu ne te plains pas de mon canapé.

— Ooooooh, dis-je en soufflant. Je ne suis pas sûr de pouvoir promettre ça. C'est le plus inconfortable...

Je ferme la bouche en voyant ses yeux plissés. Mes rêves de manger un repas fait maison commencent à partir en fumée. Je fais comme si je fermais à clé ma bouche et la suis jusqu'à chez elle.

TREIZE
DAKOTA

Après le dîner, je pars me promener avec Johnny et Charli, puis nous retournons chez moi. J'ai l'impression que mon appartement va devenir la nouvelle maison de Maverick. Ça ne me gêne pas. J'ai vécu si longtemps avec une colocataire. Je me suis habituée à toujours avoir quelqu'un dans les parages.

Il s'écroule sur mon canapé, râle et marmonne dans sa barbe à quel point celui-ci est dur. Je remplis une gamelle d'eau pour Charli et attrape ensuite le pot de glace presque vide dans mon congélateur. Nous l'avons sacrément attaqué la nuit dernière.

J'agite une cuillère devant son visage.

— Tu veux de la glace au brownie ?

— Oooooh.

Excité, il écarquille ses yeux noisette, avant de secouer la tête.

— Je ne peux pas. Mon summer body... dit-il en levant son tee-shirt. Il est temps que je prenne soin de mon corps.

Son ventre plat me nargue. Je pourrais lécher ses abdominaux et m'épargner quelques calories.

Quoi ? Non... Beurk, non. Bon, pas beurk. Johnny est sexy, mais il faut que je sorte et que je rencontre d'autres personnes.

Si je passe chaque soir de ces huit prochaines semaines terrée chez moi avec lui, je pourrais faire quelque chose de stupide.

Je ris et m'assois sur le fauteuil avec la glace, mangeant directement dans le pot. Il m'observe lécher la cuillère et je sais qu'il a des idées cochonnes. Il en a probablement quatre-vingt-dix-neuf pour cent du temps. Je lève les yeux au ciel.

— Je n'ai rien dit.

Son rire rauque emplit mon salon.

— J'ai deviné tes pensées.

Il sourit et se redresse.

— J'en doute.

Il m'attrape par le poignet et, avant que je ne réalise ce qu'il fait, il m'attire sur lui, avec la glace, la cuillère et tout le reste.

— Johnny ! crié-je alors qu'il m'installe sur ses genoux, les bras autour de moi.

— J'ai changé d'avis. Nourris-moi, Kota.

Il penche la tête sur mon épaule et ouvre la bouche.

— Non, cette dernière bouchée est pour moi.

J'approche la cuillère de mes lèvres et il gémit.

— Kooooota.

Je prends une petite bouchée, puis je me sens mal et lui donne le reste.

— Cool. Ta bouche l'a aussi touchée. C'est un bonus.

— Ma salive sur ta glace, c'est un bonus ?

Il acquiesce, une lueur d'orgueil dans les yeux en avalant.

— Absolument.

Le lendemain matin, j'arrive au bureau un quart d'heure plus tôt en espérant croiser Blythe avant que les rotations commencent. Encore une fois, elle n'est pas dans son bureau. Les lumières sont allumées, donc je sais qu'elle est là quelque part, mais on dirait que ce n'est pas encore aujourd'hui que je vais savoir avec quel joueur je vais travailler cet été.

Grâce à Maverick, je sais que la plupart des joueurs ne seront pas là avant une ou deux semaines, mais argh ! je veux savoir !

Je me rends à mon bureau vu que j'ai du temps à tuer. Nous ne commençons les rotations que la semaine prochaine, ce qui veut dire que cette semaine, Blythe va tout nous apprendre sur le département marketing.

Pendant que j'attends que les autres arrivent, j'explore les réseaux sociaux des Wildcats. Ils y ont divers contenus : annonces, dates de match, contrats et photos et vidéos de matchs... Ces clips ressemblent beaucoup à ceux de la salle high-tech à Valley. Enfin, il y a des touches plus personnelles, comme des anniversaires et des photos spontanées de l'équipe et du personnel.

Blythe et son équipe ont créé un contenu captivant et visuellement beau sur chaque plate-forme. Il y a beaucoup de postes sympas chez les Wildcats, j'ai hâte de tous les essayer, mais je suis surtout impatiente de bosser avec Blythe.

Je clique sur la page de l'équipe pour trouver les comptes officiels de certains joueurs. De toute évidence, celui de Jack est le plus travaillé. Il n'y a aucune photo personnelle ou quoi que ce soit qui a l'air d'avoir été posté par lui. Tout de même, il a presque un million d'abonnés.

Reese est le premier à arriver. Il s'installe dans une chaise, ses lunettes de soleil toujours sur le nez.

— Bonjour.

Il relève ses lunettes sur sa tête.

— Bonjour, Arizona.

— En fait, je viens du Kansas.

— Trop tard. Pour mon cerveau, tu es Arizona maintenant.

Quinn entre juste avant Blythe. Ma nouvelle patronne est

toujours aussi élégante et magnifique. Je tuerais pour voir sa garde-robe. Elle porte un carton sur sa hanche.

— C'est pour vous, dit-elle en la déposant sur mon bureau. Désolée, je n'ai pas eu le temps de l'apporter hier après-midi.

— Pas de problème.

Ahhh, enfin !

— Tout le monde est prêt à commencer la journée ?

J'acquiesce et me mords la lèvre, impatiente de fouiller dans le carton.

Nous écoutons tous les trois Blythe qui nous résume le déroulement de la journée. Reese et Quinn doivent trouver des idées de contenus pour les réseaux sociaux avant que le camp d'entraînement commence dans deux semaines. Moi, je dois passer la journée à me familiariser avec la campagne de partenariat, merci les joueurs beaux gosses !

Quinn et Reese s'installent sur le bureau de ce dernier, à côté du mien.

Blythe ne bouge pas pendant que j'ouvre le carton.

— Il faudra qu'on étudie le programme du camp d'entraînement pour organiser une séance photo, dit-elle. Plus tôt ce sera, mieux ce sera, parce que lorsque tous les garçons vont revenir de vacances, on sera bien occupés ici.

Alors qu'elle parle, je plonge les mains avec enthousiasme pour découvrir enfin ce qu'il y a à l'intérieur. Ma main ignore le sachet de cacahuètes et je m'empare du premier article. Je le sors et souris. Du gel douche ?

Je continue à sortir d'autres produits. Du déodorant, des brumes corporelles, de la crème après-rasage et... une brume pour les parties intimes. Il y a plusieurs odeurs, toutes avec des noms comme « Nuit étoilée », « Prés sauvages » et « Flocons de neige ». Chaque produit est décliné dans tous les parfums, donc il y a toute une gamme « Nuit étoilée », par exemple. J'étais loin d'imaginer ça. Mais je suis soulagée. Ça va être amusant.

Je lève la brume pour partie intime afin que Blythe la voie. Elle rit.

— Charmant.

— Qu'est-ce que c'est ? demande Quinn.

Je la lui jette et elle lit l'étiquette, la bouche tordue de dégoût.

— Beurk.

Elle jette la patate chaude à Reese. Celui-ci l'attrape facilement et rit.

— Génial.

— Quel joueur fait la promotion d'un déo pour les boules ?

Quinn arque un sourcil. Elle se lève et s'approche pour mieux voir tous les produits éparpillés sur mon bureau.

— Je ne sais pas, en fait, avoué-je en vidant le carton et en le posant par terre.

Je jette un coup d'œil à Blythe. Elle penche la tête sur le côté, une expression confuse sur son superbe visage.

— Vous le savez ? lui demandé-je.

— Oui. Je... bégaye-t-elle avec un sourire hésitant. Johnny Maverick. C'est la nouvelle ligne de produits d'hygiène masculine de *Maverick Company*. Il ne vous l'a pas dit ?

Je sens mon visage chauffer. Je secoue la tête. Une sensation gênante s'empare de ma poitrine. Je contemple les produits. Le logo et le nom *Maverick* sont inscrits fièrement sur chacun d'eux. Oh mon Dieu.

Quinn souffle, me jette un regard noir plein de soupçons et retourne à son bureau.

— Bon, je vous laisse commencer, tous les trois. Dakota, dites-moi si vous avez besoin de quoi que ce soit.

Elle désigne de la main les petits flacons de la marque *Maverick Company* sur mon bureau.

Dès qu'elle est partie, je sors mon ordinateur et étudie le contrat de mon stage. *JM Holdings*. Oh, mon Dieu, comment ai-je pu être aussi bête ? John Maverick. Est-ce Johnny qui a fait ça ? Évidemment. Mais pourquoi ? Et qu'a-t-il fait d'autre ?

J'attrape mon téléphone.

Moi : Tu es à la patinoire ?

Maverick : Oui, à la salle de sport. Ça va ?

Moi : Tu as une minute ?

Maverick : Bien sûr. Descends. Je vais voir si je peux te faire visiter les vestiaires en cachette tant qu'on y est.

Je me lève et attrape la brume pour les parties intimes. Humiliée et enragée, j'ai les joues qui brûlent.

— Tout va bien ? demande Reese en levant les yeux de son bloc-notes.

Quinn ne m'accorde pas un regard. Je ne peux pas lui en vouloir. Je sais très bien à quoi ça ressemble.

— Parfaitement bien. Je vais aller marcher pour réfléchir.

Et je pourrais bien m'en prendre à un joueur de hockey pendant ma promenade.

QUATORZE

JOHNNY

Jack et moi avons mis la musique à fond dans la salle de musculation. Hercule s'entraîne avec Declan et Léo de l'autre côté de la vaste salle. Hercule ne m'a pas déçu avec le programme d'entraînement que je lui ai demandé. Quand je partirai, je ne sentirai plus mes bras, mais je m'en remettrai.

Quand Dakota apparaît à la porte, je souris et lâche mes haltères. Elle parcourt la salle à ma recherche et, pendant ce temps, je reluque sa tenue d'aujourd'hui : une robe rose pâle avec ses Converses rouges, encore. Elle est canon.

— Kota ! lancé-je.

Son expression vire à la colère. Ses yeux bleus sexy plissés, elle baisse le menton en me foudroyant du regard depuis l'autre bout de la salle. *Oh oh.*

— Toi.

Elle se rue sur moi et plante un doigt pointu sur mon torse nu.

— Quoi ? Quoi ?

Je frotte mon torse et fais un pas en arrière.

Elle lève un des produits de la gamme masculine que je représente.

— Oh.

C'était bête de réagir comme ça. Je savais qu'elle le découvrirait et qu'elle serait furieuse, mais j'espérais qu'une fois le temps venu, je saurais quoi dire. Ce n'est pas le cas.

— Oh ? Oh ?

Elle s'approche à nouveau de moi. Elle retire le capuchon du flacon et se met à m'asperger avec.

Je recule et lève les mains. Est-ce que ça l'arrête ? Pas du tout. Je trébuche sur un haltère et me rattrape à un banc. Je m'assois et dis :

— Stop. D'accord. Tu es en colère. Je comprends.

— En colère ? Tu me trouves en colère ?

— Euhhh...

— Pourquoi est-ce que je travaille pour l'entreprise de ta famille ?

Jack, qui faisait des squats, s'arrête et pose ses coudes sur la barre, observant notre interaction dans le miroir avec un sourire.

— Ils avaient besoin de quelqu'un pour...

Elle m'asperge à nouveau.

— Essaie encore.

— Blythe...

Et voilà qu'elle recommence.

— Putain, Kota. Arrête ça. J'en ai eu dans la bouche cette fois.

— Ça t'apprendra, lâche-t-elle en brandissant le flacon comme une arme. Je vais te le demander encore une fois. Pourquoi est-ce que je travaille pour l'entreprise de ta famille ?

— Parce que je ne voulais pas que tu rates un stage chez les Wildcats.

— Du coup, tu as parlé à ton père et tu as demandé qu'il sponsorise mon stage ?

Mince alors. Ça va mal se passer. Ses yeux sont deux minuscules fentes de glace.

— Ce n'était pas mon père. J'ai sponsorisé ton stage. J'ai utilisé l'argent qu'ils m'ont donné pour le partenariat.

Elle continue à m'asperger en grognant et jurant.

Je me lève et saisis son poignet. On se bat pour la bouteille, mais je l'emporte et la tiens haut, là où elle ne peut pas l'atteindre. Elle a l'air sur le point de me frapper, donc je la plaque contre mon torse avec mon autre bras.

— Tu méritais ce stage. C'est une superbe occasion pour toi et ce n'est pas comme si je n'en retirais rien. La campagne va être géniale. Tu es la meilleure et je voulais le meilleur.

Elle se débat contre moi.

— Lâche-moi, Maverick.

J'obtempère et elle recule sans me quitter des yeux. Toutefois, je n'ai pas l'air en danger immédiat.

— Je suis désolé, d'accord ?

— Désolé ? Tout mon stage n'est qu'un gros mensonge.

— Non. Blythe voulait t'embaucher.

— Je ne veux pas de ton argent. Trouve quelqu'un d'autre pour le partenariat.

— Kota, attends.

C'est précisément pour ça que je ne voulais pas le lui dire.

— Non. J'aurais été très heureuse de travailler au *Hall of Fame* cet été. Peut-être qu'ils peuvent encore m'ajouter au planning.

Elle se dirige vers la porte et je me rue devant elle pour lui bloquer le passage.

— Tu ne peux pas retourner à Valley.

— Pourquoi ?

— Parce que ce stage est une grande opportunité. Blythe est la meilleure. Tu l'as dit toi-même. Un été à bosser pour elle, ça fera très bien sur ton CV.

— Laisse-moi te dire à quel point je m'en fiche de mon CV là. Je suppose que l'appartement, ça vient aussi de toi ?

Je ne parle pas, mais elle hoche la tête et soupire.

— J'aurai peut-être besoin de quelques jours pour tout régler, mais je serai partie d'ici ce week-end.

— Arrête. Ne fais pas ça.

— Je dois retourner en haut.

Elle me pousse.

Putain de merde !

— Je l'aime bien, dit Jack alors que Dakota disparaît dans le couloir et qu'il me tape sur l'épaule. Ah, le bleu. Tu as vraiment foiré ton coup, hein ?

— Oui.

— Je te suggère de ramper. Beaucoup.

— Tu rampes, toi ?

— Pour une fille comme elle... Je pense que je pourrais.

— C'est quoi cette odeur ? demande Hercule en agitant une main devant son visage. Ça me plaît de plus en plus. De la lavande ? Du bois de santal ?

Je lui lance le vaporisateur.

— Prés sauvages. Je vais...

Je fais un geste du pouce vers la porte.

— Vas-y. À plus tard, le bleu.

Jack sourit tandis que je m'élance à la poursuite de Dakota.

J'arrive en haut avant de prendre conscience que je suis torse nu. Deux hommes d'entreprise me regardent de haut en bas et je ralentis. Dakota ne répond pas au téléphone et je ne sais pas où se trouve son bureau dans ce labyrinthe.

Je retourne en bas et termine de m'entraîner, mais le cœur n'y est pas. Quand à la fin de la journée, je n'ai pas de nouvelles d'elle, je rentre chez moi et demande de l'aide aux gars.

Maverick : J'ai énervé Kota. À l'aide !

Scott : QU'EST-CE QUE TU AS FOUTU ?

Payne : Aïe. Je parie que les conséquences étaient douloureuses.

Scott : Désolé, c'était Reagan. Elle lit par-dessus mon épaule, pour info. (Ne dis rien de stupide qui pourrait m'attirer des ennuis).

Rauthruss : Ah, merde. J'espère que tu avais tes protections.

Scott : Oh putain. Tu as payé pour son stage ?

Maverick : Comment tu sais ?

Scott : Reagan est en train d'écrire à Dakota. Tu as raison. Elle est furieuse.

Payne : Tu as payé pour son stage ?

Rauthruss : Oh merde, tu as payé pour son stage ?

Maverick : Oui, bon, content qu'on soit tous sur la même longueur d'onde maintenant. Qu'est-ce que je fais ?

Payne : Aucune idée.

Rauthruss : *émoji qui hausse les épaules*

Maverick : Scott ?

Maverick : Aaaaaaaaidez-moi !

Scott : Mec, je ne sais pas. Quand Reagan est en colère contre moi, je l'embrasse. Je ne pense pas que ça va marcher dans ton cas.

Payne : Ooooh, oui. Embrasse-la. Ça marche toujours.

Rauthruss : J'enlève mon tee-shirt, mais je suppose que tu l'as déjà fait.

Maverick : *Selfie torse nu en leur faisant un doigt d'honneur* Vous ne servez à rien.

Maverick : Je vous aime quand même. On joue à la Xbox plus tard ?

Payne : À vingt heures. *émoji qui fait un bisou*

Rauthruss : Je serai là. Je pourrais même te laisser gagner (probablement pas).

Scott : On débriefe avant ? Je vais voir ce que je peux tirer de Rea.

Je me douche et attends devant chez elle qu'elle rentre du boulot. J'ai pris Charli comme renfort. Elle ne peut pas dire non à Charli.

Quand elle sort de l'ascenseur, je me redresse et j'attends qu'elle s'approche, les poings en l'air.

— Qu'est-ce que tu fais ici ?

Son ton a perdu toute colère, mais elle n'est pas pour autant contente de me voir.

Elle ouvre l'appartement et je la suis à l'intérieur.

— Je suis désolé. J'aurais dû te le dire.

— Oui, tu aurais dû.

Elle croise les bras sur sa poitrine et s'appuie contre le plan de travail de la cuisine.

— Je savais que tu n'accepterais pas si tu avais la moindre idée de mon arrangement. Et je voulais que tu acceptes le poste.

— Je comprends que tu crois me faire une faveur, mais maintenant tout ce que je me dis, c'est que je n'ai pas mérité ce job.

— Tu l'as pourtant mérité. Katherine t'a offert le poste, tu te souviens ?

— Personne ne le croira. Tu aurais dû voir comment Quinn m'a regardé aujourd'hui. Je veux que mon talent soit reconnu.

— Et c'est ce qui se passera. Je ne fais que t'offrir l'opportunité de le montrer.

— Je ne peux pas rester, mais comme je t'ai déjà coûté de l'argent avec le déménagement et l'appartement, j'ai passé la journée à travailler sur des concepts pour ta séance photo. Je te les ai envoyés par e-mail. Je ne sais pas du tout si l'une de ces idées est réalisable, mais cela devrait être un début pour celui ou celle qui me remplacera.

Elle se dirige vers sa chambre. Je la suis. Charli aussi. C'est une petite créature loyale et elle sait que quelque chose se trame.

— Laisse-moi t'inviter à dîner pour me faire pardonner.

— Tu crois que m'offrir autre chose va arranger les choses ?

Son visage renfrogné me dit que non.

— Je vais courir. J'ai besoin de me vider la tête.

Elle s'enferme dans le dressing.

Je ne sais pas comment arranger les choses. Réfléchis, Johnny, réfléchis.

Je n'ai rien trouvé lorsqu'elle sort, vêtue de ses vêtements de sport.

— Je suis vraiment désolé de ne pas te l'avoir dit plus tôt. Je voulais le faire, mais j'avais aussi vraiment envie que tu acceptes le poste.

Son regard noir s'adoucit légèrement.

— J'essayais de te rendre service. C'est vrai, mais c'est parce que je crois vraiment que tu es la meilleure personne pour ce poste.

Elle prend son téléphone et ses écouteurs.

Je la suis en sortant de sa chambre et en traversant l'appartement. Elle ne dit rien et part courir.

— Pas bougée, ordonné-je à Charli.

Je ne suis pas vêtu pour la course, mais je la suivrai le temps qu'il faudra pour qu'elle comprenne.

Elle a presque descendu toutes les marches jusqu'au rez-de-chaussée. Bon sang, elle est rapide, je ne dois pas la perdre de vue. Je dois régler tout ça. Je descends les marches trois par trois. Elles ont une taille inhabituelle et sont incurvées. Je suis presque arrivé en bas quand je m'emmêle les pieds. Je saute et me rattrape contre le mur en y heurtant toute la partie gauche de mon corps.

Face au vacarme, elle regarde en arrière.

— Ça va ?

— Oui.

Son regard se pose sur ma jambe alors que je me mets à boiter lorsque j'y mets tout mon poids. J'essaie toujours de la rattraper. Je masse l'arrière de mon genou. Purée, ça fait mal.

— Tu ne vas pas bien. Assois-toi.

Elle me montre le banc dans le hall d'entrée.

— J'ai besoin d'une seconde.

Je m'y rends en boitillant et m'y assois.

— Ça fait mal quand je touche ?

Elle me regarde fixement tout en posant le bout de ses doigts sur le côté de mon genou.

— Ça ira mieux dans une minute. Il a cogné le mur, mais le mur a été plus fort, dis-je avant de baisser la voix. S'il te plaît, ne pars pas.

Je grimace en me levant.

— Je crois que tu devrais te faire examiner.

— Si je le fais, tu resteras ?

Elle rit et je pousse un petit soupir de soulagement en voyant qu'elle n'essaie plus de s'enfuir.

— Qui devons-nous appeler ? Ton entraîneur ? Ton agent ?

— Je vais voir l'entraîneur à la première heure dem...

Elle me fait taire avec un petit grognement sexy.

— Je t'ai vu t'écraser sur la glace et tu souffrais moins qu'en ce moment. Il faut que tu t'en occupes tout de suite.

— Je vais appeler Hugh. Il saura quoi faire.

Je retiens toujours sa main en otage pendant que je l'appelle.

Elle m'ordonne de me rasseoir, puis s'installe à côté de moi et pose ma jambe blessée sur ses genoux. Elle me plaît quand elle est autoritaire et aux commandes, pas quand elle me foudroie du regard.

Oubliez ça. Elle me plaît tout le temps.

Hugh envoie Maverick consulter le médecin de l'équipe. Je l'aide à descendre de son SUV. Il nous a fallu plus de temps pour faire le tour et nous garer que d'y aller à pied, mais vu que j'essaie de soulager le plus possible le poids sur sa jambe, ça semblait un choix plus sûr.

Je passe les portes arrière de la patinoire, là où le médecin nous attend.

Après seulement quelques minutes, le Dr Anderson informe Maverick qu'il pense qu'il s'agit d'une entorse du ligament et nous envoie à l'hôpital pour effectuer un scanner afin de déterminer la gravité de la blessure et s'assurer qu'il ne se l'est pas déchiré.

Tandis que je conduis, Mav ne dit pas un mot. Je crois qu'il ne s'attendait pas vraiment à ce que le médecin trouve quoi que ce soit et je n'imagine pas ce qui doit lui passer par la tête. Quand nous arrivons aux urgences, je le force à s'asseoir pendant que je l'inscris pour le scanner.

— Le docteur Anderson a dit que tu te rétablirais d'ici une semaine ou deux, lui dis-je.

— Super, dit-il sur le ton le plus banal que j'aie jamais entendu de sa part.

— Tout va bien se passer.

Je pose une main sur sa cuisse. Il faut que ça se passe bien. Je me sens mal. Je sais que ce n'est pas ma faute, mais ça ne serait jamais arrivé si je ne l'avais pas fui.

Il fixe des yeux ma main, puis braque son regard dans le mien.

— Ne pars pas.

— Je ne vais nulle part. Je reste ici.

Je regarde la sélection de magazines et prends un exemplaire de *People*.

— Ce n'est pas ce que je voulais dire. Reste ici, dans le Minnesota. Ne retourne pas à Valley.

Je repose le magazine sur la table et soupire.

Il se tourne vers moi en tenant une poche de glace sur son genou.

— Je l'ai fait pour toi, mais je l'ai fait pour moi aussi.

— Il y a beaucoup de gens qui peuvent effectuer ce travail.

Même mieux que moi, mais je ne le dis pas. J'aurais bossé comme une folle pour ce job.

— Peut-être, mais ce n'est pas toi. Je voulais le meilleur, mais je voulais aussi que tu sois là.

J'essaie de déchiffrer son expression sérieuse.

— Pourquoi ?

— Parce que... quitter Valley a été difficile. Les gars, Reagan, Ginny, Sienna et toi, vous êtes plus que de simples amis.

Je hoche la tête. Je comprends. J'aime mon père, mais en dehors de lui, ma famille est composée de mes amis foldingues.

— Je n'aurais pas dû te mentir, mais je veux que tu sois là. Tu es comme un petit bout de chez moi.

— Mav...

Ma voix se brise.

— Ne pars pas. Pas maintenant. J'ai besoin de toi.

Il laisse tomber sa tête sur mes genoux.

Mon cœur se fend alors qu'il se blottit davantage. Il est vulnérable et incertain, ce qui ne ressemble pas du tout à mon ami.

— D'accord, je suis là. Je ne vais nulle part.

— Merci.

Vu qu'il ne bouge pas, je glisse mes doigts dans ses épais cheveux noirs.

— Mais je n'accepterai pas ton argent.

— On trouvera une solution, mais ne pars pas.

Il est tard quand nous retournons à l'appartement. Heureusement, il n'y a pas de déchirure, mais il s'est bien foulé un ligament et doit se reposer au moins une semaine, voire plus. À l'aide de ses béquilles, il grimpe dans l'ascenseur et nous montons au premier étage afin d'aller chercher Charli.

Nous l'avons laissée chez moi quand nous sommes allés voir le médecin, elle est donc ravie de revoir son maître. Je la soulève et laisse Maverick la caresser.

— Je vais la promener et je te la ramène.

— D'accord, merci.

Il s'assoit sur le canapé et lâche une longue expiration fatiguée.

— Je vais juste me poser une seconde.

C'est dur de le voir comme ça, je suis tellement habituée à son naturel joyeux depuis deux ans. Je sors Charli et monte ensuite au dixième étage. Je frappe à la porte de Maverick et attends.

Comme il ne répond pas, je tente d'ouvrir au cas où il aurait laissé la porte ouverte pour moi, mais non. Je n'ai pas apporté mon téléphone, donc je ne peux pas l'appeler. Je frappe et réessaie un peu plus fort.

— Mav, tu es là ?

Il devait être éreinté s'il s'est endormi sans sa chienne. Charli se blottit dans mes bras.

— Je suppose que tu vas rester chez moi cette nuit, lui dis-je.

Elle se blottit davantage contre ma poitrine.

Au premier étage, je pousse la porte de mon appartement et me fige. Maverick est allongé sur le canapé rose, la bouche ouverte et un bras tatoué sur les yeux.

— Je retire ce que je dis, dis-je à voix basse en posant Charli par terre.

Elle court s'installer à côté de lui. Il ne se réveille pas, mais enroule un bras autour d'elle.

— Je suppose que vous allez tous les deux dormir chez moi.

Je me réveille au vrombissement de mon blender dans la cuisine. J'ai laissé la porte de ma chambre ouverte au cas où Maverick ait besoin de quelque chose, mais je ne me suis pas réveillée de la nuit.

Je consulte l'heure sur mon téléphone. J'ai une heure avant de devoir me rendre au bureau. Je bascule les jambes hors du lit et m'approche de la cuisine.

— Bonjour, dit-il en me voyant, appuyé sur une béquille. Je t'ai réveillée ?

— Mon réveil devait sonner dans un quart d'heure de toute façon.

Je saute sur le plan de travail.

— Deux tabourets de bar, ça aurait été bien ici.

Je regarde sa préparation.

— Qu'est-ce que tu fais ?

Au lieu de répondre, il prend deux verres et en verse la moitié dans chacun.

— Goûte.

— Tu devrais t'asseoir et mettre de la glace sur ton genou.

— Je le ferai. Toute la journée, râle-t-il. Je suis désolé de m'être endormi ici. Vraiment désolé.

Il lève le bras et le fait tourner. Il a enlevé son tee-shirt à un moment donné et son jean est déboutonné, mais je ne vois que l'élastique de son caleçon noir.

Je ressens des picotements. Le corps de Maverick est incroyable. Je l'ai vu torse nu un nombre incalculable de fois, mais après l'avoir vu hier soir, si vulnérable et différent du type costaud dans mon appartement qui me fait un smoothie... délicieux, d'ailleurs, je suis un peu trop consciente de son apparence torride.

— Je vais m'habiller.

Je me dirige vers ma chambre en emportant mon smoothie.

— Oui, je devrais monter et me mettre à l'aise, je suppose.

— Tu as besoin d'aide ?

— Non, Charli me suivra.

Il termine son smoothie et met le verre vide dans le lave-vaisselle.

— Comment vas-tu faire pour sortir Charli pendant la journée ?

— Je me débrouillerai.

Je serre les lèvres pour m'empêcher de sourire ou de le traiter de ronchon. Un Maverick ronchon. Je n'aurais jamais cru voir ce jour.

— Bon, eh bien, si tu as besoin de quoi que ce soit, envoie-moi un message. Et il faut qu'on parle. On doit encore tout régler à propos du contrat et de l'appartement.

Je désigne mon fabuleux nouvel appartement. Je l'adore. Après seulement quelques jours, je serai triste de le quitter.

— J'ai fait quelques recherches hier soir et j'ai trouvé des annonces d'appartements que je vais aller visiter cette semaine.

— Cet endroit est déjà payé, déclare-t-il.

Son ton et son insinuation m'indiquent clairement qu'il me trouve bête.

— Tu peux le sous-louer.

Il s'esclaffe.

— Bordel, tu es têtue. Et le stage ?

Je lève le talon et recroqueville les orteils contre le parquet.

— Je continue à une condition.

— Laquelle ?

— Je veux travailler gratuitement comme tous les autres stagiaires.

— Tu en fais plus que les autres stagiaires.

— Marché conclu ?

— Non, refuse-t-il en s'appuyant sur ses béquilles. Écoute, le job que tu fais pour moi vaut chaque centime que je te paie. Si tu veux me rembourser les autres conneries, d'accord, mais je ne te laisserais pas bosser gratuitement tout l'été pour un poste que je rémunérerais de toute façon.

— La *Maverick Company* aurait pu tout organiser pour toi. Ma présence ici est inutile.

— Pas pour moi.

Il se déplace en boitillant, jusqu'à se poster devant moi.

— J'ai toujours eu l'intention d'engager quelqu'un pour superviser le partenariat. Je ne veux pas qu'ils prennent trop de décisions, seulement celles absolument nécessaires.

— Pourquoi ?

— Parce que...

Son ton mordant me fait tenir ma langue. Il se passe une main dans les cheveux.

— *Maverick Company* est la priorité de mon père. Je n'ai

personne. Je suppose que je voulais qu'une tierce personne s'occupe de moi, et je savais que tu le ferais.

— Johnny.

Je pose la main sur son torse. J'en veux à son père et je suis en même temps triste pour lui. De plus, je trouve qu'il me surestime sérieusement. La *Maverick Compagny* a le dernier mot sur toutes mes propositions.

— Tu es très entouré. Je suis là, moi aussi. Mais je stresse un peu de la confiance que tu m'accordes. Je ne sais pas du tout ce que je fais.

— Je te fais confiance.

Il retrousse un coin de sa bouche.

J'espère vraiment que ses intentions sont sérieuses.

— Je devrais me préparer pour aller bosser. On pourra régler tous les détails ce soir. Est-ce que ça va aller pour toi aujourd'hui ?

— Oui, assure-t-il en se dirigeant vers la porte. Passe une bonne journée au travail, chérie.

Je secoue la tête en le regardant partir, puis je retourne dans ma chambre.

Il revient une minute plus tard. Il ne frappe pas et je crie quand il entre dans ma chambre alors que je suis en train d'enlever mon tee-shirt.

— Oh, merde, désolé.

Il sautille sur un pied et se tourne dans l'autre sens.

— Qu'est-ce que tu fais là ? lui demandé-je en tâtonnant pour trouver mon tee-shirt et le mettre à l'envers.

— J'ai eu une idée.

Mon cœur bat toujours la chamade tandis que je jette mon soutien-gorge vers l'armoire.

— Tu peux te retourner maintenant.

Il sourit.

— Ça fait trois fois que je les vois. Je pense que tu le fais exprès.

— Tu aimerais bien.

— Bien sûr que oui. Tu as de beaux seins. Ce sont des faux ?

J'aimerais lui lancer un oreiller, mais je ne le fais pas parce qu'il est blessé.

— C'est quoi ton idée et pourquoi es-tu revenu dans mon appartement ?

— Je me disais... que tu pourrais emménager avec moi ?

Je hausse les sourcils et il continue.

— Écoute-moi bien. J'ai deux chambres et on va traîner ensemble presque tous les soirs, manifestement.

— Manifestement, répété-je comme un perroquet.

— Tu préfères vivre avec moi ou avec un inconnu ?

Je ris et son sourire s'agrandit.

— Ce sera marrant. Allez, tentons le coup. On peut faire un essai aujourd'hui.

Il bondit vers le canapé et s'assoit.

— Je croyais que tu voulais que j'emménage chez toi ? Je n'ai qu'une chambre.

— Oui, mais si je reste ici aujourd'hui, ce sera plus facile de sortir Charli. L'ascenseur est très lent et les escaliers ne sont certainement pas mes amis en ce moment. En plus, je peux fouiller dans ton tiroir à culottes.

— Oh mon dieu, pervers. Ne va pas dans ma chambre.

— Je plaisante, dit-il en perdant le sourire. Mais sérieusement, mon genou me donne envie de hurler ce matin.

— Tu peux rester aussi longtemps que tu le souhaites, dis-je en montrant le canapé. Seulement dans le salon. Et je vais réfléchir au reste.

— Merci. Ça va être génial, coloc.

Je passe la matinée à travailler avec Reese, nous fouillons dans les photos approuvées pour savoir lesquelles mettre dans les postes que Quinn et lui ont créés hier. Ensuite, nous faisons une maquette de tous les postes pour que Blythe les approuve.

— Alors, Arizona, j'ai entendu dire que Maverick s'était blessé.

— Comment le sais-tu ?

— C'était dans la rubrique sport ce matin. Entorse du ligament croisé.

— C'est ça.

— C'est nul. Juste avant le camp, ce n'est pas le bon moment pour se blesser, dit-il en haussant les sourcils.

— Il devrait être rétabli dans une semaine ou deux. C'est un dur à cuire.

Reese s'adosse à sa chaise, le stylo à la main. Il clique dessus en disant :

— Oui, mais d'ici là, ils auront peut-être déjà décidé de l'envoyer dans l'Iowa.

— Vraiment ? Juste comme ça ?

Il y a trois jours, tout le monde disait qu'il était l'avenir des Wildcats et maintenant, ils sont prêts à le mettre sur la touche ? Je savais que c'était important qu'il se soigne et guérisse vite, mais je ne savais pas qu'ils le rejetteraient si vite. C'est brutal.

Après le déjeuner, j'inspecte plus attentivement mon contrat. Les objectifs sont bien expliqués, mais le reste est vague. Ils veulent des photos de Johnny avec des produits du lancement, ils ont même fourni des exemples de typographies et de pubs en ligne. Il y a beaucoup de femmes souriantes en train d'appliquer de la crème sur leurs mains, d'autres avec des cheveux brillants bien coiffés. C'est un peu rigide et ennuyeux, pour être honnête.

Mais ceux qui se sont occupés de la nouvelle gamme pour homme ont apporté une touche de nouveauté et de jeunesse.

Les noms des produits sont amusants et les couleurs et les packagings sont bien plus modernes. Johnny sera parfait pour en faire la promotion, malgré ses réserves, que je comprends tout à fait. Je ne peux pas imaginer ce que ça doit faire d'avoir l'impression que ses parents se soucient plus de leur société que de leur enfant.

Le reste de la journée, je ne pense à rien d'autre. Je prends tout ce que je sais sur mon ami et monte une campagne publicitaire qui met sa personnalité et lui en avant. Le partenariat ne va peut-être pas l'aider à rester chez les Wildcats, mais je fais comme si mon travail pouvait faire une différence.

Avant de partir, j'envoie un aperçu de mon concept à Blythe et m'arrête à son bureau en chemin.

— Entrez, dit-elle.

Ses pieds sont posés sur son bureau et une mélodie joue doucement. Elle pose les pieds par terre et se redresse.

— Je passais en revue vos idées. Elles sont bonnes. Très bonnes.

— Vraiment ?

Elle acquiesce avec enthousiasme.

— J'aime particulièrement votre idée pour la séance photo. C'est parfait pour Johnny. Ce que vous savez de lui transparaît vraiment. Je l'entendais presque dans votre résumé.

— Je ne sais pas si c'est un compliment, de faire ressortir le Maverick qui est en moi, mais je me suis bien amusée.

— Ça se voit.

— C'est un peu différent de leurs autres campagnes. Vous pensez que c'est trop ?

Elle hausse légèrement une épaule.

— Non, je pense que c'est exactement ce dont ils ont besoin pour vendre cette nouvelle ligne, mais on devrait leur en parler avant que vous ne fassiez la séance photo.

— D'accord. Oui, j'avais prévu de le faire une fois que j'aurais tout détaillé.

— La partie la plus délicate sera d'organiser et de trouver des lieux pour la séance photo. Les Wildcats ont accepté de nous laisser la faire ici, mais il ne faut pas que ça ait l'air d'avoir été tourné ici. Rien qui puisse donner l'impression que les produits sponsorisent les Wildcats. Ce genre de sponsor coûte beaucoup plus cher que ce qu'ils paient.

— Puisqu'on en parle, je veux que vous sachiez que j'apprécie ce que Johnny et vous avez fait pour que je vienne ici.

— Vous ne le saviez pas, dit-elle, et je secoue la tête. Je l'ai découvert hier.

— Je n'aurais pas accepté le poste si j'avais su, avoué-je. Mais je vais faire de mon mieux pour prouver que je suis celle qu'il faut pour ce job.

— Je suis contente que vous soyez là, Dakota. Je soupçonne Johnny d'avoir d'autres raisons de vous embaucher, mais je pense que sa carrière va en bénéficier, dit-elle avant de montrer son ordinateur portable. Vous l'avez déjà prouvé, du moins à mes yeux.

— Merci beaucoup.

— Je peux demander à l'entraîneur Miller de nous laisser utiliser les vestiaires pour la séance photo. Il refusera catégoriquement si c'est pendant la semaine du camp d'entraînement.

— Et la semaine prochaine ?

Elle hausse les sourcils.

— Vous pensez pouvoir être prête aussi rapidement ?

— Absolument. J'ai tellement hâte de travailler là-dessus.

— D'accord, alors. Je pense qu'il sera d'accord, mais je vérifierai avec lui.

Elle penche la tête sur le côté et me dévisage.

— Johnny Maverick et vous...

Je sens mon visage rougir.

— Nous ne sommes qu'amis.

— Je n'aime pas dire aux gens ce qu'ils doivent faire de leur vie privée, mais malheureusement, les relations entre les joueurs et les stagiaires ont causé des problèmes par le passé.

Mon cœur palpite dans ma poitrine.

— Vous n'avez pas à vous inquiéter.

— Bien. À demain, Dakota.

SEIZE
DAKOTA

Quand je retourne à l'appartement, Maverick et Charli sont toujours là. La jambe blessée de Mav est tendue sur le canapé. Il est devant son ordinateur et porte un casque en jouant à un jeu vidéo.

— Salut, lancé-je en posant mon sac et mon ordinateur sur le plan de travail.

— Meurs, Rauthruss, dit-il en levant la tête vers moi. Ah, merde, merde. Bordel.

L'écran devient rouge.

— Tu as encore gagné, enfoiré. Je vais t'avoir. Je dois y aller. Dakota vient de rentrer. À plus, les gars. Salut, me dit-il avec un sourire penaud. Comment c'était au boulot ?

— Bien. Comment va ton genou ?

Je ramasse une poche de glace fondue sur le sol devant lui.

— Bien, répond-il en passant une main dans ses cheveux en bataille. Je n'avais pas réalisé qu'il était si tard pendant que je jouais avec les autres. J'espère que ça ne te dérange pas que Charli et moi soyons restés ici toute la journée.

— Non, ça ne me dérange pas. Je t'ai dit que ça allait, mais on dirait que tu es monté au dixième.

Je montre son ordinateur portable.

— Oui, je commençais vraiment à m'ennuyer. Il te faut une télé.

Je ne lui fais pas remarquer qu'il aurait pu rester dans son appartement au lieu d'apporter son ordinateur ici. Je suis contente de le voir.

— Laisse-moi t'aider. Je peux prendre tout ce dont tu as besoin.

— Tu en as fait assez. C'était plus facile de promener Charli que de monter et descendre les escaliers, dit-il en se levant et en prenant ses béquilles. On va débarrasser le plancher. Passe-moi ça.

Il incline le menton vers l'ordinateur portable.

— Comment vas-tu le transporter ?

— Je le mettrai dans mon jean.

— Mav, c'est idiot. Reste ici.

Je résiste à l'envie de lui rappeler que c'est techniquement chez lui puisqu'il a payé l'appartement.

— Sérieux ? Ça ne te dérange pas ?

— Non. Je crois que j'aimerais avoir de la compagnie. Je n'ai pas l'habitude de vivre seule. Par contre, je meurs de faim.

Je me rends dans la cuisine et cherche quelque chose à manger. Nous avons fait tellement de courses l'autre soir, mais je n'ai pas envie de cuisiner. J'attrape des mini-galettes de riz et emporte le sachet dans le salon.

— Tu as vraiment besoin d'une télé, dit-il.

— Je pourrais te montrer mon projet pour le partenariat ?

— J'ai vu ton mail. Ça avait l'air bien.

— Aujourd'hui, je l'ai étoffé pour lui donner plus de ta personnalité.

Je l'affiche sur mon ordinateur portable et lui en parle pendant que nous dévorons les mini-galettes.

— Je me disais que ce serait cool qu'ils donnent ton nom à l'un des parfums.

— Je ne pense pas qu'ils cherchent à refaire quoi que ce soit.

— Alors un des parfums qu'ils ont déjà nommé. Tu pourrais être « Nuit étoilée ».

Il rit. Je prends mon sac et sors plusieurs échantillons. Je mets le parfum en question sous son nez.

— Oh oh, ça me brûle le nez, dit-il.

— D'accord, et celui-là ?

J'ouvre un autre déodorant et le lui fais sentir.

— J'aime bien celui-là.

Il le sent une deuxième fois.

— C'est aussi mon préféré.

— Oui. Comment ça s'appelle ?

— « Flocons de neige ».

— Celui-là, mais je ne peux pas leur demander de le renommer. Ça coûterait de l'argent et ils m'en ont déjà donné assez.

— Pas de problème. Ce n'était qu'une idée, mais utilisons ce parfum pour toutes les photos. Cela créera une campagne crédible et cohérente. Johnny Maverick porte « Flocons de neige ».

— D'accord. Maintenant, est-ce qu'on peut parler de ton problème de télé ? Plus précisément, de l'absence de télé dans ton appart. J'ai trouvé une bonne affaire en ligne. Elle peut être là dans une heure.

— Je n'ai pas les moyens de me payer une télé. En plus, c'est sympa.

— Ce serait plus sympa avec un bel écran plat de cent quatre-vingts centimètres. Je ne battrai jamais Rauthruss en l'affrontant sur ce petit écran.

Il soulève l'ordinateur portable et le laisse retomber sur le coussin du canapé.

— Comment va-t-il ? Comment va Sienna ?

— Ils vont bien. Vraiment bien. Sienna enseigne le patinage artistique et le yoga et il organise des camps de hockey. J'espère qu'ils viendront le mois prochain, s'ils ont un peu de temps libre.

— Ce serait bien de les voir avant de retourner à Valley. Qui sait combien de temps s'écoulera avant qu'on soit tous réunis.

— Je ne suis pas inquiet. Vous, les filles, vous ne pouvez pas rester très longtemps sans vous voir, et les garçons ne voudront pas quitter leurs copines.

— C'est vrai.

— Je pense que si tu portes l'ordinateur portable et Charli, je peux supporter de monter les escaliers une dernière fois ce soir. Ensuite, on achètera la télé. Charli aime regarder la télé.

— Oh, mon Dieu, tu es impossible. On peut sûrement trouver quelque chose à faire.

Nous restons assis en silence pendant quelques secondes.

— Tu veux boire quelque chose ?

— Absolument.

Il me suit dans la cuisine.

— Je n'ai que du vin ou de la vodka, mais je n'ai pas pris de diluant.

— On va diluer la vodka dans le vin.

— C'est une très mauvaise idée.

— Ou une idée vraiment géniale et marrante. Allez, qu'as-tu d'autre ?

La réponse est rien. Deux heures plus tard, je suis ivre et à nouveau dans la cuisine, en train de danser tout en cherchant quelque chose à manger qui n'a pas besoin d'être réchauffé au four ou au four à micro-ondes. Quelque part dans mon esprit enivré, je suis consciente que je ne peux pas me fier à ces machines.

J'attrape des chips et les emporte dans le salon. Maverick est allongé, torse nu, et me regarde avec des yeux vitreux.

— Il n'y en a presque plus.

Il me tend le vin.

Je le finis directement à la bouteille. Un peu de vin coule sur mon tee-shirt, je l'essuie, puis abandonne et l'enlève.

— J'ai renversé du vin, dis-je, comme s'il me fallait une bonne excuse pour être en soutien-gorge devant mon ami.

— Pas grave. Rien que je n'ai déjà vu auparavant.

— On est assortis maintenant.

Je nous montre du doigt.

— Tu es plus belle torse nu que moi.

Je regarde mon décolleté, puis lui. Son torse est dessiné, ses abdominaux ciselés, sans parler de toute cette encre.

— Je ne sais pas. Ex æquo ?

Il arbore un sourire suffisant.

— Tu me trouves beau torse nu ?

— Bien sûr que oui. Tu es sexy, Johnny Maverick.

C'est vrai, mais je crois que je ne l'ai jamais dit à voix haute.

— Toi aussi. Genre, putain de sexy.

— Qu'est-ce que ça veut dire ? demandé-je en riant.

— C'est assez explicite. Putain de sexy.

— Oui, mais tu le dis comme si c'était rare, genre, pas la moitié de la population.

Il ricane.

— Apprends à accepter un compliment, ma petite.

— Merci.

Je pose la bouteille et serre mes seins l'un contre l'autre.

— Ils ne sont pas faux.

— Non ? Laisse-moi toucher.

Je baisse les mains sans vraiment m'attendre à ce qu'il le fasse. Mais c'est de Johnny Maverick qu'on parle, donc oui, il le fait. Ses grandes mains recouvrent la dentelle de mon soutien-gorge et il les serre tendrement.

— Bon sang, Kota. Ils sont super.

— Merci. Je les ai fait pousser moi-même.

Il continue de serrer, plus ses grosses mains me manipulent, plus mes tétons durcissent.

Il s'en aperçoit et passe son pouce sur mes pointes dures par-dessus mon soutien-gorge.

— Bon, tu en as assez vu, dis-je dans un souffle tremblant.

Je ramasse mon tee-shirt par terre et me couvre.

— Désolé. Je bave sur tes seins depuis si longtemps que je voulais être sûr de les toucher pour être tranquille le reste de ma vie.

Je ricane.

— Tu baves sur mes seins ?

— Je bave sur les seins de beaucoup de filles, dit-il en souriant.

— C'est vrai. Bien sûr.

Je suis soudain très consciente de l'état d'ébriété dans lequel je me trouve.

— Je devrais aller me coucher, sinon, je vais être une épave au travail demain matin.

Il ne dit rien et maintenant, je suis toute troublée. Je ne sais pas comment il fait pour être toujours aussi cool et décontracté.

— Tu peux dormir ici si c'est plus simple, ou je peux t'aider à monter.

— Ça ira. Je commence à apprécier cet horrible canapé.

Je lui apporte un oreiller et une couverture. Il a enlevé son jean et n'est plus qu'en caleçon. Il est dur et, même si je ne le veux pas, je le remarque. J'ai chaud partout.

— Voilà.

Il prend un bout de l'oreiller et s'en sert pour m'attirer sur le canapé à côté de lui.

— Tu te défiles ?

— Il doit bien y en avoir un sain d'esprit.

Son regard se pose sur mes lèvres, que j'humidifie instinctivement avec ma langue.

— C'est chiant d'être sain d'esprit. Soyons fous. Enlève encore ton tee-shirt.

En riant, je secoue lentement la tête.

— Je vais me coucher.

— Très bien, dit-il en s'allongeant et en passant un bras derrière sa nuque.

Je traverse l'appartement jusqu'à ma chambre, fais une pause et me retourne vers lui.

— Et je ferme ma porte à clé.

— Ne t'inquiète pas, Kota. Tu es en sécurité. J'attends le jour où tu me supplieras de t'embrasser.

Il a perdu la tête.

— Tu vas attendre très longtemps.

— Peut-être. Peut-être pas. Bonne nuit, Dakota. Tu sais où me trouver.

***

Le soir suivant, je rentre dans un appartement désert. Reagan m'appelle alors que je suis assise dans le salon.

— Salut, dis-je en tendant le téléphone et en souriant à ma meilleure amie. Qu'est-ce que tu fais de beau ?

— On va *Au repaire* ce soir. Et toi ?

— Je n'ai rien de prévu.

Je passe une main sur le tissu rose du canapé. Je jure que je sens l'odeur de Maverick et de « Flocons de neige ».

— Tout va bien ?

— Oui. Je suis fatiguée. Maverick et moi avons bu du vin et

de la vodka hier soir. Deux étoiles sur dix. Je ne le recommande pas.

Elle rit et quelque chose bascule dans ma poitrine. Elle me manque terriblement.

— J'aimerais que tu sois là.

— Idem. Ce n'est pas la même chose de ne pas se réveiller avec le bruit rugissant d'un blender tous les matins.

Elle met de la musique en fond sonore et pose son téléphone.

— Prête ?

— Pour ?

— Danser ! Allez.

Elle me fait signe de me lever.

À contrecœur, j'obéis. Je pose mon téléphone sur l'accoudoir du canapé et me mets à danser.

— D'autres rencontres avec des joueurs de hockey dont je devrais être au courant ?

— Non. Enfin, sauf si tu comptes Maverick. Je, euh, je l'ai peut-être laissé me peloter.

Elle hausse les sourcils, mais continue à danser.

— Il me faut plus d'informations.

— On était en train de boire. J'ai renversé du vin sur mon tee-shirt et j'ai pensé que c'était une bonne idée de l'enlever. Ensuite, je lui ai dit de toucher mes seins pour lui prouver qu'ils n'étaient pas faux.

— Tu as de superbes seins. Qu'est-ce qui s'est passé ensuite ?

— Je suis allée me coucher. Je ne peux pas coucher avec Maverick. C'est... Maverick.

— Tu as envie de coucher avec lui ?

— Mes seins étaient visiblement partants.

J'ai des picotements dans le corps, comme la nuit dernière.

— Il n'y a pas moyen. Ça n'arrivera pas.

— D'accord. Dans ce cas, tu dois sortir avec quelqu'un

d'autre et le laisser te peloter avant que tes seins ne prennent le dessus sur ta raison. Tu les as privés pendant trop longtemps.

Je râle. Elle n'a peut-être pas tort.

— Avec qui pourrais-je sortir ? Je travaille toute la journée. Je ne peux pas m'approcher des joueurs de hockey et je ne vais pas sortir avec un autre stagiaire, ça ferait bizarre.

— Une appli de rencontres ?

— Je l'ai supprimée. Les options n'étaient pas géniales.

— Alors, réinstalle-la, dit-elle en me souriant. Tu as un nouveau code postal. Donc de nouvelles options. De meilleures options, peut-être.

— Oui. Peut-être.

Parler à Reagan me fait du bien. Nous chantons et dansons sur encore deux chansons. Nous rions en montrant nos pas de danse.

— Kota ? Lance Mav.

La porte est entrouverte et Charli la pousse.

— Je suis là. Entrez.

Maverick entre avec ses béquilles. Reagan baisse la musique.

— Je dois y aller, dit-elle, essoufflée. Je t'aime.

— Je t'aime aussi.

Je mets fin à l'appel alors que Maverick s'installe sur le canapé.

— Tu étais à la patinoire ?

— Oui, je devais parler à l'entraîneur.

— Comment ça s'est passé ?

— Il est furieux que je me sois blessé.

— Tu seras prêt pour le camp ?

— J'espère, dit-il en posant un bras sur le dossier du canapé. Qu'est-ce que tu fais ce soir ? Tu veux sortir ? Dîner ? Boire un verre ? Danser ?

Il propose cette dernière option en souriant.

— Tu n'es pas en mesure de danser.

— Je peux m'asseoir sur une chaise et te laisser danser pour moi, comme tu le faisais. En fait, on devrait peut-être faire ça ici pour que tu puisses à nouveau enlever ton tee-shirt.

Je lève les yeux au ciel.

— À propos d'hier soir. Je n'aurais pas dû te laisser faire. On est amis.

— On peut être amis et coucher ensemble.

— Même si ce n'était pas explicitement contre les règles de mon stage, ce n'est pas une bonne idée.

— Pourquoi pas ? Tu as dit que tu me trouvais sexy. Je te trouve sexy. On n'a pas de télé, fait-il remarquer en montrant le mur immaculé en face de nous. Qu'est-ce qu'on peut faire d'autre ?

Je ris légèrement.

— C'est si simple pour toi, ça me fascine.

Il hausse les épaules.

— Il suffit de rendre ça simple. Je ne vais pas tout à coup cesser d'être ton ami juste parce que le sexe est d'enfer entre nous.

— D'enfer...

Je secoue la tête pour stopper les images qui défilent dans ma tête.

— Ça n'arrivera pas.

— D'accord. Eh bien, sinon... on dîne ?

DIX-SEPT

JOHNNY

Dakota insiste pour que nous commandions afin que je repose mon genou. Elle a probablement raison. Le coach Miller n'était pas content que je me blesse juste avant le camp. Cependant, j'en ai déjà marre de rester assis toute la journée.

Kota est dans le fauteuil sur son ordinateur et moi sur mon portable.

— La commande devrait être là maintenant, dit-elle en fixant la porte du regard, comme si elle pensait que cela allait aider à faire venir le livreur.

— Peut-être qu'ils l'ont laissée à la porte.

— Sans frapper ?

Je me lève et me dirige vers la porte sans mes béquilles.

— Mav ! me gronde-t-elle en riant.

On frappe à la porte alors que je ne suis qu'à un pas.

— Timing parfait, dis-je en ouvrant la porte.

— Euh... Bonjour.

Une femme se tient dans le couloir avec un sac brun à emporter.

— Je crois que c'est à vous. J'ai aussi commandé chez eux et ils ont déposé les deux commandes chez moi. Je ne m'en suis rendu compte qu'après avoir mangé un de vos nems. Désolée.

Je souris.

— C'est un échange équitable. Merci.

Elle me tend le sac et s'attarde.

— Vous êtes Johnny Maverick, n'est-ce pas ?

— Oui. On s'est déjà rencontrés ?

Je l'observe discrètement pour savoir si elle fait partie des centaines de personnes que j'ai rencontrées cette semaine à la patinoire.

— Non.

Elle se passe une main sur le front et rit légèrement. Elle est jolie, presque la trentaine, peut-être, et porte d'épaisses lunettes à monture noire qui lui donnent un peu l'air d'une bibliothécaire.

— C'est embarrassant, mais je suis une fan. J'étais si contente quand les Wildcats vous ont recruté.

— Merci. Désolé, je n'ai pas saisi votre nom.

— C'est vrai. Oh mon Dieu. Je m'appelle Anika. Je vis dans l'appartement d'à côté.

J'ouvre la porte plus grand.

— Enchanté. C'est l'appartement de mon amie Dakota. Elle me laisse traîner chez elle et l'embêter. Je suis au dixième.

Dakota se dirige vers nous et nous fait signe.

— Bonjour.

— Pardon de vous avoir dérangés, dit Anika en la saluant et en reculant d'un pas. Passez une bonne soirée.

— Toi aussi.

Après que j'ai fermé la porte, Dakota s'esclaffe et me prend la commande.

— Tous ces fans.

— Ne t'inquiète pas. Tu seras toujours ma préférée.

Je retourne à cloche-pied dans le salon et m'assois. Dakota

va chercher tout ce qu'il nous faut en m'ordonnant de rester tranquille le temps qu'elle prépare nos plats puis elle nous les apporte.

Elle mange avec une main et s'affaire sur son téléphone de l'autre.

— Tu vas travailler toute la soirée ?

Elle pose son téléphone.

— Je ne travaille pas. Je m'inscris à une nouvelle application de rencontre.

— Je croyais qu'on était d'accord pour dire que c'était de la merde.

— Celle-là est pour les gens sérieux qui ne cherchent pas juste à coucher.

— Alors, c'est pour les vieux ?

Elle me lance un regard noir. Je lui fais signe d'approcher.

— Laisse-moi voir. Je peux t'aider.

— Tu as dit que tu ne te servais pas d'applications de rencontres.

— Non, mais je sais quand même ce que les mecs aiment.

Avec un soupir, elle me tend son portable et vient s'asseoir à côté de moi. Elle se penche vers moi tandis que j'écris un résumé d'elle.

J'avais de bonnes intentions quand je lui ai proposé mon aide, mais quand elle est si proche, je me rappelle à quel point j'ai envie d'elle et je décide plutôt de l'embêter.

— Culottes de grand-mère ? Tu as dit que je portais des culottes de grand-mère ?

Elle essaie de reprendre son téléphone, mais je me retourne et le tiens hors de portée.

— Les gens qui désirent se mettre en couple veulent ça. Crois-moi. Les strings, ça crie le sexe.

— Je suis sûre que tu n'y connais rien en relations sérieuses.

Elle grimpe sur moi. Ses cheveux atterrissent sur mon

épaule et son visage est si proche du mien. J'arrête de l'embêter et me tourne pour le lui rendre, mais ses lèvres brillent et sont tout près.

Voilà longtemps que j'ai envie de l'embrasser, bien avant hier soir, mais depuis, je ne pense qu'à ça. Son hésitation, son regard rivé sur ma bouche avant de m'arracher le téléphone... je suis quasiment sûr qu'elle y pense aussi.

Nous nous remettons à nos places, moi sur le canapé et elle dans le fauteuil.

Je suis perdu dans mes fantasmes, je l'imagine en train de jeter son téléphone et de me supplier de l'embrasser. Je suis certain d'être mieux que n'importe quel garçon qu'elle trouvera en ligne. C'est nul.

— Tu devrais inviter Anika à sortir, dit-elle sans lever les yeux.

Il me faut quelques secondes pour me rappeler de qui elle parle.

— Ta voisine ?

— Oui, pourquoi pas ? Elle était jolie et avait l'air sympa.

— Je sais que tu penses que j'aime toutes les filles qui répondent à ces critères, mais j'ai une certaine retenue.

Elle hausse les deux sourcils et me sourit avant de retourner à son téléphone.

— Je devrais rentrer chez moi.

— Pourquoi ?

— Euh, parce que c'est là que je vis. À moins que tu acceptes d'être ma coloc.

— Tu peux dormir sur le canapé aussi longtemps que tu le veux, Mav.

— Je savais que tu ne voulais pas te débarrasser de moi. Alors... colocs ?

Elle se mord la lèvre inférieure.

— De toute façon, tu as l'intention de traîner chez moi tous les soirs, non ?

— C'est à peu près ça, oui, dis-je en hochant la tête.

— Et à propos de...

Elle s'interrompt et rougit.

— À propos de quoi ?

— Les filles, Maverick. Est-ce que tu vas ramener des inconnues à la maison ?

Le rouge de ses joues descend dans son cou.

Je n'y avais même pas pensé, pas quand je peux avoir Dakota pour moi tout seul le soir. Je lève la main comme si je jurais sur l'honneur.

— Je ne ramènerai pas d'inconnues à l'appartement.

— Dans ce cas, oui, autant le faire. Je me sentirai moins coupable si tu trouves quelqu'un pour sous-louer cet endroit.

Sur ces paroles, elle se lève et se dirige vers sa chambre.

— Est-ce que ta chambre d'amis ferme à clé ?

Elle sourit d'un air joueur. Je m'allonge et passe un bras derrière ma tête.

— Qu'est-ce que je t'ai dit, Kota ? Pas tant que tu ne m'auras pas supplié.

***

Le lendemain, quand Dakota se réveille, Jack, Declan et Léo sont déjà là pour m'aider à déménager ses affaires chez moi.

Elle sort de sa chambre vêtue d'un large tee-shirt et les cheveux ébouriffés. Qu'elle est sexy !

— Oh non.

— Oh si, réplique Jack en baissant les yeux sur ses longues jambes musclées.

— Je vois que même après la fac, vous continuez à vous déplacer en troupeau, dit-elle en passant la main dans ses cheveux emmêlés. Je vais avoir besoin de café. De beaucoup de café.

— Je m'en occupe.

Je m'empare du plateau et lui offre une tasse. Le marché était que les gars venaient m'aider si je leur offrais le café. J'ai également accepté d'aller à une fête chez Jack le week-end prochain, comme si c'était vraiment une contrainte. Je crois que Jack veut simplement s'assurer que je viendrais et que j'apprendrais à connaître les gars en dehors de la salle de sport. Ça, et sûrement qu'il espérait une autre dispute avec ma nouvelle colocataire sexy.

— Qu'est-ce que vous faites tous là si tôt ? demande-t-elle en me regardant. Il va falloir qu'on fixe des règles de base et des créneaux acceptables pour quand tes amis viennent.

— Ne t'inquiète pas, bébé. C'est une exception et c'est pour la bonne cause. Ils emménagent tes affaires chez moi.

J'agite une clé magnétique devant son visage et la pose sur le plan de travail.

Jack soulève le fauteuil dans le salon et Dec et Léo attrape chacun un bout du canapé. Elle les observe porter les meubles de sa mère avec un regard ensommeillé et hébété.

— Qu'est-ce qui t'arrive ce matin ? lui demandé-je. D'habitude, tu as les yeux brillants et tu es toute pimpante dès le matin.

— Je n'ai pas bien dormi.

— Ah bon ? Ça craint.

Je m'appuie sur une béquille.

— Tout va bien ?

Ses yeux bleus se plongent dans les miens, puis retombent sur mon torse nu. Je me retiens de sourire. Mince alors, pas possible. Est-ce de la culpabilité ? De la gêne ? Génial.

— Tu as rêvé de moi, n'est-ce pas ?

Son visage rougit.

— Non, bien sûr que non. Non. Absolument pas.

— Tu ne sais pas mentir, Kota, dis-je en m'autorisant finalement à sourire.

Elle lève les yeux au ciel.

— Si c'était le cas, ce serait une preuve supplémentaire que je dois sortir et rencontrer d'autres garçons.

— Je pense que vous vous plaignez trop, madame.

———

Une fois que Kota est installée chez moi, les garçons s'en vont, puis elle aussi, car elle doit aller bruncher avec d'autres stagiaires. Ça fait trois jours que je reste assis et je n'en peux pluuuuus. Je n'aime pas rester seul. Pas besoin d'être un génie pour faire le lien entre le temps que j'ai passé seul quand j'étais enfant et mon besoin d'attention et d'être entouré maintenant.

Je zappe sur plusieurs chaînes, emmène Charli en balade et envoie un message aux gars pour savoir s'il y en a un de partant pour faire une partie de jeux vidéo. Tout le monde est occupé sauf le vieux Mav.

En parcourant la liste de mes contacts, je décide d'appeler ma mère. Elle ne répondra sûrement pas, mais je pourrai au moins lui laisser un message. Ça fait longtemps que je n'ai pas pris de nouvelles. Je m'allonge sur le canapé rose de Dakota et contemple le plafond tandis que ça sonne.

— Allô ? répond la voix de ma mère à l'autre bout du fil.

J'adore le fait qu'elle réponde toujours comme si elle ne savait pas que c'était moi qui appelais.

— Bonjour, maman.

— Johnny. Oh, je voulais t'appeler.

— Vraiment ? Je croyais que tu étais en Italie. Je m'attendais à tomber sur ton répondeur.

— C'est le cas. Doris et moi sommes devant un restaurant en

train d'attendre une table pour le dîner, mais j'ai parlé à ton père hier, il m'a dit que tu t'étais blessé. Je suppose que tu m'appelles pour que je te donne le nom de plusieurs médecins afin d'avoir un second avis ?

— Non. Je voulais juste prendre des nouvelles et savoir si tu profitais de l'Italie.

— C'est absurde. Nous avons d'excellents contacts en ville.

— J'ai tout sous contrôle, vraiment. Le Dr Anderson est formidable et je suis allé voir un second médecin, juste au cas où.

Je me déplace et surélève ma jambe, comme on me l'a demandé.

— Comment c'est l'Italie ? Tu y es encore pour combien de temps ?

Elle ne répond pas tout de suite et je l'entends parler à quelqu'un d'autre en arrière-plan, en italien.

— Désolée, Johnny, dit-elle une fois qu'elle a reporté son attention sur moi. Notre table est prête. Je vais demander à mon assistant de t'envoyer une liste des meilleurs médecins. Dis-leur qui tu es et que s'il le faut, ton père et moi les ferons venir par avion.

Aucune chance que je le fasse, mais je comprends que c'est sa façon de me montrer qu'elle se soucie de moi. Ils n'ont pas envie de donner de leur temps et de leur attention, mais par contre, ils sont heureux de m'aider et de me donner de l'argent.

— Merci, maman.

— Je t'aime, chéri. Je t'appellerai à mon retour à Chicago.

Elle raccroche avant que je puisse lui répondre.

Je jette le téléphone au bout du canapé, puis je me penche pour prendre Charli et la poser sur mon torse.

— Je t'aime aussi, dis-je doucement.

Charli me lèche le visage.

— Qu'est-ce qu'on va faire, ma fille ?

Elle me lèche à nouveau en guise de réponse, ce qui m'arrache un petit rire.

La télévision est allumée et sert de fond d'ambiance. J'ai l'estomac qui gargouille, mais je n'ai pas envie de bouger. J'ai dû m'endormir, car ensuite, Dakota se tient devant moi avec un sourire amusé.

— Si tu trouves ce canapé si inconfortable, alors pourquoi continues-tu à dormir dessus ?

Elle agite un sac devant mon visage.

Je me redresse et l'odeur de quelque chose de gras et de frit me vient aux narines. J'ai l'eau à la bouche.

— Qu'est-ce que c'est ?

— Le déjeuner.

Elle me le pose dans les mains et se rend dans la cuisine chercher une poche de glace pour remplacer celle qui a fondu sur mon genou.

— Ça va ? Tu as besoin d'autre chose ?

Elle s'assoit dans le fauteuil, enlève ses chaussures et ramène ses pieds sous elle. Ses sourcils se froncent.

— Maverick ?

L'inquiétude qui se dégage de son ton me fait sortir de mes pensées.

— Pardon. Quoi ?

— Tu vas bien ? Tu es un peu pâle.

Je me racle la gorge.

— Oui, très bien.

Elle continue à me fixer du regard. La gorge serrée, j'ai du mal à trouver une plaisanterie ou une moquerie pour lui assurer que je vais bien. Je vais bien, mais elle m'a pris au dépourvu en pensant à moi, en se disant que j'aurais peut-être faim. C'est vraiment bête.

— Tu m'as apporté de quoi manger.

— Oui, dit-elle en allongeant le mot. Je me suis dit que tu

aurais peut-être faim. Ce n'est pas grave si tu n'en as pas envie. C'est du poulet grillé et des frites de patates douces. Je sais, les frites de patates douces, ce n'est pas bon pour la santé, mais…

— Merci, la coupé-je avec une voix brisée.

Je me racle à nouveau la gorge.

Elle m'assène un sourire qui estompe mon sentiment de solitude.

— Y'a pas de quoi.

DIX-HUIT

DAKOTA

Je me plonge dans mon nouveau travail et dans ma nouvelle vie avec Johnny. Il a fait de la place dans le salon pour mes meubles, que nous n'utilisons jamais, mais j'adore les voir tous les jours.

Une autre chose que j'adore voir tous les jours ? Johnny, torse nu. Je sais, je sais. Je déteste un peu de l'admettre, même à moi-même.

Toutefois, ce soir, j'ai rendez-vous avec un type que j'ai rencontré en ligne. Marco a vingt-trois ans et étudie à l'université du Minnesota. Il a l'air sympa et il est plutôt mignon. Je ne suis pas sûre que c'est mon âme sœur, jusque-là, nos discussions ont été guindées et un peu bizarres, mais je m'accroche à l'espoir que ce sera mieux de le voir en personne. Et même si ça ne se passe pas bien, avec un peu de chance, ça m'aura éclairci les idées et j'arrêterai de fantasmer sur mon nouveau coloc sexy.

Habillée et prête à aller au travail, je sors de ma chambre et tombe sur Johnny, en train de faire des tractions dans l'embrasure de sa chambre. Il a installé une barre et waouh, quel dos impressionnant !

— Bonjour, lance-t-il tout en continuant à abaisser et soulever son corps.

Je me force à baisser les yeux et lui réponds par un murmure.

— Le smoothie est sur le plan de travail.

— Tu es trop bien pour moi.

Je le prends et le bois. Il a vraiment amélioré ma boisson matinale, elle est encore meilleure quand ce n'est pas moi qui la prépare.

Il me rejoint dans la cuisine en sautillant sur un pied.

— Où sont tes béquilles ?

— Dans ma chambre, je crois. Je ne sais pas. Ça va.

Je secoue la tête et me rapproche pour qu'il puisse s'appuyer sur moi.

— Quand retournes-tu chez le médecin ?

— Aujourd'hui, en fait.

— Tu ne m'as rien dit. Tu as besoin que je t'y conduise ?

Il sourit.

— Non, ça va. Mais j'aime bien quand tu joues les mères poules avec moi.

Je lève les yeux au ciel.

— Je regrette d'avoir été gentille.

Il s'esclaffe.

Avant de partir, je trouve ses béquilles dans le salon et les lui tends.

— À plus dans le bus.

Au travail, je passe la journée à accomplir des missions pour Blythe avec Quinn et Reese. Il y a un million de choses à préparer pour le camp d'entraînement, qui commence la semaine prochaine. Il y a de petits cadeaux à faire, des panneaux à afficher, des pièces à aménager et des programmes à finaliser. Tellement de programmes.

Quand nous avons enfin terminé, j'ai envie de passer une

soirée tranquille, mais je rentre et me prépare pour sortir avec Marco. J'envoie un message aux filles pour déstresser tandis que j'attends.

Ginny : À quoi est-ce qu'il ressemble ? Qu'est-ce qu'il fait ?

Reagan : Qu'est-ce que tu portes ?

Sienna : Il t'emmène où ?

Leur interrogatoire me rend encore plus nerveuse. Marco m'a dit qu'il m'enverrait un message une fois qu'il aurait fini les cours et qu'il serait en chemin. On se retrouve à un bar proche de l'appartement. Je voulais que ce soit suffisamment près pour pouvoir y aller à pied ou rentrer en Uber s'il se fait tard, mais pas trop près non plus, comme ça, je n'ai pas à m'inquiéter que Johnny et ses coéquipiers y passent et m'embarrassent.

Il y a deux soirs, Marco et moi nous sommes appelés pour la première fois après avoir échangé un peu par message. Jack et Declan se sont arrêtés à l'appartement pour voir Maverick, ils prennent tous les jours des nouvelles de lui. Bref, ils ont dû lire sur mon visage que je parlais à un garçon, car ils n'ont pas arrêté de crier des phrases comme : « Chérie, reviens dans le lit » ; jusqu'à ce que je m'enferme dans ma chambre. Je ne sais pas trop quel était leur plan. Ils ne savent sûrement pas non plus. C'est ridicule.

En cet instant, j'aurais pourtant bien besoin du ridicule de Maverick. Il n'est pas chez lui et, bordel, je suis tellement stressée que j'en ai l'estomac retourné. Il sait toujours quoi dire pour m'apaiser. Je réponds aux filles, puis envoie un message à Johnny pour savoir comment s'est passé son rendez-vous chez le docteur.

Maverick : Bien. Je suis au *Wild's*. Tu veux venir ?

J'attends encore cinq minutes des nouvelles de Marco, avant de laisser tomber. J'attrape mon sac et dis au revoir à Charli. Je pourrai partir du *Wild's* quand Marco arrivera.

Je trouve Jack et Johnny au fond du bar. Quand Johnny m'aperçoit, il pivote sur son tabouret et descend. Son grand sourire me rend toute chose. Il me prend dans ses bras et m'attire contre lui.

— Tu es venue ! Qu'est-ce que tu bois ? C'est moi qui offre.

Je suis temporairement trop distraite par lui pour répondre. Écoutez, Johnny Maverick est un bel homme. Mon refus de coucher avec lui n'a absolument rien à voir avec son apparence. Avec ses cheveux sombres, son sourire et ses tatouages... oh, les tatouages. Il est au sommet de l'échelle des beaux gosses. Je ne pourrais pas trouver mieux que lui.

Il est putain de sexy, comme il dirait, mais il ne prend rien au sérieux. Pour lui, le sexe est aussi banal que regarder la télévision ou danser. La personne avec qui il couche n'importe pas autant que l'activité en elle-même. Je veux plus que ça. Je ne veux pas faire l'amour avec n'importe qui.

Mais ce soir, ah, ce soir il porte un pantalon de costume et une chemise noire. Les manches remontées sont serrées autour de ces biceps et dévoilent ses tatouages. Il a aussi mis du gel. Il ne porte pas un jean et un tee-shirt uni comme à son habitude, ou plutôt, pour une fois, il n'est pas torse nu.

— Je ne peux pas rester, dis-je quand je retrouve ma voix.

— Bébé, si tu retournes dans cet appart, je te suivrai et te traînerai dehors. Il faut qu'on sorte.

Soudain, je réalise quelque chose.

— Où sont tes béquilles ?

Il lève les bras.

— Je suis rétabli ! déclare-t-il en balançant la tête d'un côté et de l'autre. Le Dr Anderson dit que je serai prêt pour le camp.

— Mav, c'est une super nouvelle.

— Je sais. Alors, qu'est-ce que tu veux boire ? Du champagne ? Je veux fêter ça.

— Je ne peux vraiment pas.

— Quoi, tu as rencard ou quelque chose comme ça ? demande Jack.

— En fait, oui. Je sors avec Marco.

— Le gars que tu as rencontré sur Tinder ?

— Oui.

— Je n'aime pas ça, lâche Mav.

— Eh bien, tant pis.

Je ris, les nerfs à vif.

— Tu ne sais rien de ce type. Et si c'était un taré ?

— Je sais me débrouiller toute seule.

Il relève le menton et me regarde.

— Où allez-vous ?

— Je ne te le dirai pas.

— Partage ta position avec moi.

— Quoi ?

— Je te promets que je ne l'utiliserai que si tu ne rentres pas à la maison ou si tu mets du temps à répondre.

Je reste silencieuse pendant que je réfléchis.

— Que dirait Reagan ? Devrais-je lui envoyer un message pour lui demander ?

— Argh. Très bien. Mais je jure que si tu te pointes…

Il lève les mains.

— Je ne le ferai pas.

Je regarde Jack.

— Je ne promets rien, dit-il.

Johnny s'appuie contre le bar.

— C'est ce que tu vas porter ?

— Oui. Pourquoi ?

Maverick me fait douter de mon choix pour la jupe bleu marine et le débardeur blanc que je porte.

— Je veux qu'il sache que j'ai fait un effort, mais pas trop.

— Tu es parfaite.

Je vois bien qu'il se retient de dire quelque chose.

— Quoi ? Dis-moi. J'ai encore le temps d'aller me changer s'il le faut.

— Rien, honnêtement. Tu es magnifique. Je suis juste content que ce ne soit pas la robe noire, c'est tout.

— Quelle robe noire ?

— Celle que tu portais à la fête de notre victoire en championnat. La courte, avec des bretelles qui se croisent dans le dos.

L'idée qu'il connaisse ma garde-robe me fait bondir d'excitation.

— Je ne veux même pas savoir comment tu t'en souviens.

— Bébé, cette robe.

Il joint les mains, le bout des doigts touchant ses lèvres.

— Cette putain de robe.

Il gémit.

— Je ne coucherai pas avec lui.

Il éclate de rire.

— Bien. Alors peut-être que tu devrais la porter. Le pauvre gars sera si malheureux de ne faire que te parler de toute la soirée.

Il se redresse.

Je commande un verre de vin et pendant que je le bois, plusieurs coéquipiers de Maverick se pointent. Plus ils sont nombreux, plus il y a de filles autour de nous.

Je regarde mon téléphone. Aucune nouvelle de Marco...

— Tu es sûre de ne pas vouloir lui poser un lapin et rester

avec nous ? demande Johnny. On va aller dîner et puis... qui sait ?

— Je ne peux vraiment pas.

— Pourquoi ? Je suis un bien meilleur rencard.

Derrière Maverick, j'aperçois Anika, ma voisine, parmi les filles qui ont encerclé les joueurs. Je lève la main pour la saluer. Maverick se retourne et incline la tête.

— Salut, voisine.

— Johnny Maverick, dit-elle en souriant. Je ne t'ai pas reconnu.

— Pareil. Tu es superbe, lui dit-il.

Ce que j'aime chez Johnny, c'est qu'il n'hésite jamais à faire des compliments. Et il est toujours sincère.

— Merci.

Elle passe une main sur le tissu élastique de sa robe noire. Elle s'est habillée pour impressionner la galerie ce soir.

— Qu'est-ce que vous faites tous les deux ? Je ne vous ai jamais vus dans le coin.

— J'essaie de convaincre Dakota de venir chez *Beverlee's* avec moi.

Ses yeux s'illuminent.

— Oh. J'ai entendu dire que cet endroit était génial. J'ai essayé d'y aller avec des amis la semaine dernière, mais on ne peut pas réserver avant des mois.

Les filles qui l'accompagnent commencent à s'éloigner et elle les suit.

— Ça m'a fait plaisir de vous voir.

— Attends, lui dis-je avant qu'elle parte. Tu devrais y aller avec Maverick.

— Moi ?

Son sourire s'élargit, mais elle baisse la tête un peu timidement.

— Oui, c'est parfait. Je ne peux pas y aller. J'ai un rendez-vous.

Je regarde Johnny.

— Vous devriez sortir tous les deux pour fêter la fin de ses béquilles. Ce n'est pas rien.

Je l'ai mis dans une position où il ne peut pas refuser, mais Annika est belle, elle a l'air sympa et ne semble pas être une groupie. Elle est fan, bien sûr, mais comme à peu près la moitié de la population avoisinante.

— Euh, oui, si tu es partante, dit-il.

— Vraiment ?

Il acquiesce et fourre les deux mains dans ses poches.

— D'accord. Oui. Il faut juste que je prévienne mes amies.

— Bien sûr, dit Mav.

Quand elle s'en va, il réduit l'espace entre nous et baisse la voix.

— C'était quoi ça ?

— Désolée, mais elle a vraiment l'air sympa et elle est magnifique. Ces lunettes avec cette robe...

Je lève le pouce pour achever ma phrase.

Il rit doucement.

— C'est cool. Il faut que tu fêtes ça et comme ça, on va tous les deux rencontrer de nouvelles personnes, dis-je en me levant de ma chaise. On se voit plus tard.

Dehors, je lâche une longue expiration et me dirige vers l'appartement. Alors que j'entre dans l'immeuble, mon téléphone bipe et je sais. Je sais qu'il annule à la dernière minute.

Ça se confirme quand je prends mon portable et lis le message d'excuse. Il doit accomplir une tâche de dernière minute au travail et il est sincèrement désolé, il veut qu'on reporte ça, blablabla.

Je retire mes chaussures, m'empare de Charli et appelle Reagan.

— Tu m'appelles des toilettes pour me dire à quel point il est génial ? Ou je dois t'envoyer un message dans cinq minutes et prétendre qu'il y a une urgence ?

Je l'entends sourire à l'autre bout du fil.

— Il a annulé.

— Oh, chérie, je suis vraiment désolée.

— Pas moi.

J'enclenche l'appel vidéo, j'ai besoin de voir son visage.

Elle accepte et apparaît sur mon écran, les sourcils froncés alors qu'elle m'observe.

— Tu n'es pas déçue ?

— Non. Demande-moi pourquoi.

Je m'allonge sur le canapé rose. Il est imprégné du parfum de Johnny depuis qu'il a dormi dessus, ou peut-être parce que je suis dans son appartement. Je me demande s'il aura toujours son odeur maintenant. J'espère un peu.

— Pourquoi ?

— Foutu Johnny Maverick. Voilà pourquoi.

J'envisage de sortir, afin de ne pas rester à la maison à me demander pourquoi j'ai forcé un garçon qui me plaît à sortir avec une autre fille simplement parce que je ne veux pas qu'il me plaise. Maverick et moi, ça n'a aucun sens. Nous avons des attentes différentes.

Au lieu de ça, je me couche tôt. Je reste allongée à attendre son retour quand, tout à coup, je prends conscience qu'il pourrait bien rentrer avec elle et que je devrai les entendre faire l'amour. Il a dit qu'il ne ramènerait pas d'inconnues, mais ça me serait bien utile. S'il couche avec Anika, peut-être que je pourrai ne plus avoir envie de l'embrasser.

Je m'assoupis à un moment donné et me réveille au son de la voix grave de Mav qui dit bonjour à Charli. Je me redresse et écoute attentivement, essayant de deviner s'il est accompagné. Tout est calme, je m'approche à pas de loup de la porte et presse l'oreille contre.

— Kota.

Sa voix rauque fait battre mon cœur et je sursaute. Il toque doucement de l'autre côté. Je ne réponds pas.

— Je sais que tu es là. Ou alors, le type a ramené ton cadavre à ton appart. Ce n'est pas bête, en fait.

Je recule et ouvre la porte. Il sourit, un bras appuyé contre le chambranle.

— Tu es vivante.

— Oui. Je suis en vie et je suis rentrée à la maison en toute sécurité.

Il entre en me poussant.

— Je t'en prie, entre, dis-je d'un ton sarcastique.

Il s'assoit au bout du lit et déboutonne sa chemise.

— Comment s'est passé ton rencard ?

— Très bien. Oui. Et le tien ?

— Ne me raconte pas de conneries, Kota. J'ai vérifié plusieurs fois. Soit tu l'as invité ici, soit tu as oublié ton téléphone.

— Tu n'étais pas censé vérifier ma localisation seulement si je ne rentrais pas à la maison ?

— J'avais la sensation que quelque chose n'allait pas, alors j'ai vérifié.

— Bon, il a annulé. Peu importe.

— Dommage pour lui.

— Peut-être, dis-je avant de me concentrer sur lui. Comment s'est passé ton rendez-vous avec Anika ?

— Elle est sympa. Une fille cool. Elle travaille comme infirmière. Elle m'a dit que si je me blessais encore au genou en te courant après, elle m'ausculterait.

— J'espère sincèrement que ça ne se reproduira pas.

— Ça dépend.

— De ?

— De ce qu'il faudra pour que tu admettes qu'il se passe quelque chose entre nous. Je le sens et je sais que tu le sens aussi. Sinon, tu ne m'aurais pas refilé à une autre fille comme si je t'avais invitée à une orgie au lieu d'un dîner.

— Je t'ai piégé pour éviter d'affronter mes sentiments ?

Je lève les yeux au ciel. Bon sang. Suis-je si transparente ?

— Oui, je pense que c'est exactement ce que tu as fait. Elle est gentille et belle, mais je ne vais pas la revoir. Ni elle ni personne d'autre. Pas tant que tu ne m'auras pas dit catégoriquement non.

— Non à quoi ? À ce qu'on couche ensemble une fois et qu'on ruine notre amitié ? Non merci, Maverick.

Il se lève et se dirige vers l'endroit où je suis figée, près de la porte.

— Pourquoi est-ce si difficile pour toi de séparer le sexe du reste ?

— C'est comme ça.

— C'est une réponse à la con. Si je ne t'intéresse pas et que j'ai mal interprété les signes, alors d'accord, mais ne fais pas comme si je ne t'offrais pas plus qu'une baise rapide. Accorde-moi un peu de crédit. Tu me plais. Je te plais. Où est le problème ?

— Tu es exaspérant, dis-je en levant les mains. Ça ne m'intéresse pas de m'envoyer simplement en l'air. Pas avec toi. Personne, en fait.

— Très bien, dans ce cas, ça ne sera pas que ça. Le plaisir que j'ai envie de te procurer n'a rien de simple.

Il lève les mains et me caresse le cou. Ma peau picote et se réchauffe à ses caresses. Est-il sérieux ? Sait-il au moins ce qu'il dit ?

— On ne peut pas. Ce n'est pas une bonne idée. On est amis. Je dois me concentrer sur mon stage.

Je m'éloigne de lui, croise les bras et évite son regard.

— Lâche l'affaire, d'accord ?

J'entends mon pouls battre la chamade en attendant qu'il réponde.

— D'accord, dit-il en sortant. À demain matin. Bonne nuit, Kota.

DIX-NEUF
JOHNNY

Les deux jours qui suivent, Dakota fait tout pour m'éviter. Elle rentre du travail plus tard qu'avant et sort avec Quinn et Reese le soir. Elle m'évite royalement. Et après, c'est moi qui suis ridicule ?

Cependant, j'ai été occupé. Après m'être apitoyé sur mon sort et sur mon genou blessé pendant quelques jours, j'ai décidé de faire avec et de me mettre au travail. Je muscle le haut de mon corps et ma ceinture abdominale et j'effectue une thérapie pour mon genou. Je pourrai commencer de vrais exercices la semaine prochaine et je n'attends que ça. Le camp d'entraînement commence mardi. Bon sang, ça s'est joué de peu. Encore une bêtise de ce genre et je passerai l'hiver dans l'Iowa.

Toutefois, aujourd'hui va être une bonne journée. Il y a la séance photo pour le partenariat, Dakota ne pourra pas m'éviter.

Je ne la comprends pas. Non, en fait, je crois que je la comprends, c'est pourquoi son refus d'admettre qu'elle veut coucher avec moi autant que j'ai envie d'elle me déconcerte.

J'arrive à la séance photo quelques minutes en avance parce que je meurs d'envie de la voir dans un endroit où elle ne peut pas s'enfuir. Devant les vestiaires, Quinn tient un bloc-notes contre sa poitrine.

— Salut, Johnny Maverick.

— Salut, dis-je en pointant du menton la porte. Dakota est là ?

— Oui, ils t'attendent tous.

Elle m'ouvre la porte et me suit à l'intérieur.

Les vestiaires n'ont pas été très visités ces dernières semaines, mais aujourd'hui, c'est le chaos. Ses instructions étaient simples : venir en maillot de bain dans les vestiaires des Wildcats. Ça m'intrigue.

Dakota m'aperçoit tout de suite et se précipite sur moi en fendant la foule qui fait je ne sais quoi.

— Qu'est-ce que c'est que tout ça ? lui demandé-je quand elle s'arrête devant moi.

— Il faut beaucoup de monde pour te rendre beau, plaisante-t-elle.

Je passe une main dans mes cheveux.

— Ce n'est pas ce à quoi je m'attendais.

— Tu préfères que je prenne des photos avec mon téléphone portable ?

— Euh...

— Je plaisante.

Elle me prend par l'avant-bras et m'entraîne avec elle.

— Ça va être une grosse campagne pour *Maverick Company*. Ils ont mis le paquet.

Je me tais, mais je doute fort que mon cher vieux père soit responsable de tout ça. C'est l'œuvre de Kota.

— Je ne sais pas ce que je fais, avoué-je.

C'est un peu intimidant, car de plus en plus de gens se tournent vers moi et commencent à crier pour que tout le monde se mette en position.

— Ce sera facile. Fais ce que tu sais faire le mieux.

Elle me sourit. Ses yeux bleus pétillent de malice. Qu'elle est belle, et même si ce n'est pas le moment, la voir toute rayonnante et à l'action m'excite follement.

— Qu'est-ce que je fais de mieux ?

Son sourire s'élargit alors qu'elle recule, je la suis parce qu'il n'y a rien que je ne ferais pas pour elle.

Elle s'arrête près des douches.

— Enlève ton tee-shirt.

Quand Dakota se met sur le côté, je comprends enfin. De grands projecteurs et du matériel photo sont dirigés vers la douche du milieu. Des paravents restreignent l'espace et dans le renfoncement de la douche se trouve toute la nouvelle gamme de produits d'hygiène.

— Kota, ça a l'air top.

Derrière elle, Blythe s'avance, agrippée à son téléphone tandis qu'elle parle doucement.

— Nous n'avons les lieux que pour une heure. Faisons en sorte d'obtenir tout ce dont on a besoin avant que le coach Miller nous mette dehors.

Dakota se redresse.

— D'accord. On va d'abord prendre quelques photos de toi debout dans la douche, puis on va en faire d'autres avec le robinet ouvert. Ce sera comme si tu prenais une douche tout seul. Excepté que l'on va te regarder et te prendre en photo, alors ne m'embarrasse pas.

Je ris.

— Il y a des bouteilles d'eau, des canettes de cette boisson énergisante à la cerise que tu aimes bien, des fruits et d'autres en-cas là-bas si tu as besoin, continue-t-elle en les pointant du doigt. Reese et Quinn vont m'aider à filmer le making-of.

Derrière elle, les deux autres stagiaires me saluent maladroitement.

— Je crois que c'est tout. Contente-toi de rester toi-même.

— Moi-même, hein ?

Je crois que personne ne m'a jamais encouragé à être moi-même.

Les gens commencent à se mettre en place, de la musique est lancée et un flash éclatant m'aveugle.

— Ouah.

Je lève la main et cligne des yeux pour faire disparaître les étoiles dans mon champ de vision.

— Désolé. Je vérifiais juste l'éclairage, dit quelqu'un avant que deux autres flashs n'éclatent.

Dakota prend ma main. Je sais que c'est la sienne avant même de rouvrir les yeux.

— Ça va ? demande-t-elle.

— C'est bizarre, et c'est quoi cette musique ?

Les sourcils haussés, elle m'adresse un sourire narquois.

— Johnny Maverick ne veut pas être au centre de l'attention ?

— Je sais. C'est fou, non ? Personne n'est plus surpris que moi.

— Tu vas être génial. Je te le promets. Tu me fais confiance ?

Je jette un coup d'œil à tous les gens qui attendent que je me ressaisisse et j'acquiesce.

— Oui. D'accord. Allons-y.

— Bien. Maintenant, enlève ce tee-shirt, Johnny Maverick.

VINGT

DAKOTA

Maverick retire son tee-shirt, un sourire timide aux lèvres. Je n'arrive pas à croire qu'il ait autant de mal à retirer ses vêtements. Qui l'aurait cru ?

Il le roule en boule et me le jette. Je le tends à Reese qui se tient à côté en secouant la tête. Toute la matinée, il m'a regardée de cette façon, comme s'il n'arrivait pas à croire que je fasse subir ça à un joueur de hockey. Je m'en fiche. Ça va être génial. J'ai vu Maverick torse nu et il pourrait vendre n'importe quoi avec son corps sexy.

— Une foule de femmes tuerait pour être à ta place en ce moment, dit Reese en me tendant une bouteille.

— Je suis la seule à pouvoir le faire sans me pâmer devant lui.

Je lève les yeux au ciel, mais mon estomac se retourne quand j'ouvre l'huile pour bébé et entre dans la douche avec Maverick.

— Qu'est-ce que c'est que ça ? demande-t-il en me regardant d'un air méfiant.

— De l'huile. Ça donnera un aspect mouillé sans eau.

Je verse un peu du liquide frais dans ma paume.

— Désolée, c'est un peu froid.

Je commence par son torse et fais pénétrer l'huile en effectuant de petits cercles.

— Sur une échelle d'un à dix, à quel point as-tu envie de faire une blague sur le fait que j'ai enfin posé les mains sur toi ?

— Chut. Tu vas gâcher ce moment si tu parles.

Il croise mon regard et sourit.

Je sens mon visage s'enflammer tandis que je me dirige vers ses abdominaux. Bon, je suis peut-être en train de me pâmer un peu devant lui. Ses muscles sont durs et sa peau chaude. L'huile fait tout ressortir : ses muscles dessinés et tous ses tatouages. Son corps est recouvert d'encre. Je l'ai vu d'innombrables fois torse nu, mais je ne l'ai jamais étudié d'aussi près.

Je passe le doigt sur son flanc, là où se trouve une crosse de hockey. Le tatouage n'est pas récent, mais les inscriptions à l'intérieur le sont. Quatre numéros : 13, 44, 19 et 23. Son numéro de joueur, ainsi que celui de Heath, Adam et Rhett.

— Quand les as-tu ajoutés ?

— Juste après le championnat.

— C'est très beau. Tourne-toi et laisse-moi faire ton dos.

— Tu grattes le mien et je gratte le tien, marmonne-t-il en s'exécutant. Désolé. Il y a tellement de choses que je me retiens de faire. Je mérite une putain de médaille.

— Tu auras un biscuit quand on aura fini.

— Tu me le donneras sans ton tee-shirt ?

Je frotte plus fort en enfonçant mes ongles dans sa peau.

— Désolé. Désolé. C'était déplacé. En fait, j'aime bien ça. Marque-moi, bébé.

— Oh mon Dieu.

Je le frappe dans le bas du dos.

— Je travaille, là.

— Je sais. Pardon. Si je ne profère pas mes envies à voix

haute, c'est ma queue qui va réagir, et je ne peux pas bander maintenant, murmure-t-il.

Cependant, son murmure est plutôt fort, je me retourne donc pour m'assurer que personne ne l'a entendu.

— Oh mon Dieu, Maverick. Chut. Je vais demander à Reese de finir de t'appliquer de l'huile si tu me dragues encore une fois. Il est interdit d'avoir des relations avec les joueurs. Tu te souviens ?

— On ne sort pas ensemble, dit-il, avant de marmonner. Tu as été très claire à ce sujet.

— Oui, je sais, et tu le sais, mais je ne veux pas qu'on ait l'air de... tu vois.

Il tourne la tête pour regarder par-dessus son épaule.

— D'être super attirés l'un par l'autre et d'être capables enfreindre les règles à tout moment ?

— Oui, avoué-je.

Je n'ai pensé qu'à ça ces derniers jours. Je sais que c'est une très mauvaise idée, mais ça ne m'empêche pas de penser à toutes sortes de fantasmes qui défilent dans ma tête.

Il soutient mon regard une seconde, hoche la tête et se détourne.

— Compris. Tu as envie de moi, mais personne ne doit le savoir. Une histoire torride et secrète. Je m'en contenterai.

Les dents serrées, je râle et baisse les mains. Ça devra faire l'affaire, parce que si je continue à le toucher, je vais finir par soit l'étrangler, soit le plaquer contre le mur de la douche et le faire taire avec ma bouche. Pourquoi j'aime bien plus cette deuxième possibilité que la première ?

La photographe, Lindsey, se présente à Maverick avant de commencer. Johnny se tient bizarrement, les mains sur les hanches avec un sourire qui ressemble à une grimace. Je ne sais pas comment je me sentirais face à une foule de personnes qui me regarderait alors que je serais torse nu, je pensais sincèrement que Maverick s'en délecterait.

J'attends quelques minutes. Je croise son regard parmi la foule qui l'entoure et qui l'observe. Je n'arrive pas à déchiffrer son expression, mais je sais qu'il n'est pas à l'aise.

— Hé, Lindsey, dis-je en m'approchant de la photographe. Je peux avoir une seconde ?

— Bien sûr.

Elle se relève et laisse tomber l'appareil photo à sa taille.

— Encore de l'huile ? demande-t-il en m'adressant un sourire penaud avant de regarder le sol.

— Tu as ton téléphone avec toi ?

Ils froncent ses sourcils noirs.

— Oui. Pourquoi ?

— Tu avais raison. Cette musique est nulle.

Il sort son téléphone, le déverrouille et me le tend. Je parcours ses playlists. Il y en a tellement. C'était lui qui choisissait la musique pendant les entraînements à Valley, j'ai entendu dire qu'elles donnaient vraiment la pêche. Il laissait tous les joueurs choisir une chanson et il en faisait une playlist. Encore une autre belle facette de Maverick.

— Des préférées ?

Il s'approche et je lui tends le téléphone afin qu'il puisse mieux voir. Son bras doux et soyeux recouvert d'huile frôle le mien. De la chaleur se dégage de lui. Mince, ça sent mauvais. Ai-je réellement envie de coucher avec Maverick ?

Il sourit et, bon sang, je connais la réponse à ma question. Oui. J'en ai vraiment très, très envie.

— Celle-là, dit-il en la pointant du doigt.

— D'accord, je la lance. Détends-toi. Amuse-toi.

— Je vais essayer. Je ne veux pas tout gâcher pour toi.

Je fais ressortir ma hanche et pose ma main libre dessus,

puis je le reluque rapidement, mais en faisant en sorte qu'il le remarque.

— C'est impossible.

— Change la musique des haut-parleurs pour ça, ordonné-je à Quinn en lui tendant le téléphone de Maverick. Et ne fouille pas dans son téléphone.

Le regard noir, elle mâche son chewing-gum en me contemplant avec un air agacé et incrédule parce que je lui donne des ordres. Nous nous entendons bien et je ne veux pas gâcher ça, mais je dois réussir cette séance photo. Je n'ai pas le temps de me demander si elle me détestera une fois que tout sera terminé.

En l'ignorant, je regarde Reese.

— Tu peux aller chercher une crosse de hockey… là où ils rangent les crosses de hockey ? Encore mieux si c'est celle de Maverick. On doit le mettre à l'aise et vite.

— Je m'en occupe.

Reese frappe dans ses mains et part en trottinant.

Blythe se retient de sourire.

— Vous avez ce qu'il vous faut ?

— Je crois que oui. Je veux que ça marche. Il faut que ça marche.

— Ça marchera.

Son téléphone, qu'elle ne quitte jamais, sonne dans sa main.

— Je dois sortir pour prendre cet appel. Vous avez tout sous contrôle ici.

— Je l'espère, murmuré-je alors qu'elle me laisse en plan.

La musique change tout de suite l'ambiance. Tout le monde, y compris Johnny, se détend un peu grâce à un vieux tube de Pitbull. Quand Reese lui donne la crosse, j'ai envie de pleurer de soulagement. Maverick détend ses épaules et sourit avec sincérité.

Il la tient par le bout et la lève en me pointant avec et en me faisant un clin d'œil. Oh là là, bon sang de bonsoir ! J'ai chaud. Je lève les yeux au ciel et croise les bras.

— OK, allons-y, tout le monde !

La séance photo se passe bien. Très bien. Lindsey prend plusieurs photos de Maverick avec sa crosse, puis Quinn et moi lui tendons des produits. Il pose avec de toutes les façons. Certaines poses sont idiotes et ridicules, d'autres sérieuses. Comment fait-on pour rendre un déodorant pour les parties intimes sexy ?

En tout cas, les meilleures photos sont de loin celles prises pendant que Maverick se douche. Je sais, ça a l'air glauque, mais pas du tout. Je veux dire, il est... si séduisant, et il s'en amuse. Il sourit et l'ambiance reste sympa et décontractée. Avec ses cheveux sombres coiffés en arrière, il se caresse le torse. Il croise mon regard et me sourit. J'essaie de lui rendre son sourire, mais j'ai l'impression de ne plus avoir le contrôle sur aucune partie de mon corps. Si c'était le cas, je serais sûrement capable d'ignorer la douleur entre mes cuisses. Je n'imagine même pas ce qu'il arrive à déchiffrer dans mon expression. Moi-même, je ne sais pas ce que je ressens.

Quoi qu'il en soit, il s'arrête de sourire et me regarde avec des yeux ardents qui me donnent des papillons dans le ventre.

J'ai envie de lui et lui aussi a envie de moi.

VINGT-ET-UN
JOHNNY

Je suis choqué quand Dakota rentre tôt du travail. Je suis en train de faire des abdominaux dans le salon et, au lieu de se diriger tout droit vers sa chambre, elle s'assoit sur le canapé en poussant un gémissement fatigué.

— Longue journée ? demandé-je en m'asseyant.

— C'est épuisant d'être aux commandes, mais c'est trop génial, dit-elle en souriant.

— Tu as déchiré.

— Je te crois.

Elle retire ses chaussures et s'en va dans la cuisine.

Je la suis, elle sort deux verres à vin puis, ouvre une bouteille de vin, nous sert et m'en tend un. Elle se hisse sur le plan de travail. L'énergie et l'excitation émanent d'elle.

— Même Quinn m'a dit que j'avais fait du bon boulot avant qu'on parte.

— Regarde-toi, tu te fais des amis.

— Oui, elle m'a invitée à sortir demain.

J'émets un bruit de buzzer.

— Mauvaise réponse. Tu es prise demain.

Elle fronce les sourcils et boit une gorgée de vin.

— Ah bon ?

— Oui, Jack organise une pool party. Ça commence tôt et ça va certainement se terminer tard.

— Je ne pense pas que ce soit une bonne idée, dit-elle en érigeant à nouveau un mur entre nous.

— Je te promets de ne pas te laisser te déshabiller et coucher avec n'importe qui, dis-je en levant les yeux au ciel d'un air moqueur, comme si c'était noble de ma part de l'empêcher de sortir avec l'un de mes coéquipiers.

J'obtiens l'effet escompté, elle sourit.

— Ha ha.

— Je suis sérieux. On va s'amuser. On ne peut pas rester dans cet appart un jour de plus. Je vais laisser l'empreinte de mon cul sur mon canapé pour toujours sinon.

Son regard atterrit sur mes fesses avant qu'elle se reprenne.

— Passer du temps à la piscine, ça a l'air sympa.

Je tape dans mes mains.

— Très bien. C'est réglé, alors.

— Je peux amener une amie ?

— C'est moi que tu amènes. Je ne suffis pas ?

Je fais semblant d'être sérieusement blessé et elle lève les yeux au ciel.

— Je veux inviter Quinn. C'est elle qui se rapproche le plus d'une amie ici.

— Et Reese ?

— Il est occupé.

— D'accord, mais si tu as besoin d'aide pour appliquer de la crème solaire ou...

Elle lève la main.

— Je gère.

La tension entre nous semble s'être apaisée et je suis heureux qu'elle ne m'évite plus.

— Qu'est-ce que tu veux faire ce soir ?

— Je ne sais pas trop. Je suis fatiguée. Je ne me sens pas de sortir.

— Commandons à manger.

J'attrape mon téléphone. Quand je lève les yeux vers elle pour lui demander ce qu'elle veut, elle arbore une expression bizarre.

— Quoi ?

— Merci, Mav.

— Pour ?

— Ces deux premières semaines auraient été bien solitaires sans toi.

— Pareil pour moi.

———

L'après-midi suivant, Dakota sort de sa chambre avec un sac de plage et un sourire hésitant.

— Tu es sûr que c'est une bonne idée ? Tu ne devrais pas éviter de nager ?

— Ça va aller. Ce n'est pas comme si j'allais plonger et faire le fou.

Elle n'a pas l'air convaincue, jusqu'à ce que j'ajoute :

— Je ne boirai pas, donc ça devrait m'aider à bien me tenir... Normalement.

— J'ai l'impression que je vais regretter de dire ça, mais allons-y !

Jack vit à vingt minutes de là, dans un quartier chic avec de grosses maisons et des jardins encore plus gros. Quelques coéquipiers vivent pas loin et je comprends pourquoi. L'endroit est sympa et il y a un lac privé.

— C'est une maison pour une seule personne ? Un célibataire, rien de moins ?

Dakota ferme sa portière et s'approche de l'avant du SUV,

tout en admirant le manoir devant nous.

— Un célibataire avec beaucoup d'amis.

Les voitures sont déjà alignées dans l'allée circulaire, j'en reconnais quelques-unes de mes coéquipiers. C'est Jack en personne qui nous ouvre la porte avant que nous ayons eu le temps de frapper.

— Salut, entrez. Je suis content que vous ayez pu venir.

— Merci de m'avoir invitée, dit Dakota en prenant sa voix professionnelle.

— Les téléphones dans le panier, James a la paperasse, l'alcool et la bouffe sont dans la cuisine. Profitez bien.

— La paperasse ? répète Dakota.

James, l'agent de Jack, s'avance avec une tablette.

— Un accord de confidentialité standard.

Elle écarquille ses yeux bleus.

— Vous plaisantez ? Je ne signerai pas ça.

Je ne pense pas que James sache comment réagir à son refus. À bien y réfléchir, j'ai l'impression qu'il en a vu des vertes et des pas mûres.

— Je me porte garant pour elle, dis-je. En plus, elle travaille pour l'équipe.

Je prends son téléphone ainsi que le mien et les dépose dans le panier, puis je lui prends la main.

— Viens, délinquante, avant qu'ils ne te jettent dehors.

Nous nous arrêtons dans la cuisine pour prendre à boire. Je ne manque pas de voir Dakota passer une main sur le plan de travail en marbre en contemplant la maison. Je sais que la cuisine est impressionnante, mais sa réaction la rend encore plus belle.

— Que veux-tu boire ? lui demandé-je en me servant une boisson énergisante.

— Quelles sont mes options ? s'enquiert-elle en continuant à toucher les appareils et les poignées de placards.

— Tout ce que ton petit cœur sombre peut désirer.

— Va pour une vodka-tonic. Il y a des citrons verts ?

— Oui.

— Bien sûr qu'il y a des citrons verts.

Je lui prépare son verre et le lui apporte.

— Tu vas te moquer de tout ?

— Pardon. Je suis toujours en train de ruminer pour cette histoire de confidentialité. Tu fais signer ça aux filles ?

— Moi ? Non, mais je ne viens pas de signer un contrat à seize millions de dollars.

Elle articule silencieusement le chiffre.

— Oui, et ça n'inclut même pas les partenariats. Prête ? demandé-je en lui tendant le bras.

Elle me prend par le bras et le parfum de son shampoing fruité me vient aux narines.

— Prête.

Dehors, la fête bat déjà son plein. De nombreux joueurs de l'équipe sont là, avec des amis et des filles. Tant de filles. Si vous voulez encourager vos enfants à devenir joueurs de hockey, alors amenez-les à une fête chez Jack Wild. C'est le paradis des fesses et des nichons.

La musique est à fond et on nous dit bonjour en criant depuis la piscine. Dakota reste à mes côtés pendant que nous faisons le tour. Je discute avec tout le monde et la présente quand c'est nécessaire. Elle connaît déjà presque tous les joueurs, mais je m'assure de dire du bien d'elle aux garçons qu'elle n'a pas encore rencontrés. C'est facile, pour être honnête.

Le soleil est haut dans le ciel en cette fin d'après-midi. Dakota ramasse ses longs cheveux sur une épaule et plisse les yeux.

— J'ai oublié mes lunettes de soleil, dit-elle.

— Tu veux ma casquette ? Elle protégera ton visage du soleil.

— Et toi ?

Je hausse les épaules.

— Je ne prends pas de coups de soleil et j'ai mes lunettes de soleil.

Je place ma casquette des Wildcats sur sa tête. Elle est trop grande et tombe sur ses yeux.

— Adorable.

Je suis presque sûr qu'elle lève les yeux au ciel, mais je n'arrive pas à le voir sous la casquette.

— Tu veux aller te baigner ?

— Tu n'as pas besoin de jouer les baby-sitters, dit-elle. Je peux me mêler à la foule et me faire de nouveaux amis.

— Tu essaies de te débarrasser de moi pour ne pas avoir à admettre à quel point je t'attire en ce moment ? fais-je remarquer en tirant sur le col de mon tee-shirt. Je l'ai gardé juste pour toi. Je ne veux pas que tu te ridiculises en bavant sur mon corps sexy.

— Oui, c'est ça, dit-elle d'un ton sarcastique. Tu as tout compris.

À ces mots, j'enlève mon tee-shirt et arbore un grand sourire quand elle reluque mon torse nu. Je ne sais pas qui elle croit tromper, mais pas moi.

— D'accord. Va-t'en maintenant. Mon amie est là.

Elle désigne Quinn qui sort dans le jardin par la porte arrière de la maison.

Je porte la main à mon cœur comme si elle m'avait blessé.

— Aïe.

— Désolée, mais tu connais les règles. Je ne veux pas qu'on se demande s'il se passe quelque chose entre nous.

— Je savais que tu ne pouvais pas supporter toute cette

tentation. Je serai dans la piscine. Viens me trouver quand tu seras prête à admettre ta défaite.

Declan est assis sur le bord de la piscine, les pieds dans l'eau. Je m'assois à côté de lui. D'ici, nous avons vue sur toute la fête.

— C'est un peu comme si tu étais le maître-nageur, assis là, à surveiller tout le monde.

Il rit doucement.

— C'est peut-être nécessaire. Comment va ton genou ?

— Bien, dis-je en étirant ma jambe. J'ai fait une petite séance de muscu ce matin et je devrais pouvoir participer au camp cette semaine.

— J'ai hâte. Les vacances me semblent toujours trop longues.

Declan n'est pas très bavard, donc en règle générale, quand il parle, je l'écoute. Il continue à parler du hockey et de la saison qui approche. Cependant, ce n'est là qu'un bruit de fond à mes oreilles, car de l'autre côté du jardin, Dakota a enlevé sa robe et discute avec Quinn.

Le tissu noir de son bikini remonte ses seins et son minuscule bas de maillot se rapproche d'un string. Et ma casquette. Bon sang, ça ne devrait pas être aussi sexy qu'elle porte ma casquette dans cette tenue. Pourquoi tout ce qu'elle fait m'excite-t-il ? Ce n'est vraiment pas évident quand elle fait tout pour ne pas admettre notre attirance mutuelle.

Comme si elle avait senti mes yeux braqués sur elle, elle se tourne légèrement et croise mon regard. Je ne sais pas si elle arrive à voir que mes yeux sont rivés sur ses fesses derrière mes lunettes de soleil, mais au cas où elle ne perçoive pas le désir qui parcourt mes veines, je baisse le menton et mes lunettes, afin qu'elle sache que je la vois. Je la remarque toujours.

Je jure qu'elle trémousse ses fesses en tournant la tête vers Quinn. La journée va être terriblement longue.

VINGT-DEUX
DAKOTA

La fête est géniale. Ça ressemble beaucoup aux grosses soirées à Valley, mais avec de meilleures boissons et des filles qui ont l'air de faire du mannequinat à leurs heures perdues. De qui je me moque ? Elles sont sûrement mannequins.

Toutes ces filles, c'est plutôt incroyable. Il y a facilement deux fois plus de filles que de garçons. Je doute que ce soit un hasard. Plan à trois pour tout le monde !

Quand le soleil se couche, la musique devient plus forte et de plus en plus de monde se met en maillot. Quinn et moi sommes assises sur des chaises longues au bord de la piscine. De temps à autre, nous nous faisons asperger d'eau, mais la vue est belle sans avoir à nous trouver au milieu de l'équipe et des groupies.

— Viens faire pipi avec moi, dit Quinn.

Malgré les apparences trompeuses qu'elle a pu avoir sur moi au début, je commence à bien l'aimer. Son manque de confiance en elle est son armure, c'est donc difficile de briser sa carapace, mais sous ses grands airs parce qu'elle connaît tout le monde et son obsession évidente pour les joueurs, c'est une fille cool.

— D'accord.

Je balance mes jambes sur le côté et me lève. Ma peau est échauffée à cause du soleil et mes pointes sont encore mouillées après que je suis allée me baigner tout à l'heure.

Maverick se trouve entre nous et la pergola au fond de la propriété.

Il est avec Jack, Léo et un groupe de filles qui vient d'arriver. Je jure que chaque fois qu'une fille débarque, elle est curieusement plus belle que les précédentes. Ces filles ne plaisantent pas. Elles se pavanent, déjà en maillot de bain, bien coiffées, en talons et avec une tonne de parfum. Je dois reconnaître qu'elles savent soigner leur entrée.

Une grande brune, aux jambes interminables et aux seins que j'aimerais moi-même peloter, sourit à Maverick et se penche vers lui en posant une main sur son avant-bras. Écoutez, je n'ai rien contre les groupies. Fais ce que tu veux, ma poule, mais évite de regarder Maverick comme si c'était ta prochaine conquête sur ta liste de joueurs. Je ferai souffrir toutes celles qui joueront avec lui.

J'agite la main en passant à côté. Il se tourne vers moi, je dois admettre que c'est agréable qu'il me reluque alors qu'il y a tout un tas de filles terriblement belles à disposition.

Sous la pergola, les portes coulissantes mènent à un grand espace. Il y a un lit d'un côté et un salon de l'autre, et même une petite cuisine. On dirait que la pièce n'est pas souvent utilisée. On dirait qu'elle vient d'être aménagée avec tout ce blanc et ce bleu.

Quinn se rend aux toilettes, je m'assois au bord du lit pour l'attendre. Je regrette de ne pas avoir mon téléphone. J'adorerais parler à Reagan maintenant. Elle me manque.

Deux des filles qui parlaient à Maverick entrent pendant que j'attends Quinn. Notamment la brune aux seins divins.

Elles ne semblent pas me remarquer, ou alors, elles m'ignorent royalement.

— Son contrat est de moins d'un million, dit la copine de la brune alors qu'elles se dirigent vers la salle de bains.

Lorsqu'elles réalisent que c'est occupé, elles patientent.

— Je m'en fiche. Je veux gagner ma vie par mes propres moyens.

Elle remonte ses seins et ajuste son haut de bikini. Il lui va bien, à moi aussi si j'avais une telle poitrine. C'est vraiment quelque chose.

— Johnny Maverick serait un bon tremplin pour ma carrière. Sa famille a déjà de l'argent de toute façon. Je parie qu'il investirait dans ma ligne de vêtements.

— Oui, il faut juste qu'il tombe amoureux de toi d'abord.

Elles rient.

Quinn réapparaît alors que je suis en train d'imaginer toutes les façons de faire disparaître cette fille sans aller en prison.

— Prête ?

— Oui.

Je me lève et fixe du regard les deux filles de dos qui entrent ensemble dans la salle de bain.

— Elles t'ont dit quelque chose ? Tu as un regard meurtrier. Encore plus que d'habitude.

— J'ai bien envie de tuer, marmonné-je alors que nous sortons.

Mon regard se porte sur Johnny. Il sourit et rit, totalement inconscient de la fille qui est prête à l'arnaquer à l'intérieur.

— J'ai envie de faire pipi.

— Quoi ? Mais on y était.

— Je serai rapide. Vas-y et assure-toi que personne ne vole nos places.

— D'accord.

Je croise le regard de Johnny, il me jette un regard confus

tandis que je tourne les talons et rentre dans la pergola. Tapant du pied avec impatience, les bras croisés, j'attends devant la porte des toilettes.

Quand elle s'ouvre, la brune perd son sourire et hausse ses sourcils parfaitement arrondis.

— Je peux t'aider ?

— En fait, oui, dis-je si gentiment qu'elle me croit l'espace d'une seconde.

Les lèvres recouvertes d'un gloss beige très brillant qui reflète la lumière, elle sourit. Je fais un pas vers elle et elle recule, même si elle fait trente centimètres de plus que moi avec ses talons.

— Ne t'approche pas de Johnny Maverick.

— D'accord, dit-elle en riant. Je veux bien ne pas m'approcher, mais je ne peux pas promettre que lui ne s'approchera pas.

— Je suis sûre que tu es une fille adorable et, pour être honnête, je n'ai jamais vu des seins aussi beaux que les tiens.

Je m'interromps pour rassembler mes pensées. Je m'éloigne du sujet. Je jure que je comprends pourquoi les mecs finissent par coucher avec ce genre de filles. Même moi, je me sens un peu idiote en leur présence, pendant qu'elles me regardent. Je n'arrive pas à me concentrer et puis, mes seins sont également incroyables, je pourrais les regarder toute la journée si je voulais.

— Bas les pattes.

— Pourquoi ? C'est quoi pour toi ?

Quoi ? Comme si c'était une chose et pas une personne.

— C'est mon... ami.

— Ohhh, je suis désolée qu'il te considère seulement comme une amie. Maintenant, tu veux gâcher les chances de toutes les autres filles.

J'ai envie de frapper son expression satisfaite.

— Et si on le laissait choisir ?

Elle me reluque de la tête aux pieds avec un air peu impressionné, puis regarde par-dessus ma tête. Je tourne les talons et j'aperçois Johnny observant notre interaction avec une expression choquée.

Je m'appuie contre le mur, souhaitant pouvoir m'y fondre et disparaître. Seins divins et son amie passent devant moi d'une démarche victorieuse en direction de Maverick.

— Viens, Johnny. Allons nous baigner.

— Oui, euh, j'arrive dans une minute. Il faut juste que je parle à Dakota.

Il incline la tête vers moi et attend qu'elles partent. Ensuite, il ferme les portes. Je ne bouge pas. Bon sang, je sais que je suis allée trop loin en jouant la folle, mais je leur en veux tellement qu'elles ne se cachent pas de vouloir se servir de lui, comme si rien d'autre n'importait que l'argent.

— Désolée, lâché-je quand il commence à s'avancer vers moi, le regard sombre. Elle parlait de te faire tomber amoureux d'elle pour que tu investisses dans sa ligne de vêtements débile. J'ai perdu mon sang-froid. Une folie passagère. Je suis restée trop longtemps au soleil.

Il ne dit rien et s'arrête tout près de moi.

— Désolée, répété-je au cas où il aurait manqué cette partie.

— Ne le sois pas. Tu es putain de sexy quand tu es jalouse.

Ses lèvres se tordent enfin en un sourire arrogant, il s'approche à quelques centimètres de moi.

— Ce n'était pas de la jalousie. J'ai agi en amie. Je ne veux pas les voir te la faire à l'envers.

— J'ai été riche toute ma vie, Kota. Je sais repérer une fille qui ne s'intéresse à moi que pour mon argent.

— Oh.

Il pose une main contre le mur et se penche. Le bord de sa casquette que je porte toujours l'empêche de s'approcher.

— Admets-le.

— Admettre quoi ?

Je prends de grandes bouffées d'air tandis qu'il braque ses yeux noisette sur moi.

— Admets que tu étais jalouse.

Il s'empare d'une mèche de mes cheveux avec la main posée sur le mur et vient caresser ma joue de l'autre.

— Admets-le, et alors je pourrai enfin t'embrasser.

— Je ne vais pas t'embrasser. Pas touche aux joueurs de hockey, tu te souviens ?

Je pose les mains sur son torse pour le repousser, mais, d'un mouvement rapide que je ne vois pas venir, il me soulève et m'emmène dans la salle de bain. Après avoir fermé la porte à clé, il me dépose par terre et me plaque contre le mur.

— Qu'est-ce que tu fais ? demandé-je, les omoplates contre le mur froid.

J'ai besoin de me raccrocher à toute la colère que j'ai parce que mon corps est tout sauf en colère.

— La porte est fermée et personne ne peut nous voir ou nous entendre, murmure-t-il en posant une paume au-dessus de moi et en se penchant, la bouche près de mon cou. Je sais que ce stage est important pour toi et je ne veux pas tout foutre en l'air, donc j'ai besoin de t'entendre le dire.

Je lève les yeux au ciel.

— Ton égo s'en remettra.

— Ça n'a rien à voir avec mon égo. Je sais que tu as envie de moi. De la même façon que j'ai envie de toi. Est-ce que tu te retiens seulement à cause du stage ou est-ce qu'il y a autre chose ?

— Johnny.

Ma voix se brise. Je ne peux pas lui donner ce qu'il désire. Stage à part, nous ne sommes pas faits pour être ensemble. Il vit l'instant présent et ne prend rien au sérieux. Moi, je veux plus que ça. D'autre part, nous sommes amis et colocataires. On risque gros.

— Dakota.

La main qui n'est pas sur le mur effleure ma joue. Du pouce, il caresse ma lèvre inférieure.

Ma bouche s'ouvre et le bout de ma langue touche sa peau. Il enfonce davantage son pouce, comme s'il avait envie que je le suce. C'est ce que je fais, le corps brûlant, puis je le mords. Il retire son pouce mouillé et le fait descendre dans mon cou, sur ma clavicule et jusqu'à mes seins.

— Tu es têtue et extrêmement sexy.

Il remonte la main et me prend par le cou. Il tient mon visage en place tout en approchant ses lèvres des miennes, si proches que je les sens presque.

— Admets-le, Kota. J'ai envie de savoir quel goût tu as.

Je secoue la tête et lui lance un défi. Un défi que je vais certainement regretter.

— Force-moi à l'admettre.

Maverick ne répond pas tout de suite, le son lointain de la musique est le seul bruit qui rompt la vibration silencieuse entre nous. Il me retire ma casquette et la met à l'envers sur sa tête. Ensuite, il se plaque à nouveau contre moi. Avec l'une de ses jambes entre les miennes, il me force à écarter les pieds. Il coiffe mes cheveux derrière mon oreille et joue avec une mèche au niveau de ma nuque.

Je garde les bras le long de mon corps, refusant de céder. C'est tellement plus qu'un baiser. Céder et admettre mon désir pour lui maintenant serait terrible.

Il lève mon bras gauche par-dessus ma tête et l'écrase contre le mur tout en effleurant mon cou avec son nez. Il prend alors mon autre bras et fait de même, puis il les attache avec l'élastique que je porte à mon poignet gauche. Ma respiration devient rapide et éraillée. Le plus petit des sourires s'étire sur ses lèvres. L'une de ses grandes mains garde les miennes plaquées contre le mur, pendant que l'autre caresse mon visage et mon cou. Curieusement, cette main semble partout et nulle part à la fois.

Je lève le menton pour lui indiquer que je ne renoncerai pas. Je ne serai pas la première à céder. Il incline la tête, comme s'il s'apprêtait à m'embrasser, puis recule. Ses lèvres bougent, je prends alors conscience qu'il récite les paroles de la chanson dehors. Quelque chose à propos de ne pas vouloir être mon ami.

Mon cœur bat la chamade dans ma poitrine.

Je veux t'embrasser jusqu'à en avoir le souffle coupé.

Il arbore à présent un large sourire en murmurant les paroles près de mes lèvres. Malgré toute ma volonté de lui résister, je souris également. Je ne cède tout de même pas. Je repousse sa main et passe les bras autour de son cou, l'emprisonnant. J'approche mon visage du sien. Tout comme lui, je m'attarde devant sa bouche et incline la tête. Quand mes lèvres ne sont plus qu'à quelques millimètres, je m'écarte.

Les mains toujours attachées autour de son cou, je joue avec une boucle épaisse. Ça lui arrache un grognement. Je crois que je n'ai jamais été aussi excitée de toute ma vie, mais plutôt mourir qu'admettre que j'adore ça.

En grondant, il se sert de son torse pour me repousser, jusqu'à ce que mes épaules heurtent le mur. S'il s'approche davantage, je ne ferai plus qu'une avec le mur de pierres.

— Admets-le, demande-t-il, la bouche devant la mienne. S'il te plaît.

Mon cœur tambourine dans ma poitrine.

— J'étais jalouse.

Il frotte son nez contre le mien en fredonnant doucement. Puis il dépose le plus rapide et le plus doux des baisers sur mes lèvres, avant de s'éloigner. Je fonds à ses caresses, mais ce n'est pas suffisant. J'ai besoin du baiser désespéré et sauvage que j'attendais.

Il va faire en sorte que je le supplie. Et je le supplierai. Il avait raison. Il m'énerve.

Un bruit à l'extérieur de la salle de bain attire mon attention.

— Merde, marmonné-je. Je n'ai pas fermé la porte extérieure.

Elle se fige. Putain de merde. Elle était à deux doigts de me supplier. Je le sais.

— Je sors en premier, lui dis-je en lui mordillant la lèvre inférieure. Retrouve-moi à ma voiture.

— Je ne pense pas que ce soit une bonne idée.

— J'emmerde les bonnes idées. Je ne compte pas m'arrêter.

Je m'approche d'elle une dernière fois et descends un doigt dans son cou jusqu'au centre de son haut de bikini. Je le glisse sous la ficelle.

— Monte dans cette putain de voiture, Kota.

Elle passe sous mon bras et sort. Je lâche une expiration et compte jusqu'à trente avant de la suivre. Jack est dans la cuisine, en train de se faire un cocktail.

Il contemple les portes coulissantes ouvertes, puis moi.

— On dirait que l'un d'entre nous s'amuse bien.

— Je vais y aller, mec, dis-je. Merci de nous avoir invités.

— Déjà ? La fête est sur le point de devenir folle.

Oui, mais pas ici.

— On se verra un autre soir, quand je ne serai pas blessé.

— Je retiens.

Il engloutit son verre et me tend la main.

Je la prends et il me rapproche de lui.

— Est-ce que j'ai envie de savoir ce qui se passe entre toi et la stagiaire ?

— Probablement pas, dis-je honnêtement.

— Ce n'est pas ma copine, donc ce n'est pas mon problème. Merci d'être venu, le bleu. On se voit lundi.

Dakota n'est nulle part en vue, j'imagine donc qu'elle a suivi mes instructions. Je dis au revoir de la main aux gars. La plupart sont trop occupés à boire ou à embrasser une fille pour s'en soucier.

Kota est assise sur le siège passager avec son téléphone. Je sens la distance qu'elle met entre nous en me glissant derrière le volant.

Je mets de la musique, le genou agité. Le trajet est court, mais chaque seconde, je m'inquiète qu'elle ait changé d'avis. Pas de ce qu'il y a entre nous, je sais qu'elle le ressent, mais de sauter le pas. Elle est bien moins impulsive que moi. Elle a aussi plus à perdre. Je comprends son besoin de rester discrète.

À l'appartement, je me gare et éteins le moteur. Elle ne prononce toujours pas un mot alors que nous montons jusqu'au dixième étage. J'ouvre la porte et soulève une Charli ravie.

Dakota entre en regardant ses pieds.

— Peut-être qu'on devrait réfléchir et en parler demain matin.

— Tu prends la fuite ?

— Je suis raisonnable.

— Tu es raisonnable ou tu te caches derrière cette excuse ?

Elle me lance un regard noir. Je dépose Charli par terre et m'approche de Dakota.

— Dis-moi, de quoi as-tu peur ?

Je frôle son cou. Quand je la touche, le bleu de ses yeux s'assombrit comme deux gigantesques bagues d'humeur.

— Ce travail est important pour moi.

— Je sais. Je ne dirai rien. Ça restera entre nous.

— Et s'ils le découvrent ?

— Comment ? On est amis. Ils le savent. Personne n'essaie de nous surprendre, bébé, la rassuré-je en effleurant sa joue du pouce. Cette règle était destinée à empêcher les tarées de stagiaires de s'en prendre aux joueurs qui les ont jetées. Tu n'es pas folle et je ne vais pas te la mettre à l'envers, ajouté-je avant de sourire. Enfin, tu n'es pas *si* folle que ça.

— Je veux plus qu'une nuit.

— Bien. Je vais avoir besoin de plus qu'une nuit.

Son expression ne montre toujours rien.

— On sera toujours amis ?

— Toujours. J'ai juste l'intention d'apprendre à te connaître un peu plus intimement.

Je glisse la main sous sa robe et la remonte jusqu'à sa hanche. Je défais le premier nœud de son bas de maillot, puis le deuxième. Sa culotte tombe alors par terre.

— Dis que tu seras à moi tout l'été.

Je mords son épaule et insinue deux doigts entre ses cuisses.

Comme elle ne répond pas, j'en fais glisser un sur son point sensible. Elle lève brusquement la main et agrippe mon avant-bras pour se stabiliser.

Pendant que je la titille, je dépose des baisers le long de son cou et de sa clavicule.

— Grimpe, bébé, partons à l'aventure.

J'insère un doigt en elle puis l'autre. Lentement, je les fais aller et venir. Elle les aspire en se contractant.

Les bras autour de mon cou, elle commence à rouler des hanches. Je pince son nœud de nerfs et lui redemande :

— Sois à moi.

— Johnny.

Elle pousse un cri. Elle est proche de l'orgasme, j'ai tellement envie de la sentir jouir grâce à mes doigts.

— Je prends soin de ce qui m'appartient.

— Je n'ai pas besoin que tu prennes soin de moi, dit-elle tout en chevauchant davantage mes doigts.

— Besoin et envie, bébé, ce n'est pas pareil.

J'enfonce un troisième doigt dans son corps serré. Elle tremble et laisse sa tête tomber contre mon torse.

— J'ai besoin de jouir.

— Et moi, j'ai *envie* d'être celui qui te donnera du plaisir. Sois à moi, Dakota.

Elle hoche la tête. Ce n'est pas l'affirmation sonore que j'espérais, mais je mets tout de même fin à sa torture. Tout en la caressant, je continue à enfoncer mes doigts, jusqu'à ce qu'elle crie et que son corps devienne tout flasque.

Avec la main qui était en elle, je soulève son menton afin de pouvoir l'embrasser comme je meurs d'envie de le faire. Alors que ses yeux bleus sont toujours sombres et voilés, j'abats ma bouche sur la sienne. Elle entrouvre aussitôt les lèvres et emmêle sa langue à la mienne.

Bordel, quel été ça va être !

— Je dois promener Charli et lui donner à manger. Ne te rhabille pas.

Je lis l'hésitation sur son visage avant même qu'elle dise :

— Je veux qu'on y aille doucement.

— Plus doucement que te servir de ma main comme d'un joystick ?

Elle plisse les yeux.

En riant, je l'embrasse tendrement.

— On a tout l'été. On peut y aller aussi lentement que tu le souhaites, dis-je en lui prenant la main. Tu pourras à nouveau baiser *doucement* ma main dans mon grand lit confortable.

VINGT-QUATRE
DAKOTA

JE PRENDS UNE DOUCHE, puis me cache dans ma chambre pendant que Maverick s'occupe de Charli. J'essaie de gagner du temps, de me raviser, mais après une demi-heure, j'en ai toujours envie. Peu importe de quoi il s'agit. D'être sa sex friend ? Sa partenaire de baise ? Je n'aime aucune de ses appellations, mais je veux encore sentir ses mains sur moi. Et en moi. Je me sens rougir. Tout un été à faire l'amour et à s'amuser. C'est peut-être exactement ce dont j'ai besoin.

Quand je sors enfin de ma chambre, je me demande si notre relation va devenir bizarre, mais j'obtiens la réponse à mes interrogations quand j'aperçois Johnny torse nu dans le salon qui brandit deux tubes de lubrifiant.

— Tu aimes quand ça picote ou tu préfères quand c'est naturel ?

— On n'a pas dit qu'on y allait mollo ?

— Je veux seulement être paré, comme un bon scout.

— Tu n'as jamais été scout.

— Non, mais je suis aussi doué qu'eux avec mes mains.

Je ris et mes inquiétudes disparaissent. Nous pouvons y arriver. Nous pouvons être amis et nous amuser un peu en explorant notre alchimie. Cependant, je le pensais vraiment quand j'ai dit que j'avais besoin d'y aller doucement. Alchimie folle ou pas, je ne suis pas à l'aise à l'idée de coucher avec lui le jour de notre premier baiser.

— On pourrait regarder un film ou autre chose ?

Il jette le lubrifiant sur la table basse.

— Pourquoi pas ? Un film. On peut faire ça.

Pendant qu'il parcourt les options, je m'assois sur le canapé avec Charli.

— Lequel ? Tu choisis.

— *Crazy, Stupid, Love.*

L'autre est un film de Tarantino et je n'aime pas trop tout ce qui est gore.

— Tu veux juste mater Ryan Gosling pendant deux heures.

Il s'assoit à côté de moi. Charli passe sur mes genoux pour aller se lover contre lui de l'autre côté.

— Évidemment.

Il me chatouille et m'attire contre lui, jusqu'à ce que mon dos repose sur son torse. Il m'enveloppe de ses bras et pose une main sur le haut de ma cuisse. J'attends que ça devienne bizarre, mais non, rien.

Les deux heures suivantes, il n'essaie pas du tout de m'embrasser. Curieusement, ça me donne encore plus envie de lui. J'ai dit que je voulais y aller doucement ? En fait, j'entendais par là que je n'étais pas prête à coucher avec lui, mais je ne suis pas contre tout le reste. Les tubes de lubrifiant me font de l'œil.

— J'adore Steve Carell, dit-il. On devrait se regarder *The Office* depuis le début.

— D'accord, dis-je sans vraiment y réfléchir.

Il se penche et attrape la télécommande. Il lance le premier épisode de la saison un.

Quand il se rassoit, je pose les mains sur ses épaules et passe une jambe de l'autre côté afin de le chevaucher. Un sourire amusé recourbe les commissures de ses lèvres.

— Besoin de quelque chose ?

— Je ne veux pas qu'on couche ensemble, pour l'instant, clarifié-je. Mais j'ai envie de te donner du plaisir.

— Je m'en suis occupé pendant que tu essayais de gagner du temps dans ta chambre, déclare-t-il en me faisant un clin d'œil. Ça va aller, Kota.

Ses bras autour de ma taille, je sens son érection, même s'il m'a dit que ça allait.

Je me penche en arrière et attrape le lubrifiant.

— Lequel préfères-tu ?

— Celui-là.

Il pointe du menton celui qui picote, le sourire jusqu'aux oreilles sur son beau visage.

Je repose l'autre sur la table basse et descends de ses genoux. Ensuite, je m'accroupis entre ses jambes.

— Ah putain, jure-t-il, comme s'il n'arrivait pas à croire ce qui se passe.

Il se lève et m'aide à me mettre debout.

— La chambre. Ça fait trop longtemps que je t'imagine dans ma chambre en train de me toucher.

Il me traîne derrière lui. Sa chambre sent comme lui. Je n'arrive pas à tout voir parce que les lumières sont éteintes et qu'il m'embrasse jusqu'au matelas. Ses baisers sont possessifs et avides. Il me mordille, me lèche, me mord et gémit. Tout comme à son habitude, il s'exprime sans laisser place aux suppositions. Quand je fais quelque chose qu'il aime, il s'assure que je le sais, soit verbalement, en grognant et en gémissant, soit en se plaquant contre moi.

Couchés sur le côté, nous nous embrassons jusqu'à ce que je glisse un doigt sous l'élastique de son survêtement. Il m'aide à retirer son jogging et continue à m'embrasser. Lorsque je tourne la tête, il s'empare de mon cou pendant que je débouche le lubrifiant et en verse un peu dans ma main.

Son sexe épais et long tressaute quand je l'agrippe à la base. Je m'affaire de haut en bas en le recouvrant de liquide.

Je porte un autre tee-shirt ample et, quand il passe la tête à l'intérieur, il m'arrache un rire. Mais celui-ci est vite étouffé quand il mord mon téton à travers la dentelle de mon soutien-gorge. Il fait de même pour l'autre et l'aspire, jusqu'à ce qu'il pointe.

J'accélère la cadence et il continue à m'embrasser partout où il le peut.

— Ça picote ? demandé-je.

Il sort de sous mon tee-shirt et prend ma lèvre inférieure entre ses dents.

— Touche-toi et dis-moi.

J'hésite, mais il guide ma main vers mon short pour m'encourager. Mes doigts, gluants à cause du lubrifiant, sont chauds contre ma peau. Je ne sais pas ce qui est le plus excitant, ça ou sa façon de m'observer tout en se caressant avec des gestes lents et réguliers.

— C'est bon ?

— Je préférais quand c'étaient tes doigts, mais oui, avoué-je.

— On échange ?

En souriant, nous échangeons les rôles. Il plonge avec ferveur ses doigts dans mon short et prend le contrôle pendant que j'essaie d'imiter la manière qu'il se touchait.

Pour la deuxième fois de la soirée, je sens le plaisir monter pendant qu'il me titille.

— Tu y es presque ? demandé-je. Tu veux ma bouche ?

— Je veux tes seins, répond-il.

— Tu veux baiser mes seins ?

— Oh putain, gémit-il. Ce n'est pas ce que je voulais dire, mais bon sang que j'en ai envie. Mais je ne tiendrai pas longtemps. Montre-les-moi. Tu as les plus beaux seins du monde.

Je soulève mon tee-shirt et mon soutien-gorge pour les lui montrer. Il se frotte davantage contre ma main.

— Oh, bordel, Kota. C'est au-delà de tout ce que j'avais imaginé. Tellement au-delà.

Il attend que je jouisse, puis se penche et prend mon téton dans sa bouche. Il aspire fort pendant que j'explose autour de ses doigts. Après quelques va-et-vient, il m'imite, retenant toujours mon téton en otage en jouissant sur son ventre.

— Tellement au-delà, répète-t-il.

Le dimanche matin, je me réveille en sentant les lèvres de Maverick dans mon cou. Je ne sais pas combien d'orgasmes j'ai eus hier soir (c'est faux, je les ai comptés et il y en a eu quatre), mais mon corps s'en fiche. La douce caresse de sa bouche contre ma peau réveille déjà mon désir.

— Tu veux qu'on prenne le petit-déjeuner à l'extérieur ? propose-t-il.

— Et si quelqu'un nous voit ?

— Alors tout ce qu'il verra, c'est deux amis à la même table.

— D'accord, accepté-je avec enthousiasme.

Je meurs de faim et j'ai besoin d'air frais pour m'éclaircir les idées après tout ce qui s'est passé hier soir.

Il se lève et tend la main pour m'aider. Nous avons dormi torse nu, il profite de la vue pendant quelques secondes avant de me regarder dans les yeux.

— Ça te plaît ?

— Oui, pardon. Tu as proposé que je baise tes seins et maintenant, je ne pense qu'à ça. Tu étais sérieuse ?

Mes tétons durcissent. Je suppose que oui.

— Peut-être pas avant d'avoir pris le petit-déj', mais oui.

— J'ai hâte, dit-il en me faisant un clin d'œil et en reculant. Je vais prendre une douche. Tu te joins à moi ?

— Je crois que je vais retourner dans ma chambre. Il faut que je m'habille de toute façon.

— OK.

Il se fige, puis s'agrippe à ma hanche et m'attire jusqu'à ce que je sois plaquée contre lui. Il recouvre ma bouche et m'embrasse avec fougue avant de s'écarter. Ça a l'air si facile, simple et *bon*.

— On se retrouve dans le salon dans une demi-heure.

Nous nous douchons et nous habillons séparément. Ensuite, nous partons à la recherche d'un restaurant avec terrasse afin de pouvoir emmener Charli.

— Tu stresses pour le camp d'entraînement ? demandé-je lorsque nos assiettes arrivent.

Le camp démarre cette semaine. D'après ce que j'ai appris en travaillant avec Blythe et Reese, la semaine sera épuisante pour les nouveaux.

— Oui, mais je suis aussi excité.

Il prend une bouchée d'œufs, puis coupe un morceau de bacon pour Charli.

— Pas étonnant qu'elle t'aime tant, dis-je.

— Les filles aiment qu'on les nourrisse. Tiens.

Il coupe un autre morceau et me le tend de l'autre côté de la table.

— Non merci.

Il le fourre dans sa bouche et se penche en arrière avec un grand sourire.

— J'ai quelque chose d'autre que tu pourras mettre dans ta bouche après le petit-déjeuner.

— Beurk. Je mange, là.

Il éclate de rire.

— Pardon. Je ne peux pas me retenir quand ça me vient si facilement.

Je lève les yeux au ciel. Oui, je crois que Mav et moi n'aurons aucun problème à redevenir amis après cet été.

Le mardi matin, Blythe réunit tous les stagiaires pour le premier jour du camp d'entraînement. Elle nous assigne à divers endroits : l'accueil, la cafétéria, les couloirs au cas où il y ait des questions. Le coach Miller a même demandé à Reese d'être celui qui ramassera les équipements. Le camp d'entraînement est ouvert au public, donc il y a du monde à la billetterie et même devant les distributeurs de boissons et de snacks.

— Maintenant, je commence à comprendre pourquoi Blythe courait partout ces deux dernières semaines, dis-je à Quinn.

On nous a demandé d'accueillir les joueurs. À tout moment, ils doivent arriver en bus depuis l'hôtel. Deux longues tables ont été rapprochées et nous nous tenons derrière, prêtes à cocher leurs noms et à leur montrer où se trouve le petit-déjeuner.

C'est calme pendant que nous attendons, puis tout à coup, c'est le bazar. Un troupeau d'hommes se tient devant nous. Quinn et moi gérons leurs arrivées le plus vite possible.

Quand Johnny apparaît, mon pouls s'accélère. Il sourit et fait la queue. Je sens que ses yeux sont braqués sur moi tandis que j'accueille Tyler Sharp et lui indique la direction de la cafétéria avec un petit sac de cadeaux.

— Johnny Maverick, dit Quinn quand vient son tour. La fête de samedi est devenue ennuyeuse quand vous êtes partis tous les deux. Je n'aurais jamais cru que tu étais du genre à partir avant la fin de la soirée.

Il sourit, je sens à quel point il a envie de me regarder, mais il ne le fait pas.

— J'ai dû partir tôt.

— Dommage. C'était sympa.

Elle lui tend son petit sac rempli de cadeaux.

— Moi aussi j'ai passé un bon moment, dit-il en se tournant enfin vers moi. Merci... Salut Kota.

Je me suis réveillée dans son lit ce matin, emprisonnée dans ses gros bras costauds sans pouvoir faire quoi que ce soit tant qu'il ne se levait pas. Curieusement, il arrive à faire comme si on ne s'était pas vus de tout le week-end.

J'agite la main.

— Salut, Johnny. Bonne chance pour le camp cette semaine.

— Merci. J'ai mangé mon petit-déjeuner porte-bonheur ce matin.

Amusé, il recourbe les lèvres. Je suis presque certaine qu'il fait référence aux nombreux orgasmes qu'il m'a prodigués avec sa bouche. J'ai chaud partout en y repensant. Il lève son sac.

— À plus tard.

VINGT-CINQ
DAKOTA

Mercredi matin se déroule de la même manière. Le camp dure toute la journée, mais après que tout le monde est arrivé, Quinn et moi pouvons retourner à nos bureaux.

Je vérifie ma boîte mail et remarque que Lindsey, la photographe des Wildcats qui a supervisé la séance photo pour le partenariat de Maverick, m'a envoyé des photos. Je pousse un cri excité en les ouvrant. Des centaines de photos miniatures envahissent mon écran et, avant même de cliquer sur l'une d'elles, je sais qu'elles sont bien.

Je commence par la première et ris en voyant l'expression de Johnny, telle une biche devant une voiture, sur les vingt premières photos. Même crispé et sérieux, il est beau, mais plus on le photographie, plus il se détend et se sent plus à l'aise.

Lindsey en a pris de très bonnes, mais celles prises sous la douche sont de loin mes préférées. Les cheveux en arrière, un sourire prétentieux sur les lèvres, il tient le gel douche « Flocons de neige » dans une main et se savonne avec l'autre. Je trouve la photo où ses yeux sombres ne sont pas rivés vers l'appareil photo, je sais qu'il s'agit du moment où nos regards se sont croisés. Je ressens des picotements dans tout le corps.

Ça aurait pu faire une sacrée publicité. Je les aime toutes. Toutes !

Après les avoir visionnées deux fois, j'appelle Quinn.

— Purée, la caméra l'adore.

— Je sais. Elles sont si bien. Même mieux que ce que j'espérais.

— Beau travail.

Je suis un peu désarçonnée chaque fois qu'elle me fait un compliment.

— Merci. Au fait, tu peux m'envoyer les vidéos et les photos que Reese a prises pendant le shooting ?

Techniquement, la seule chose que le contrat demandait, c'était de prendre des photos avec des produits et de trouver des slogans. Tout de même, j'ai envie de préparer toute une campagne sur les réseaux grâce aux vidéos, s'il y a matière à exploiter.

Ils ont approuvé mon concept pour la séance photo en me demandant de me concentrer sur les produits. Peu importe ce que ça veut dire.

— Oui. J'ai tout passé en revue et j'ai mis mes photos préférées dans un dossier. Mais je t'enverrai tout, pour avoir un deuxième avis. Déterminer le bon cliché, ce n'est pas vraiment mon truc.

— Vraiment ?

Je jette un coup d'œil à sa tenue. On dirait qu'elle porte quelque chose qui sort tout droit d'un magazine.

— C'est la vendeuse qui m'a conseillé cette tenue, confie-t-elle. Jusqu'aux chaussures.

Elle lève un pied pour montrer ses sandales à lanières.

— C'est mignon, dis-je.

— Voilà. Envoyé, annonce-t-elle après plusieurs clics sur son ordinateur portable. Je vais aller me chercher un café. Tu veux quelque chose ?

— J'y vais.

Je me lève et lui fais signe de se rasseoir. J'ai promis à Maverick de sortir Charli vu qu'il sera au camp toute la journée. Je parcours les photos que Quinn m'a envoyées pendant que j'attends ma commande. J'ouvre d'abord le dossier de ses préférées. Elle croit peut-être qu'elle n'a pas un bon œil, mais, pour l'instant, toutes celles qu'elle a sélectionnées sont fabuleuses. Elles montrent un aspect de Johnny différent des photos professionnelles.

Sur l'une d'elles, il sourit en discutant avec la photographe pendant qu'ils regardent les photos sur son appareil. Dans une autre, il tape dans la main de Reese. Il est doué avec les gens, ces photos le montrent. Ça le rend humain, plus que lorsqu'il prend la pose.

Ensuite, je parcours les photos qui ne sont pas les préférées de Quinn. En sueur, je n'ai pas besoin de me regarder dans un miroir pour savoir que je rougis alors que je clique sur une photo de Johnny et moi. Les mains posées sur son ventre, j'étale de l'huile. Il contemple le plafond avec une grimace douloureuse. On ne voit pas mon visage, mais je parie que je fais la même tête.

— Dakota ? lance la barista.

Face à son expression, je devine que ce n'est pas la première fois qu'elle essaie d'attirer mon attention.

— Désolée.

Je m'éloigne de mon téléphone et la remercie pour les cafés.

Je passe tout l'après-midi à sélectionner les photos pour le partenariat. J'enverrai toutes celles qu'on a prises, mais je prends tout de même soin de marquer mes préférées et même de recommander des idées de making-of pour leurs réseaux sociaux. D'ailleurs, leurs comptes ne sont pas très passionnants. Johnny a presque plus d'abonnés que tous leurs comptes réunis.

J'apporte tout dans le bureau de Blythe, bien après la fin du camp. Presque tout le monde est déjà parti.

— Vous avez une minute ?

— Oui, dit-elle en me faisant signe d'entrer. Je regardais les photos de Maverick. Vous avez du bon contenu.

— Je sais. Je suis vraiment ravie du résultat. J'ai élaboré tout un plan. Je peux vous le montrer ?

Elle rit légèrement et m'indique de m'asseoir.

Je lui présente toutes mes idées en parlant sans m'arrêter. Elle m'écoute en hochant la tête.

À la fin, je reprends mon souffle.

— Qu'en pensez-vous ?

— Je trouve ça génial, honnêtement. Vous avez tiré le meilleur du peu de temps et de ressources dont vous disposiez. Les photos et les vidéos des coulisses devraient à elles seules devenir virales. Envoyez-le tel quel.

— Vraiment ? Ce n'est pas trop ?

C'est bien plus que ce qu'ils ont demandé, mais je n'ai pas pu m'en empêcher. Je veux que le premier partenariat de Johnny soit extraordinaire.

— Oui, Dakota. Vraiment. Le pire qu'ils peuvent faire, c'est de ne pas en utiliser une partie. Plus, c'est mieux que pas assez. Vous avez un contact dans leur département marketing ?

— Oui.

J'ai déjà imaginé une douzaine de messages à envoyer à Linda Maine, ainsi que sa réponse. Avec un peu de chance, celle-ci contiendra beaucoup de points d'exclamation et un grand éloge.

— Où êtes-vous prévue demain pour le camp ?

— Je suis de service au stand de nourriture.

— Je vais vous demander de travailler avec moi demain. Avec Lindsey, nous allons préparer du contenu toute la journée pour les réseaux sociaux des Wildcats.

— Oh mon dieu. Ce serait génial.

— Ne me remerciez pas tout de suite. La journée va être longue. Demain après-midi, ils iront à la bibliothèque locale pour raconter des histoires. C'est une façon pour nous d'accomplir une bonne action et pour les garçons de faire un peu de bénévolat.

— C'est génial.

J'ai déjà la tête qui tourne en imaginant Johnny faisant la lecture à des enfants. Oh là là.

— Soyez là à sept heures, dit-elle avant de poser les yeux sur mes chaussures. Je suppose qu'il est inutile de vous dire de porter des chaussures confortables.

Je fais claquer mes talons l'un contre l'autre.

— Je serai toujours une fille du Kansas dans mes sabots rouges.

Avant de rentrer, j'envoie tout à Linda et croise les doigts et les orteils en espérant qu'elle aimera.

Je croise Reese en sortant.

— Hé, comment ça se passe avec le coach ? lui demandé-je.

— Je crois que j'ai couru plus que les joueurs.

Il passe une main sur son front. Il a les cheveux ébouriffés et les paupières tombantes.

— Tu restes à ce poste demain ?

— Toute la semaine.

— Ouah ! Tu dois faire du bon travail.

— Oui, dit-il en riant. L'autre gars avec moi aujourd'hui a dû voir le médecin parce qu'il s'est tordu la cheville.

— Aïe.

Nous sortons, il me dit au revoir et part en direction du parking.

Reagan m'appelle quand j'arrive à l'appartement. Johnny est dans la cuisine avec de la glace sur le genou, torse nu (bien sûr), et le téléphone à l'oreille.

— Pourquoi tu n'as pas décroché de toute la semaine ? crie ma meilleure amie dans mon oreille. Et pourquoi as-tu refusé l'appel vidéo ? Où es-tu ?

Je souris à Johnny et lui indique silencieusement que c'est Reagan, puis je m'assois sur le canapé pendant qu'elle continue à me questionner sans attendre de réponses.

— Alors ? finit-elle enfin par demander.

— Désolée. C'est la semaine du camp d'entraînement et je n'arrête pas de bosser.

Je lui demande de lancer un appel vidéo.

— Tu es pardonnée. Comment ça va ?

Elle est couchée sur le ventre sur son lit. Bon sang, qu'elle me manque ! J'aimerais être à Valley là, pour pouvoir lui parler du week-end fou que j'ai passé et lui raconter chaque détail de mon travail. Ce n'est pas pareil par téléphone.

Je ris devant sa rapide saute d'humeur. C'est Reagan. Elle s'énerve facilement, mais elle pardonne rapidement.

— Bien.

Je jette un œil à Maverick à l'autre bout de l'appartement. Il tient son portable avec son épaule et ouvre le grand pot de poudre protéinée. Les muscles et les veines de son bras ressortent et se contractent.

— Très bien.

Charli vient sur mes genoux pour que je la caresse. Je m'exécute.

— Tu es avec Mav ?

Je me fige. Elle sait qu'on vit maintenant ensemble, mais pas tout ce qui s'est passé récemment.

— Euh, oui.

— Il est au téléphone avec les gars.

J'entends la voix d'Adam derrière elle, puis la réponse de Johnny dans l'autre pièce.

— Qu'as-tu fait de beau ? lui demandé-je.

— J'ai surtout passé du temps avec Adam.

Elle sourit. Je ne vois pas son petit ami, mais sa main vient lui tapoter les fesses, puis reste nonchalamment là.

— Vous êtes adorables tous les deux.

— Tu as fait d'autres rencontres en ligne ?

— Non. Je n'ai même pas ouvert l'application, dis-je honnêtement.

— Et à propos de...

Ses yeux s'écarquillent.

Je me mords le coin de la lèvre et jette un coup d'œil vers la cuisine. Johnny et moi n'avons pas parlé de l'annoncer à nos amis, mais je me dis qu'il s'en fichera si je préviens Reagan. Elle a dû le lire sur mon visage.

— Noooon ! s'exclame-t-elle en levant la tête. Sérieux ?

— Chut, dis-je en portant mon doigt à mes lèvres. Je te raconterai plus tard.

— Oh mon Dieu !

— Ça a été la plus folle des semaines, dis-je.

— Je n'en doute pas.

Le vendredi matin, Johnny et moi nous rendons à la patinoire ensemble. Il me tient la main dans l'ascenseur, la balançant joyeusement en regardant son téléphone.

— On m'a dit que tu avais envoyé ton boulot pour le partenariat. Hugh est content de ton travail.

— Et *Maverick Company* ?

Je sors mon portable pour voir si Linda m'a répondu. Rien.

— Je suppose qu'ils ont approuvé. Hugh m'a envoyé une photo et un texte qu'ils veulent que je poste sur mes comptes pour annoncer la date du lancement.

Il me tend son téléphone et je le prends, excitée de voir celle qu'ils ont choisie. Ils ont opté pour l'une de mes préférées, une photo prise avant qu'il aille sous la douche. Il tient le déodorant avec un sourire en coin à la fois confiant et modeste.

— C'est tout ? Une seule photo ? J'en ai envoyé des centaines. Et le contenu en coulisses ?

— Je ne sais pas, dit-il en rangeant son téléphone. Peut-être qu'ils vont en envoyer d'autres à l'approche de la date de lancement.

Je reste silencieuse lorsque nous sortons dans le hall d'entrée. J'ai la désagréable impression que la séance photo ne les a pas satisfaits autant que moi.

— Ça va ? me demande-t-il en me jetant un coup d'œil.

— Oui, dis-je en secouant la tête. Bien sûr. Je suis contente qu'ils soient satisfaits. Je pensais juste qu'ils utiliseraient plus de contenu. Cette photo a été prise en moins de trente minutes.

Il s'arrête et me rapproche pour déposer un baiser sur mes lèvres. Je regarde autour de nous, mais nous sommes seuls.

— Quoi qu'ils aient décidé d'utiliser ou de ne pas utiliser, cela me concerne plus que toi. Tu as effectué un travail formidable.

— Oui, si bien qu'ils ne s'en sont pas servis, marmonné-je. Je t'ai dit que tu aurais dû prendre quelqu'un de plus expérimenté.

Il rit, les secousses de sa poitrine détendent mon estomac noué. Il me relève le menton et me force à le regarder.

— Mon plan cul a un talent fou. Ne la déteste pas.

— Oh mon Dieu.

Je lui donne une tape sur la poitrine.

Il rit.

— Voilà qui est mieux.

— Je ne pense pas que tu puisses m'appeler ton plan cul si on n'a pas couché ensemble.

— Je pourrais changer ça tout de suite. J'ai deux minutes.

Je lève les yeux au ciel et me dirige vers la porte.

— Ma pote d'orgasme ?

Je ne réponds pas et il continue.

— Mon assistante personnelle ?

VINGT-SIX
JOHNNY

Le coach nous sépare en quatre équipes pour des matchs amicaux. Les gars et moi, nous avons attendu ça toute la semaine. Les entraînements et les exercices étaient nécessaires, mais c'est maintenant que tout va se jouer. Nous avons tous envie de prouver que nous méritons notre place ici, moi, plus que quiconque.

Mon équipe se repose pendant que deux autres jouent. J'aperçois Dakota et Blythe sur le banc de presse, en compagnie de la photographe de ma séance photo, Lindsey. Les gradins sont bondés aujourd'hui, plus que les jours précédents. Principalement, des irréductibles qui souhaitent voir à quoi ressemblera l'avenir de l'équipe.

D'après les statistiques, la plupart d'entre nous finiront dans l'équipe de l'Iowa, où nous continuerons à en découdre et à tenter d'impressionner les coachs pour qu'ils nous laissent une chance.

J'ai joué contre certains de ces types il y a un mois, pendant le championnat universitaire. À en juger par ses regards agacés toute la semaine, Morris de Waterville n'a qu'une seule envie, c'est de me ridiculiser et de m'envoyer faire mes valises. C'est un très bon joueur et je crois qu'il a de bonnes chances de rester. Quoi qu'il se passe, il est fort probable que nous devenions coéquipiers un jour, donc avec un peu de chance, une petite bousculade sur la glace lui permettra de se sentir mieux après la défaite qu'il a essuyée à cause de moi lors des championnats universitaires.

Le coach siffle dans son sifflet.

— Les verts et les noirs, c'est à vous. Les blancs et les rouges, repos.

Je me rends sur la glace et mets un genou à terre. L'assistant du coach Peters nous met en position. Certains d'entre nous devront changer de poste si on ne s'y sent pas à l'aise, le but de cette semaine est de trouver le poste parfait pour chacun. Hier, nous avons dû patiner sur une jambe pendant une demi-heure, puis échanger. Noter nos faiblesses et sur quoi nous devons travailler cette semaine et sur le long terme, tout ça fera de nous de meilleurs joueurs professionnels. Mais nous avons tous envie de tout donner devant les coachs et la presse qui observent chacun de nos mouvements.

Une fois les postes attribués, je me mets en position en passant devant Dakota. Lindsey et Blythe regardent ailleurs et je ne peux pas m'empêcher de lui faire un clin d'œil. Je caresse ma crosse de manière suggestive et elle lève les yeux au ciel. J'adore faire l'idiot pour la faire rire.

Honnêtement, cette semaine a été... encore mieux que ce que j'aurais pu imaginer. Pourtant, je l'ai imaginée en détail, surtout pornographique. J'avais mes propres réserves sur notre changement de relation (attention, pas assez pour me raviser), mais la seule chose qui a changé, c'est que je peux la peloter et la regarder jouir régulièrement.

J'ai vraiment hâte de faire l'amour avec elle, mais même s'il faut me contenter de préliminaires pendant un mois, ça restera le meilleur été de ma vie.

Après les matchs amicaux, nous allons nous doucher, puis déjeuner. Ensuite, nous montons dans le bus pour effectuer le travail de bénévolat qu'on nous a demandé de faire.

Dakota vient avec nous et je passe devant elle avant de monter, tirant sur une mèche de cheveux roux au passage.

Je m'installe à côté de Tyler. Il vient de la ligue junior. Ce type a un vilain tir frappé.

— Joli but aujourd'hui, dis-je.

— Merci. Toi aussi, tu en as marqué de beaux.

— Merci de dire ça, mais le dernier était vraiment moche.

— La beauté compte. Je ne t'ai pas vu à l'hôtel. Tu loues déjà un appartement ?

— Oui, je vis au *Legends*.

— Tu aimes bien ? Je n'ai toujours pas trouvé de logement. J'attends d'être sûr de ne pas me retrouver dans l'équipe d'Iowa avant.

— Aucune chance, mec. Eh oui, c'est génial. Passe un jour avant de partir et tu verras par toi-même.

Avant de descendre du bus pour nous rendre à la bibliothèque, Blythe nous donne des instructions.

— Séparez-vous, parlez aux enfants, faites-leur la lecture si vous voulez, jouez aux marionnettes, mais ne restez pas dans un coin. Je vous promets que plus vous essaierez de vous cacher, plus ils vous chercheront. Ils sentent la faiblesse, dit-elle en riant. Amusez-vous bien. Dakota et moi serons là si vous avez des questions, et Lindsey prendra des photos, alors souriez bien.

À côté d'elle, Morris esquisse un grand sourire, sa dent de devant manquante. Le bus éclate de rire.

Les enfants sont géniaux. Certains se précipitent vers nous et d'autres nous observent avec méfiance. Je n'en veux pas à ces derniers. Après tout, nous sommes un groupe de costauds qui ne savent rien des enfants ou comment interagir avec eux. Heureusement, certains anciens sont de la partie. Jack est super. Il s'accroupit devant une petite fille adorable avec ses nattes et quatre gamins s'approchent de lui.

Deux se battent pour monter sur les genoux de Léo tandis qu'il leur lit un livre sur l'espace.

Blythe avait raison. Ceux qui essaient de rester en retrait finissent par être trouvés et on leur demande de faire la lecture. Certains enfants, plus jeunes, sont accompagnés de leurs parents. Une femme, qui tient un tout petit bébé accroché à sa poitrine, se fait tirer par un bambin en direction de Declan. Le défenseur me surprend en s'agenouillant et en lui tendant son poing pour le saluer.

Les enfants ne me font pas peur. Je veux dire, je suis moi-même un grand enfant, mais ça fait longtemps que je n'ai pas discuté avec l'un d'eux. Tyler et moi finissons par rester ensemble. Aucun de nous ne bouge et Blythe nous encourage. Elle agite la main en direction des gamins près du coin jouets.

— Après toi, lui dis-je en pensant qu'il ne va pas mordre à l'hameçon.

Ty est du genre discret. À part pendant le trajet, il n'a pas dit grand-chose quand nous n'étions pas sur la glace, mais il se mêle à une discussion sur les dragons entre deux enfants comme s'il était expert en la matière.

Je me tiens derrière lui pendant qu'il leur demande s'il y a une différence entre les dragons mâles et femelles, comme si c'était un sujet très sérieux. Il regarde par-dessus son épaule et me tend la marionnette d'un dragon rose. Il glisse le bleu dans sa main.

— Je ne sais pas. Laissez-moi le découvrir.

Il fait semblant de m'attaquer en mordant ma marionnette au cou.

Cette petite mise en scène fait rire les enfants.

Je croise le regard de Dakota à l'autre bout de la pièce. Elle sourit et lève son téléphone comme pour prendre une photo de moi. Je lui fais un clin d'œil, elle écarquille alors les yeux et regarde autour d'elle, sûrement à la recherche d'Elyse. Je sais déjà où se trouve la cheffe. Je ne suis pas idiot. Je ne veux pas que Dakota se fasse prendre, pas plus qu'elle ne veut se faire prendre.

Elle doit arriver à la même conclusion que moi, Elyse est trop occupée pour nous remarquer, parce qu'elle braque à nouveau les yeux sur moi et me jette un regard sexy et hautain, les lèvres retroussées, avant de tourner les talons et de se remettre au travail.

Je fais le tour en souriant avec hésitation aux enfants et en disant bonjour aux parents et au personnel. Cependant, chaque fois que je regarde vers Dakota, elle lève la tête de ce qu'elle fait et nos yeux brûlants se croisent. L'adrénaline et le désir parcourent alors mes veines.

Léo a bientôt fini son livre quand je m'approche. Les enfants ont perdu tout intérêt à l'histoire et sautent sur les carrés de tapis. Je m'installe à côté de lui sur le pouf bleu vif.

— Oh, mince, dis-je. Je n'ai pas réfléchi. Je ne suis pas sûr de pouvoir me relever.

— Pourquoi crois-tu que je suis encore là ?

Il rit. Je regarde les livres posés par terre devant lui. Espace, histoire des États-Unis, mathématiques et finances.

— Eh bien, on se poile avec toi, non ?

Je soulève le livre sur les finances, aussi épais qu'une encyclopédie.

— Celui-là est à moi, dit-il en me l'arrachant des mains. J'espérais pouvoir me rendre invisible et étudier pour un examen que j'ai ce soir. J'essaie de terminer mon diplôme.

Je hoche la tête. Léo est arrivé chez les Wildcats après sa deuxième année d'université, comme moi.

— C'est cool, mec.

Il hausse les épaules, alors je n'insiste pas.

— Vas-y, je te couvre.

Je penche la tête vers la salle d'étude de l'autre côté de la bibliothèque.

— Merci, le bleu.

Tous les enfants sont occupés pour le moment, alors je m'assois et observe le chaos dans la bibliothèque. C'est plutôt cool.

Je m'extrais du pouf et fais le tour, puis je retourne voir Tyler. Il est toujours en train de jouer avec les marionnettes. Il m'en jette une et nous passons à l'action en rejouant des scènes de livres.

Dakota s'avance avec son téléphone. Elle sourit en le pointant vers moi et prend une photo.

— Je te manque ? chuchoté-je en agitant la marionnette.

— Je prends des photos pour les réseaux sociaux.

— Hmm hmm.

— C'est vrai, insiste-t-elle en en prenant une autre.

— Alors peut-être que tu devrais prendre des photos d'autres joueurs que moi.

Elle lève les yeux au ciel, mais n'essaie pas de le nier.

— Tu es doué avec les enfants.

— Oui, je crois. Ils sont plutôt cool.

— Je te vois bien avec un monospace rempli d'enfants un jour.

— Moi ? Papa ? m'exclamé-je avant de secouer la tête. Je suis plus l'oncle marrant. Et toi ?

— Si je veux des enfants ?

Je hoche la tête.

— Certainement. Pas un monospace entier, mais deux.

— Tu es faite pour ça avec ton regard assassin. Aucun enfant ne sortira en douce sous ta surveillance.

Tyler termine le livre, les enfants prennent alors les marionnettes et s'amusent entre eux. Je m'approche de Dakota. Nous ne parlons pas, nous observons les enfants autour de nous.

— On dirait que c'est beaucoup de travail.

La mère avec le bébé et l'enfant qui la tire a l'air épuisée.

Dakota se penche pour dire bonjour à l'enfant et la mère lui adresse un sourire reconnaissant.

— Tu aimes les chiens ? lui demande-t-elle en lui montrant le livre qu'il tient dans sa main.

Il y a un carlin sur la couverture.

L'enfant hoche la tête avec enthousiasme.

— Tu sais qui d'autre aime les chiens ? dit-elle en se tournant vers moi. Johnny Maverick. C'est un grand fan de chiens. Tu veux qu'il te le lise ?

J'ai les mains moites quand sa petite main potelée me tend le livre.

Elle prend une autre photo tandis que je m'assois par terre à côté de lui.

— Ne te sous-estime pas, Johnny Maverick.

Après la bibliothèque, nous retournons en bus à la patinoire. Ce soir, au lieu de rentrer chez nous et de nous reposer, nous avons prévu de nous retrouver avec toute l'équipe.

J'attrape Dakota au moment où nous descendons du bus.

— Je vais être en retard ce soir. Tu peux promener Charli pour moi ?

— Oui. Je l'emmènerai faire un petit footing avec moi. Je ne cours plus le matin.

Elle sourit et rougit.

— Je ne suis pas désolé ! dis-je en me rappelant exactement ce que nous avons fait le matin. À plus tard, coloc.

Dans l'une des salles multimédias, des jeux vidéo et des snacks ont été disposés. Tous les anciens qui sont en ville sont venus, les coachs et le personnel sont absents, pour nous laisser le temps de discuter et d'apprendre à nous connaître sans eux.

Je remplis mon assiette et m'assois entre Declan et Tyler.

— Les gars, dis-je en guise de salut.

— Quoi de neuf, Mav ? dit Dec. Le genou tient le coup ?

— Oui. J'ai un peu mal après l'impact contre le mur aujourd'hui, répliqué-je en le fixant du regard.

Il sourit.

— Je devais m'assurer que tu ressortirais en un seul morceau. Ce n'était qu'un petit coup.

— Un petit coup ?

C'est l'un des joueurs les plus costauds de la ligue. Je pensais que c'était gentil de sa part de participer au camp alors que c'est un ancien, jusqu'à ce que je réalise qu'il nous donnait un avant-goût de ce que ce serait de jouer contre des défenseurs comme lui.

Ty rit.

— La semaine a été amusante. Je suis triste que ça se termine.

— Les choses sérieuses commenceront en septembre, lui dis-je en levant le poing pour frapper dans le sien.

VINGT-SEPT

DAKOTA

— D'ACCORD. Commence par le début, dit Reagan.

Ginny s'installe à côté d'elle.

— N'omets aucun détail.

Elles sont assises sur le lit de Reagan et je ressens un pincement au cœur. J'adore mon séjour dans le Minnesota, mais elles me manquent.

— Je vais en omettre quelques-uns, les avertis-je alors que mes amies attendent des précisions sur Maverick et moi.

Sienna rejoint notre groupe Zoom avec un sourire.

— Désolée. Je donne un cours de patinage artistique et les parents d'un des enfants sont arrivés avec quinze minutes de retard.

— Pauvre enfant.

— Pauvre de moi. Qu'est-ce que j'ai raté ? Raconte-moi tout.

— Tu n'as rien manqué. Elle nous fait poireauter, dit Reagan.

Je me mets à rire.

— Je ne voulais pas avoir à me répéter.

— Eh bien, nous sommes toutes là maintenant, dit Ginny. Crache le morceau.

— Il n'y a vraiment pas grand-chose à dire.

Reagan râle.

— Tu as de la chance d'être si loin. J'ai envie de te secouer.

— Je pourrais descendre en voiture et la forcer à tout avouer, propose Sienna.

— Personne n'a besoin de me forcer à quoi que ce soit, dis-je. On s'est embrassés et on a un peu fricoté.

C'est la pire description possible pour la semaine incroyable et chaude que j'ai passée, avec Maverick qui n'a pas arrêté de me donner des orgasmes avec ses mains et sa bouche. Les amateurs de plan à trois ne figuraient pas sur ma liste d'hommes avec qui sortir, mais bon sang, peut-être que ça devrait être le cas, parce que toute cette attention rivée sur moi ? C'est époustouflant. Totalement ahurissant.

Ginny pousse un cri de joie.

— Oh, mon Dieu, j'adore ça. Les garçons sont au courant ? Heath n'a rien dit.

— Je ne pense pas, dit Sienna.

— Non, confirme Reagan en secouant la tête.

— Euh. Je suis surprise qu'il ne leur ait pas envoyé un message à la seconde où c'est arrivé pour se vanter.

— Quand Maverick s'est-il déjà vanté de coucher avec une fille ? fait remarquer Ginny en secouant la tête. Ce n'est pas son genre.

— Oui, je suppose que tu as raison. Est-ce qu'on peut garder ça entre nous ? Je ne veux pas qu'il pense que c'est ce que je fais.

— Alors, vous sortez ensemble, ou ce n'était qu'un coup, ou plusieurs, comme ça ? demande Sienna.

— C'est le temps d'un été, je suppose, ou jusqu'à ce qu'on en ait assez l'un de l'autre. La seconde hypothèse pourrait arriver plus vite que la première.

Bien que je le dise, je n'y crois pas. Du moins, pas en ce qui me concerne. Johnny est imprévisible, idiot et simplement... amusant.

— Et après ? demande Reagan.

— Je reviendrai à Valley et il restera dans le Minnesota, répliqué-je en haussant les épaules.

Elles n'ont pas l'air contentes de ma réponse.

— On restera amis.

— Je ne l'avais pas vu venir, dit Ginny. Mais j'adore ça. Vous êtes tous les deux très sexy. Je parie que le sexe est incroyable.

Elles se tournent vers moi en attendant une réponse, les visages pleins d'espoir et d'impatience.

— On n'a pas couché ensemble. Mais on a fait beaucoup d'autres choses.

— Comme...

Reagan avance la tête, avide de détails.

— Disons qu'il est très doué de ses mains.

Le vendredi soir, Johnny rentre tard. Moi, je dois me rendre à la patinoire tôt le samedi matin avec les autres stagiaires pour le dernier jour du camp d'entraînement. Je suis en polyvalence et ne le croise que lorsque tout est terminé, quand je suis en train d'aider à démonter les tables et à ranger les présentoirs et les chaises supplémentaires.

Je le sens avant même de le voir. Depuis que je lui ai dit que j'aimais le parfum « Flocons de neige », il ne porte plus que ça. Peut-être fait-il preuve d'assiduité dans son partenariat ou peut-être aime-t-il simplement m'allumer ?

— J'ai un problème, murmure-t-il près de mon oreille.

— Qu'est-ce qui ne va pas ?

Je me redresse, il me prend la main et m'entraîne dans un placard qui sent des pieds et le nettoyant.

Sa bouche s'abat sur la mienne et ses grandes mains encadrent mon visage.

— Tu as dit que tu avais un problème, dis-je dans sa bouche, en essayant de ne pas rompre le baiser plus qu'il ne le faut.

— C'est le cas.

Il prend ma main dans la sienne et la frotte contre son entrejambe.

— Je me suis réveillé comme ça et je n'arrive pas à redescendre.

— Ça ressemble à un problème intime. Tu devrais peut-être consulter un médecin.

Il tire ma lèvre inférieure entre ses dents.

— Le problème, c'est que ma main n'a plus aucun effet sur moi. J'ai besoin de la tienne.

— Quel beau parleur, dis-je sarcastiquement.

— Tu veux des mots doux ? demande-t-il en me tenant le visage et en me regardant dans les yeux.

Je ne sais pas ce que je veux, mais mon corps aime tout ce qu'il fait en cet instant.

Je fais glisser ma paume par-dessus son pantalon de sport.

— Hmm. Chérie, gémit-il. Bébé. Ah, putain. Comment ça se fait que ce soit si bon à travers deux couches de vêtements ?

Il dépose un doux baiser sur mes lèvres.

— Ma poupée, mon cœur.

— Ça suffit les mots doux, dis-je.

— Je venais à peine de commencer. J'essayais de trouver un surnom qui me plaît.

— Qu'est-il arrivé à plan cul ?

— Tu sais que tu n'es pas seulement mon plan cul.

— Ah non ?

Je glisse ma main dans son caleçon et l'effleure. Il siffle entre ses dents.

— Tu peux être ce que tu veux. Mais ne t'arrête pas. Ça ne sera pas long.

— Charmant.

— Ne fais pas comme si tu n'aimais pas que je sois dur pour toi toute la journée.

Sa main se glisse sous ma jupe et il me titille à travers ma culotte.

— Tu es tellement mouillée. Tu as mouillé toute la journée ?

Il la met sur le côté et ne perd pas de temps avec ses doigts.

Je le fais taire en recouvrant sa bouche de la mienne. Chaque mot qui sort de ses magnifiques lèvres me fait tourner la tête. Nous nous frottons frénétiquement en nous embrassant et nous nous suçons, léchons et jouons. J'ai été excitée toute la journée parce que je ne l'ai pas vu, parce que je n'étais pas avec lui, c'est un constat bien effrayant. J'espère que nous ne gâchons pas tout en faisant ça.

La semaine suivante est bien plus calme à la patinoire. Aujourd'hui, je travaille à la billetterie avec Reese.

Nous appelons les abonnés de la saison précédente pour savoir s'ils veulent renouveler leur abonnement. Nous envoyons des e-mails à des entreprises qui pourraient vouloir réserver des tribunes ou sponsoriser les matchs. Les sponsors sont affichés autour de la glace et font de la publicité pendant les matchs.

C'est bien plus complexe que je ne pensais, je n'aime pas passer des coups de fil. Il y a tellement de personnes qui nous raccrochent au nez ou qui reportent. Après quatre heures, je n'ai réussi à obtenir qu'un abonnement.

— Elle ne m'a même pas laissé finir ma phrase, gémis-je après avoir raccroché une nouvelle fois.

— Allez, peut-être que les gens seront plus amicaux après le déjeuner, dit Reese.

Dans le couloir, nous apercevons Blythe parler au PDG des Wildcats, Monsieur Albert.

Elle sourit et s'avance.

— Brad, voici deux de mes stagiaires, Dakota Lawrence et Reese Beck.

— Enchanté.

Reese tend la main en premier, et après qu'ils se la sont serrée, je tends la mienne.

— On m'a dit que vous aviez l'étoffe d'un grand responsable de l'équipement, dit M. Albert à Reese avant de se tourner vers moi. Et c'est vous derrière les photos prises à la bibliothèque la semaine dernière, n'est-ce pas ?

— J'en ai pris quelques-unes, oui.

Surtout de Johnny. Il avait raison. Même si j'étais convaincue d'avoir pris autant de photos de tous les joueurs, la moitié de celles que j'ai prises comportait Maverick d'une manière ou d'une autre.

— Elle a l'œil pour repérer les tendances sur les réseaux sociaux. La bibliothèque nous a déjà demandé de revenir.

Je ne le savais pas, mais je suis contente que ça se soit si bien passé.

— Ravi de l'entendre. Les Stars sont deux fois plus suivies que nous sur les réseaux. J'aimerais changer ça cette année. Peut-être que vous pouvez nous aider.

— J'aimerais beaucoup. Je ne suis là que pour quelques semaines encore.

— Vous avez tous les deux fait du bon travail cet été, ajoute Blythe.

— Continuez comme ça, dit M. Albert. Et j'espère que vous envisagerez tous les deux de revenir une fois que vous aurez votre diplôme.

Reese et moi nous éloignons en silence, jusqu'à ce que nous soyons dehors. Alors, nous nous tournons l'un vers l'autre en souriant et poussons un cri de joie.

Le dimanche soir, Maverick et moi regardons *The Office*. Nous en sommes déjà à la moitié de la saison deux, c'est devenu notre rituel du soir, suivi par de nombreux orgasmes. C'est une bonne façon d'occuper sa soirée, dois-je dire.

— Qu'est-ce que tu fais mercredi soir ? demande-t-il.

Il est allongé, la tête à l'autre bout du canapé, Charli sur sa poitrine et ses pieds sur mes genoux.

— À ce rythme-là ? Je regarde la saison quatre.

— Et si tu venais avec moi à un match de base-ball ? propose-t-il en se redressant. J'ai été invité à lancer la première balle au match des Twins.

— Sérieux ?

J'affiche un grand sourire.

— Oui, c'est génial, hein ? Blythe m'a accaparé et a ajouté beaucoup d'événements à mon emploi du temps. C'est une femme à qui il est difficile de dire non.

— C'est vraiment cool.

— Alors, tu viens avec moi ?

— Je ne pense pas que ce soit une bonne idée qu'on nous voit ensemble.

— Tout le monde sait qu'on est amis. En plus, Jack y va aussi.

— Il y va avec une fille ?

— Non. Il a ri quand Blythe nous a dit qu'on pouvait inviter quelqu'un.

Il glisse ses mains autour de ma taille.

— Allez. Ce sera amusant de faire comme si on avait un vrai rencard.

— Si je viens, ça ne peut pas être comme un rencard. Juste deux amis qui vont voir un match de base-ball, dis-je en le repoussant. Je ne me raserai pas les jambes et je ne mettrai pas de déodorant.

— Tu crois vraiment que ça me ferait fuir ?

Nous rions. Je sais que non et, de toute façon, je ne dis pas ça sérieusement.

— J'ai un autre rencard à te proposer.

— Johnny, protesté-je.

— J'en ai parlé à Blythe, mais j'ai demandé à ce que ce soit moi qui te le dise.

Là, je suis intriguée.

— Le week-end prochain, il y a une soirée de gala organisée par la Fondation Wildcats. J'ai demandé à Blythe si tu pouvais venir, puisque tu m'as aidé avec le partenariat, et elle a accepté. Elle m'a dit que tu pourrais y prendre de belles photos. Cette femme va être triste de te voir partir, dit-il en mordillant ma clavicule. Moi aussi.

— Un gala, hein ? Tu seras donc en costume.

Il me lance un sourire sexy.

— C'est vrai, et toi, dans une robe sexy. Peut-être la noire.

— Je ne pense pas que cette robe convienne pour un gala. Elle s'arrête à deux centimètres au-dessus de mon vagin.

— C'est l'image que j'ai d'un gala.

Il embrasse mon épaule et ma clavicule pendant que je réfléchis.

— Tu es sûr que c'est une bonne idée ?

— Tu as peur de ne pas réussir à te contrôler en public ?

— Je suis sûre qu'il y a un coin sombre où l'on pourra aller si nécessaire.

Il se glisse sur mes genoux. Son corps d'un mètre quatre-vingt-dix s'enroule autour de moi.

— Que fais-tu ? grogné-je.

Il attaque mon cou avec des baisers et des morsures coquines. Tout à coup, la sonnette retentit et il s'immobilise, ses lèvres toujours sur mon cou.

— Tu attends quelqu'un ? demande-t-il.

— C'est probablement juste Declan. Je l'ai appelé pour un plan à trois, dis-je avec désinvolture.

Il ne dit rien, comme s'il réfléchissait profondément à mes paroles.

— Oh, mon Dieu, je plaisante.

Il se lève d'un bond pour aller ouvrir la porte.

— Je pensais que tu serais plus intéressée par deux filles et un homme, mais deux hommes ? dit-il en agitant la tête. Je pourrais être partant tant qu'on ne marche pas sur mes plates-bandes.

Il ouvre la porte et quand j'entends la voix de Declan, je dois plaquer une main sur ma bouche pour m'empêcher de rire. J'attrape un tube de lubrifiant qui traînait sur la table basse après nos ébats de tout à l'heure et me lève du canapé pour me rendre dans ma chambre au cas où Declan entrerait.

— Quoi de neuf, mec ? demande Mav.

— Je me demandais si je pouvais rester chez toi. Mon internet ne marche pas. Oh, euh...

Mav me jette un regard. Je hoche la tête, puis jette le lubrifiant dans sa chambre. Je ressors pour aller dire bonjour à Declan. Je leur laisse le salon et file dans ma chambre. L'un des inconvénients à ce que nous traînions ensemble tous les soirs et que nous gardions notre relation secrète, c'est qu'il n'a pas passé beaucoup de temps avec les autres, et je sais qu'il a besoin de se lier d'amitié avec ses nouveaux coéquipiers.

Je m'assois sur mon lit et souris en entendant les garçons parler dans le salon.

J'ai presque l'impression que nous sortons vraiment ensemble. C'est bizarre.

Je n'y pense pas trop. Johnny a une façon de faire qui m'empêche de me concentrer sur les détails. Peut-être que c'est sa personnalité je-m'en-foutiste qui déteint sur moi, ou peut-être que je m'amuse trop avec lui pour analyser tout ça. Quelle que soit la raison, je vais profiter à fond du reste de l'été.

Heath : Toi et Dakota ? Dis-moi que c'est vrai.

Adam : Oh, c'est vrai.

Rhett : Oui, félicitations, mon pote, mais tant qu'on parle de ta nouvelle relation géniale, je vais avoir besoin que tu te calmes un peu. J'ai l'air de quoi, moi ? Et j'ai des projets que tu ne dois pas faire foirer.

Moi : Kota m'a prévenu qu'elle leur avait dit et qu'elle leur avait demandé de ne PAS vous le dire. Vos copines sont nulles pour garder des secrets. Et de quoi tu parles, Rauthruss ?

Heath : Je suis un peu vexé que Ginny l'ait su avant moi. Je veux récupérer mon bracelet de l'amitié.

Adam : Sérieusement, Mav. pourquoi nous l'as-tu caché ?

Moi : Je ne savais pas si on allait le dire. Et contrairement à vos copines, je suis très doué pour garder un secret.

Adam : Tu es vraiment dans la merde. Tu es à fond sur elle.

Rhett : Dakota a envoyé aux filles une photo des robes que tu lui as achetées. Je ne peux pas rivaliser avec Oscar de la Renta et Valentino.

Heath : C'est qui ce putain d'Oscar ?

Adam : Il a acheté à Dakota un tas de robes très chères, toutes dans le style *Pretty Woman*.

Moi : Je voulais qu'elle ait le choix. Laquelle a-t-elle choisie ? Elle ne veut pas me le dire.

Heath : Je viens de demander à Ginny, mais elle ne veut pas le dire.

Adam : Reagan non plus.

Rhett : Sienna n'est pas là, mais si Dakota leur a fait jurer de garder le secret, elle ne me le dira pas.

Moi : Oh, bien sûr. Tout à coup, elles sont douées pour garder des secrets.

LE MERCREDI SOIR, nous sommes traités comme des stars au stade Target. Nous rencontrons des joueurs de l'équipe et ensuite, on nous emmène dans une salle pour patienter avant de venir sur le terrain. Jack discute avec un coordinateur d'événements dans l'entrée, ce qui fait que Dakota et moi ne sommes que tous les deux.

Qu'elle est sexy avec son short en jean, son débardeur blanc qui s'arrête juste au-dessus de son nombril et sa veste ouverte des Twins. Sa queue de cheval met en valeur son cou et tout ce à quoi je pense, c'est à y déposer mes lèvres.

Elle est assise à trente centimètres de moi. Elle a insisté pour que nous nous comportions comme des amis, même si Jack sait déjà qu'il s'est passé quelque chose entre nous dans sa salle de bain.

J'avance les doigts sur le siège en cuir. Elle arque un sourcil lorsque j'atteins ses jambes douces.

— Johnny, menace-t-elle.

— Tu es si loin, râlé-je. Je me suis assis plus près de Jack que de toi pendant le trajet. Ce n'est pas que ça me dérange, il sent très bon.

— C'est vrai.

— Maverick.

Jack entre dans la pièce et Dakota se lève si vite qu'on croirait que le canapé a pris feu.

— Ils sont prêts.

Nous le suivons dans le tunnel qui mène au stade. Dakota effleure mes doigts et m'adresse un petit sourire.

— Bonne chance.

Quelqu'un la mène à nos sièges et Jack et moi nous rendons sur le terrain pour pratiquer quelques lancers. J'ai joué au base-ball quand j'étais gamin, donc je ne m'inquiète pas trop. J'aimerais cependant impressionner une certaine rousse dans le public.

Je l'aperçois, assise à son siège, les yeux braqués sur moi, et je hoche la tête vers elle. Je n'arrive pas à croire qu'elle soit avec moi, même si ce n'est que le temps d'un été. Je suis l'homme le plus chanceux du monde.

Jouant avec une balle, je me tiens à côté de Jack et observe les équipes s'échauffer derrière le marbre.

— Alors, Dakota et toi... vous êtes ensemble maintenant ? Parce que je me sens dans l'obligation de te prévenir, être en couple pendant ta première année sera compliqué. Surtout si elle prévoit de retourner dans l'Arizona à la fin de l'été.

— On s'amuse, c'est tout. On est amis, c'est cool, dis-je.

Il n'a pas l'air de me croire, mais je m'en fiche. Je sais que quoi qu'il arrive, tout se passera bien entre Dakota et moi. Il le faut. Je n'imagine pas un scénario où nous nous quittons en mauvais termes. Je ferais n'importe quoi pour elle.

C'est quelque chose de lancer la première balle. J'arrive à l'expulser de l'autre côté du marbre, mais je pense que seule la moitié des spectateurs me prête attention. Ils sont tous en train d'acheter de la bière, des hot dogs, de trouver leur siège et ils attendent fébrilement que le match commence. Mais alors que je salue face aux applaudissements polis, j'aperçois Dakota debout, les mains autour de la bouche, qui crie comme si je venais de faire un home-run.

J'ai hâte de m'asseoir à ses côtés et de regarder le match, comme si c'était un vrai rendez-vous, mais la presse veut des photos et de courtes prises de parole, puis il y aura beaucoup de mains à serrer.

Quand Jack et moi nous asseyons enfin, la deuxième manche est déjà presque terminée.

Dakota se lève, hésite, puis me serre dans ses bras.

— C'était incroyable.

— Merci. Je ne voulais pas faire honte à ma copine.

Elle regarde Jack comme s'il écoutait chacun de nos échanges. Nous nous installons et Dakota s'assoit entre Jack et moi. Le match est sympa, la bière est fraîche et nous passons un bon moment ensemble à encourager l'équipe et à discuter.

Ne pas la toucher est plus difficile que je ne le pensais. Je me retiens au dernier moment de la toucher ou de me pencher vers elle pour l'embrasser. Je vais devenir fou avant la fin du match. Je me lève.

— J'ai besoin d'une autre bière. Vous voulez quelque chose ?

— Rien pour moi, répond Dakota en levant son gobelet presque rempli.

Jack hoche la tête.

— Je vais en prendre une autre.

Je m'attarde au premier niveau pour regarder les articles en vente. J'achète des souvenirs pour Dakota, puis les bières.

Je retourne à nos sièges entre deux manches. Le grand écran affiche la kiss cam et je ralentis pour l'observer. Elle s'arrête sur un couple de personnes âgées avec des vestes assorties des Twins. Le mari fait un gros baiser à sa femme, les mains sur ses joues, et ne la lâche pas tant que le stade n'applaudit pas avec fureur.

Un vieux couple qui s'attire encore ? Oui, j'ai envie de ça. Je détourne les yeux de l'écran pour regarder Dakota. Elle aussi observe le couple, un grand sourire sur son magnifique visage. J'imagine alors Dakota et moi avec des cheveux gris, toujours irrésistibles l'un pour l'autre, et ma poitrine se serre.

Je me glisse à côté d'elle et me penche pour déposer tous mes achats par terre.

Dakota pousse un cri aigu à côté de moi. Je me redresse, les bières à la main, prêt à en tendre une à Jack, mais m'arrête net en voyant l'expression de Dakota.

— Qu... ?

Inutile de demander, j'aperçois Dakota et Jack sur la kiss cam.

Elle baisse la tête et rougit, ce qui encourage d'autant plus la foule et le présentateur. Jack arbore un sourire amusé, le bras nonchalamment posé sur l'accoudoir entre eux. Ils sont beaux ensemble. Enfin, elle est belle. Elle irait avec n'importe qui.

Dakota me jette un rapide coup d'œil tandis que les spectateurs scandent : « Le bisou ! Le bisou ! »

Je n'ai pas beaucoup d'options devant moi. Je pourrais pousser Jack et l'embrasser devant tout le monde ou la porter sur mon épaule et la sortir de là, tel un homme des cavernes. Je doute qu'elle apprécie ces deux possibilités.

Figé sur place, comme tout le monde, je les observe. Finalement, Jack se penche, pose une main devant le visage de Dakota pour la cacher de la caméra et l'embrasse.

Mon corps est parcouru de vagues de colère et de frustration devant les rugissements de la foule, tandis que tout le monde peut voir leur baiser sur le grand écran. Non. Putain... non.

Les lèvres mouillées et brillantes, elle a les joues rouges après s'être fait embrasser. Normalement, elle arbore cette expression quand c'est *moi* qui l'embrasse.

Bordel, j'aurais dû pousser Jack.

VINGT-NEUF
DAKOTA

Maverick et moi partons avant la fin du match. Nous avons tous pris le même Uber pour venir, mais Jack a dit qu'il comptait rester et qu'il se débrouillerait pour rentrer. Franchement, je crois qu'il tire poliment sa révérence après le désastre de la kiss cam.

Une fois que nous sommes loin du stade, Johnny m'attire près de lui.

— Je vais te garder près de moi à partir de maintenant.

Il me prend par la nuque et abat sa bouche sur la mienne, sans avertissement ni tendresse. Son baiser est fougueux et autoritaire, j'adore ça. Rester assise à côté de lui toute la soirée sans pouvoir le toucher était frustrant. Bien plus frustrant que je ne l'aurais cru. Et dire que j'ai traîné pendant des années avec lui sans avoir envie de l'embrasser. Maintenant, je ne tiens pas cinq minutes sans avoir envie de me jeter sur lui.

— Tu as aimé quand il t'a embrassée ?

Il aspire ma lèvre inférieure entre ses dents tandis que je secoue la tête.

Jack et moi ne nous sommes pas vraiment embrassés. Ses lèvres ont à peine effleuré les miennes. Mais même avec ce tout petit frôlement, je sais qu'embrasser Jack, l'embrasser réellement, ça n'aurait pas cette sensation.

— Tu étais belle en l'embrassant, je n'ai pas aimé ça. Tu es à moi. Si tu veux en embrasser un autre, c'est à mes conditions.

— Comme un plan à trois ? demandé-je quand ses lèvres descendent le long de mon cou.

Mon bas-ventre se réchauffe à cette idée.

— Hmm, murmure-t-il contre ma clavicule. Tout ce que tu veux tant que j'en fais partie. Je ne veux pas manquer un seul baiser ou un seul orgasme.

Le chauffeur s'arrête sur le trottoir devant notre immeuble. Johnny le remercie et nous descendons en face de la patinoire. La rue est silencieuse, mais, plus haut, j'aperçois des gens se rendre dans les bars et les restaurants.

J'ai les mains pleines. Entre les articles que les Twins nous ont offerts et ce que Maverick a voulu m'acheter, je me retrouve avec un tas de produits.

Dans l'ascenseur, il me plaque contre le mur et continue à me montrer à quel point il a envie de moi.

— Je suis si dur en t'imaginant dans un plan à trois.

Je peux le sentir, effectivement.

— Je ne pense pas que je pourrais faire un plan à trois.

— Mais tu aimes l'idée, ça se voit.

C'est vrai, mais pas pour la raison qu'il croit.

Je me penche en avant et m'arrête lorsque mes lèvres frôlent les siennes.

— Pour l'instant, j'envisage toutes les façons de coucher avec toi.

Il s'immobilise, son visage scrutant le mien.

— Tu veux dire...

Je réduis la distance entre nous et dépose un baiser sur ses lèvres, puis je murmure :

— Fais-moi l'amour, Johnny.

Il ne dit rien pendant trop longtemps, et je crois qu'il va peut-être me dire non. L'ascenseur sonne et les portes s'ouvrent au dixième étage. Les portes commencent à se refermer alors qu'il me fixe toujours sans ciller.

— On n'est pas obli...

— Putain si !

Il me tire hors de l'ascenseur et me conduit à l'appartement.

— Je crois que j'ai laissé un doigt en mousse dans l'ascenseur, dis-je en riant alors qu'il ferme derrière nous.

— Je t'en achèterai cinq autres.

Il me prend tout le reste et le fait tomber par terre, puis il me soulève, me jette par-dessus son épaule et se dirige vers sa chambre. Il me donne une claque sur les fesses.

— C'est l'heure, Kota !

Je ris quand il m'allonge, mais quand il se met à me déshabiller, l'ambiance change. Il commence par mes chaussures tout en embrassant mes mollets et mes genoux. Ensuite, il remonte. Ses mouvements sont délibérément lents, il dépose des baisers et murmure sans cesse à quel point je suis belle et que je suis à lui.

Comme si j'appartenais à quelqu'un d'autre. Qui peut rivaliser avec lui ? Je ferais n'importe quoi pour passer encore quelques semaines avec lui. La fin de l'été approche et je fais tout pour l'ignorer.

Mon pouls s'accélère quand il s'allonge sur moi et vénère chaque partie de mon corps. Quand ses lèvres effleurent la peau échaudée entre mes jambes, je suis parcourue de tremblements. Ses épaules larges écartent mes jambes. Il enroule un bras autour de l'une d'elles et abaisse la bouche. Il m'embrasse tendrement sur le bas-ventre. Il grogne et le son résonne contre ma peau sensible.

— Johnny, gémis-je.

J'en veux plus et je le veux maintenant.

— Patience, plan cul.

Il rit et son ton s'adoucit. Il passe le doigt sur mon nœud de nerfs.

— Putain, bébé, tu es tellement excitée. Dis-moi ce que tu veux.

— Toi. Rien que toi.

L'aveu honnête s'échappe de mes lèvres.

— Et, euh, sans tee-shirt, évidemment.

Il se met à genoux et retire son maillot. Il a vraiment un corps incroyable.

— C'est mieux ?

— Continue ?

Je contemple la bosse de son jean.

Il secoue la tête.

— Non, non, non. Pas encore. Je dois m'assurer que tu es prête pour moi.

Je me sens très prête, mais avant de pouvoir le dire, sa bouche recouvre mon sexe et je n'arrive plus à articuler un mot. Il me lèche, me mordille et passe son pouce sur moi dans un mouvement lent et atroce.

Agrippée à ses épaules, je plante les ongles dans sa peau, jusqu'à être certaine qu'il a des entailles en forme de croissant de lune.

— C'est ça, bébé.

Il resserre son emprise sur moi et m'arrache un orgasme qui transperce tout mon corps.

À peine ai-je repris mon souffle sur le matelas qu'il m'embrasse sur le ventre et dit :

— Retourne-toi.

J'obéis, toute molle et satisfaite, mais j'ai hâte de voir la suite. Je l'entends se déshabiller derrière moi. Je regarde par-dessus mon épaule et me tourne légèrement pour admirer la vue. Debout au bout du lit, nu et en train de se caresser, il croise mon regard.

— Je croyais t'avoir dit de te retourner, dit-il avec un sourire en coin sexy.

— La vue est plus belle de ce côté.

— Ça fait des semaines que tu admires le monstre, bébé.

— Je ne veux absolument rien rater.

Il me met une fessée qui n'est pas vraiment tendre et dépose un baiser au même endroit.

— Sur le ventre. Tu n'es pas encore prête pour moi.

Je le suis, mais je m'exécute. Son corps recouvre le mien. Il s'empare de ma queue de cheval et la tire jusqu'à ce que mon cuir chevelu picote. Il m'embrasse le cou et le dos.

Il est à la fois joueur et autoritaire, c'en est enivrant. Il me demande de me mettre à quatre pattes et ensuite, fait des bruits de pets sur mes fesses.

Il me met une autre fessée avant de glisser la main entre mes jambes. Avec la moiteur, ses doigts s'insinuent facilement.

Mes épaules s'affaissent face au plaisir grandissant.

— Johnny, gémis-je quand il retire sa main.

Je suis si proche de jouir.

Son rire caresse ma peau.

— Quoi, bébé ?

— Tu sais quoi.

Je pousse les hanches en arrière jusqu'à l'effleurer.

Il grogne et me mord le cou, puis il l'embrasse. Joueur et autoritaire.

— Il me faut un autre orgasme de ta part pour que je sache que tu es sérieuse.

— Quoi ?

Je suis en train de déchiffrer ses paroles quand il nous retourne. Il se retrouve sur le dos, chevauché par moi.

— Baise mon visage, bébé.

Il remue pour se baisser et me frappe les fesses pour me

mettre en position. Je contracte les muscles en m'abaissant sur sa bouche avide. Je reste immobile pendant qu'il fait tout le travail.

— J'ai dit baise mon visage, bébé. Tu me veux ? Alors, montre-moi ce que tu es prête à faire.

Le visage rouge, je roule des hanches et me frotte contre lui. Mon deuxième orgasme arrive sans prévenir. Agrippé à mes fesses, il ne me lâche pas tout du long.

Je crie son nom en m'écroulant sur la tête de lit.

— Putain, c'était sexy, dit-il alors que je lève la jambe pour m'allonger à côté de lui.

— Putain de sexy ? demandé-je en essayant de reprendre mon souffle.

— Tout chez toi est putain de sexy. Tu es sûre de vouloir faire ça ? Je peux te faire jouir de mille autres façons avec mes mains ou ma bouche.

— Le MacGyver des orgasmes, plaisanté-je. Je suis prête.

Dans le tiroir du chevet, il attrape un préservatif. Je me penche et dépose un baiser sur son gland avant qu'il le mette. Il ferme les yeux et laisse sa tête tomber en arrière. Il caresse mon visage, puis emmêle sa main dans mes cheveux. Il abaisse ma bouche jusqu'à atteindre le fond de ma gorge. Quand j'ai les larmes aux yeux, il se retire et détache mes cheveux.

— Sur le lit. Les mains au-dessus de la tête.

Il enfile la protection et attache mes poignets avec l'élastique au-dessus de ma tête, sur le matelas. Il prend mon visage dans ses grandes mains et m'embrasse passionnément en se positionnant. Il pose le front contre le mien en me pénétrant.

— Putain, Kota. Tu es tellement serrée et parfaite, et à moi.

La fin de sa phrase est dite sur un ton bas. Il trouve enfin mon point sensible qui n'attendait que lui.

Je lève les bras et les enroule autour de son cou. Il mord mon biceps avant de l'embrasser, puis se concentre entièrement sur ma bouche. Il m'embrasse avec fougue et aspire tout l'oxygène dans mes poumons.

Les larmes aux yeux, je jouis. Tant d'orgasmes et d'émotions. Je suis bouleversée par Johnny Maverick. Il grogne, abaisse la bouche et s'accroche à mon cou. Il le suce fort tandis que nous jouissons ensemble.

C'est sûr que je vais avoir une marque. Sa marque. J'aime un peu trop ça.

J'éteins mon réveil et tente de me redresser. Le bras de Johnny autour de ma taille m'en empêche. Il me tient fermement malgré ses petits ronflements. Charli est blottie entre nos jambes, je l'encourage à s'approcher en tapotant doucement la couette. Elle se trémousse, comme si elle n'avait pas la force de marcher. Je la soulève et la pose à ma place, puis je passe le bras de Johnny autour de sa chienne.

— On part en douce, hein ? Tu vas au moins laisser de l'argent sur la table de nuit, non ?

Il ouvre un œil.

— Ha ! Ha ! m'exclamé-je en passant mon débardeur par-dessus ma tête. Il faut que je me douche et que je me change. Je sens le sexe et ton parfum.

— Tu es belle et tu sens très bon.

Il roule sur le dos, lève les bras et forme une fenêtre avec ses doigts. Il me regarde par le trou.

Je finis de m'habiller et me penche pour l'embrasser. Il capture mes jambes et me fait tomber sur lui.

— Je dois y aller, insisté-je sans pour autant essayer de me dégager. Merci pour hier soir, plan cul.

Il sourit et passe le doigt dans mon cou.

— Je suis ton plan cul quand tu veux.

Je n'arrive pas à m'arrêter de sourire en me préparant et en me rendant au travail. Plus je rejoue les événements de la veille dans ma tête, plus des détails me reviennent et, waouh... J'ai envie de le refaire.

J'envisage de me rendre directement au bureau de Blythe et de prétendre que j'ai mal au ventre pour passer toute la journée au lit avec Johnny. Cependant, il ne reste que deux semaines et demie de stage. Je suppose que j'aime mon travail si je refuse de passer la journée au lit.

Quinn et Reese sont à leurs bureaux quand j'arrive dans le coin des stagiaires.

— Bonjour, lancé-je joyeusement.

Je me fige en apercevant le gros bouquet sur mon bureau. Douze roses rouges magnifiques.

— C'est pour moi ?

Je rougis. Je vais tuer Johnny. Comment a-t-il fait pour faire livrer ça si vite ? La carte me fait de l'œil, mais je n'ose pas la regarder.

Reese se recule dans sa chaise, tenant un stylo près de sa bouche.

— Bonjour.

Quinn se lève et vient s'asseoir à mon bureau. Reese fait rouler sa chaise vers nous.

— Qu'est-ce qui se passe ?

Je sors mon ordinateur de mon sac et le pose sur le bureau en fuyant leurs regards.

— C'est de la part de Jack ? demande Quinn.

Elle fait comme si elle allait prendre la carte et je l'en empêche.

— Jack ?

— Jack Wyld. Le gars que tu as embrassé à la télé nationale. Ça te dit quelque chose ?

Quinn hausse un sourcil accusateur.

C'est vrai. La kiss cam. J'avais presque oublié. Qui aurait cru que ce serait le détail le moins intéressant de la nuit dernière ?

— Non, elles ne sont pas de Jack. Ce n'était rien.

— Ça n'avait pas l'air d'être rien.

Quinn brandit son téléphone pour me montrer. Je prends l'appareil et mon estomac se tord en voyant Jack et moi nous embrassant. Ce n'était vraiment rien, mais je comprends de quoi ça peut avoir l'air. Surtout quand on connaît le passé de Jack.

— Où as-tu trouvé ça ?

— Il y en a beaucoup d'autres. Les gens ont identifié Jack et les Wildcats. Vous êtes partout, dit-elle avant de baisser les yeux sur mon cou. Joli suçon.

Je porte la main à mon cou et passe mes cheveux sur mon épaule pour le cacher.

— Ce n'est pas ce que vous croyez.

Quinn hausse les épaules.

— D'accord, c'est quoi alors ?

— Je suis allée au match avec Jack et Maverick pour voir Johnny lancer la première balle. Ce baiser n'a duré qu'une seconde et ça ne voulait rien dire. Je ne couche pas avec Jack.

Aucun des deux ne parle.

— Je ne couche pas avec lui.

Quinn se lève et son regard passe par-dessus mon épaule.

— Aie l'air moins coupable.

— Bonjour à tous.

Blythe, toujours aussi éblouissante, s'approche de nous. Son langage corporel ne laisse rien transparaître, mais je me tiens devant le bouquet sur mon bureau.

— Bonjour, disons-nous à l'unisson.

— Avant que vous ne commenciez à travailler, je voulais m'assurer que vous aviez tous reçu l'invitation pour le gala de charité de vendredi soir.

Je pousse un soupir de soulagement en sachant qu'elle n'est pas venue pour moi. De plus, Johnny marque encore un point. Je lui ai dit que je viendrais au gala seulement s'il faisait en sorte que Quinn et Reese viennent aussi. Ça paraîtra trop suspicieux si j'y vais toute seule.

— J'ai déjà acheté ma robe, dit Quinn.

— Ce sera une excellente occasion pour vous de voir un autre aspect du job et... c'est une petite façon pour moi de vous remercier pour tout le travail que vous avez fait cet été. J'aurai besoin de tous les trois vendredi prochain pour m'aider à préparer le gala.

Nous râlons. J'ai soulevé assez de tables et de chaises cet été pour toute une vie. Elle rit.

— Tout sera déjà en place. Pas besoin de porter de lourdes charges. Beau boulot, tout le monde. Les commentaires qu'on m'a rapportés à vos différents postes sont merveilleux. Vous me rendez fière.

Elle fait un pas vers mon bureau sans s'arrêter de sourire.

— Dakota, avant de vous rendre à votre poste de la journée, vous pouvez passer dans mon bureau ? Ça ne prendra qu'une minute.

Je sens ma nuque rougir.

— Bien sûr. J'arrive tout de suite.

Sur un hochement de la tête, elle tourne les talons. Je lâche une expiration éraillée. Oh, merde. Quinn me jette un regard du genre : « Je te l'avais bien dit. » J'attrape mes affaires et arrache la carte sur le bouquet pour la lire plus tard.

Dans son bureau, Blythe se tient à côté d'une machine à café luxueuse qu'elle vient de sortir d'un carton.

— Entrez, dit-elle en me voyant. Fermez la porte.

Je déglutis et me force à sourire en fermant la porte derrière moi et en m'asseyant.

— Je suis allée au magasin pour acheter une bouilloire

électrique et je me suis retrouvée avec ça, dit-elle en montrant une sorte d'accessoire. Vous croyez que c'est quoi ?

— Je ne sais pas. Je ne suis pas une grande buveuse de café, à moins qu'il n'y ait beaucoup de crème et de sucre.

— Vous aimez le thé ?

— Oui. Parfois.

Oh, mon Dieu, pourquoi suis-je ici ? Je n'arrive pas à me détendre et j'ai peur de lâcher que j'ai couché avec Johnny Maverick si elle ne va pas droit au but.

Quelqu'un frappe à la porte, elle lève la tête et fait un signe de la main. Katherine des ressources humaines entre et j'ai l'impression que je vais vomir.

— Bonjour, Dakota, dit Katherine.

— Bonjour.

Je les regarde l'une après l'autre.

— J'ai des ennuis ?

— Désolée, j'aurais dû m'expliquer, dit Blythe tandis que Katherine s'assoit à côté de moi. Nous avons vu la photo de Jack et toi hier soir au match des Twins.

Je reste silencieuse, la forçant à le dire.

— La kiss cam ?

J'acquiesce.

— Ce n'est pas ce que vous croyez.

— Jack a dit la même chose, mais nous devions lui en parler, ainsi qu'à vous, c'est le protocole.

Blythe me fait un sourire rassurant.

Katherine incline ses jambes vers moi.

— On veut simplement vous rappeler que pendant votre stage chez les Wildcats, vous devez nous prévenir de toute relation avec des joueurs ou des collègues.

Mes sourcils se froncent.

— Je croyais qu'on n'avait pas le droit d'avoir des relations avec les joueurs.

— Donc vous êtes en couple avec Jack Wyld ? demande Katherine.

Je secoue la tête.

— Non. Certainement pas.

— *Si* vous étiez impliquée avec un joueur, vous seriez réaffectée pour la durée de votre stage.

En d'autres termes, je serais transférée dans un endroit où je ne pourrais pas nuire à la réputation de l'entreprise.

J'enroule les doigts autour de la carte des fleurs.

— Je ne suis avec personne.

— Super. Ça me facilite la tâche, alors, dit Katherine en se redressant. Si vous avez besoin de parler, vous savez où me trouver.

Elle et Blythe se lèvent et me raccompagnent.

— Merci, Dakota, dit Blythe alors que je m'éloigne d'elle dans le couloir.

Ce n'est que lorsque je suis hors de leur vue que je sors enfin le carton épais de la petite enveloppe. Mon estomac fait un bond et un sourire s'étire sur mes lèvres.

À moi.

De la part de celui qui est à toi.

TRENTE
DAKOTA

Après le travail, alors que je traverse la rue en direction de l'appartement, une moto attire mon regard. Elle est garée juste devant l'immeuble, là où c'est interdit de stationner. Le conducteur porte un casque, mais j'arrive à deviner qu'il m'observe. Je sors ma carte magnétique et mon téléphone en m'approchant, c'est là qu'il ôte son casque et secoue ses cheveux sombres.

Johnny.

Johnny sur une moto. J'ignorais que j'avais besoin de fantasmer sur ça.

Il pose le casque sur sa cuisse et m'adresse ce sourire qui me donne à la fois envie de lever les yeux au ciel et de l'embrasser.

— Tu veux monter, bébé ?

Son ton est plein de sous-entendus.

— Où as-tu trouvé ça ?

Il passe une jambe par-dessus et se place devant moi.

— Declan me laisse l'essayer. J'envisage d'en acheter une. Qu'est-ce que tu en penses ?

— Je trouve ça dangereux.

— Tu t'inquiètes pour moi ?

— Pour la moto. Elle est trop belle.

— Viens faire un tour avec moi.

— Où va-t-on ?

Je déplace la lanière de mon sac à main pour l'avoir en travers de mon corps.

— Je ne sais pas. On verra bien où la nuit nous mène.

Il place délicatement le casque sur ma tête, puis se recule et me regarde à travers une fenêtre qu'il forme avec le pouce et l'index de chaque main.

— Parfaite.

Il monte et je l'imite. Je rabats ma robe sous moi afin qu'elle ne gonfle pas et je le tiens à la taille. L'adrénaline me parcourt quand il démarre. Je resserre ma poigne et il s'élance. Johnny sillonne les routes bondées de la ville. Je ne sais alors plus où nous sommes ou où nous allons.

Sur une route plus calme, il tourne la tête et crie :

— Accroche-toi, bébé.

Il accélère. Mes cheveux fouettent mes joues, mon cœur tambourine dans ma poitrine et le sourire sur mon visage ne diminue pas. À un moment donné, il lâche la poignée pour me caresser la jambe, puis pose sa main sur la mienne sur son torse. Je pourrais bien m'habituer à ça, me dis-je, toute cette spontanéité, cet amusement, passer mes soirées avec Johnny.

Il y a de bons et de mauvais côtés à savoir qu'une relation va prendre fin. D'un côté, ça nous force à profiter de chaque instant. De l'autre, chaque instant est plus intense qu'il ne le devrait quand on sait que ce pourrait être le dernier. J'imagine que c'est juste la fin de l'été qui approche et que je suis triste de quitter mon ami.

Johnny ralentit en arrivant dans une petite ville, il se gare sur un parking et éteint le moteur.

Je retire mon casque et me redresse, les jambes chancelantes.

— Qu'est-ce que tu en dis ? demande-t-il en prenant le casque et en le posant sur la moto.

— J'en dis que tu vas te trouver plein de filles si tu te promènes avec ça.

C'est la première fois que je me sens jalouse, en l'imaginant faire ça avec quelqu'un d'autre quand je serai partie.

Il en rit.

— Viens, allons dîner et nous amuser.

Quand il rentre dans le restaurant et dit son nom, il devient clair que ce n'était pas qu'une balade comme ça. Le lieu est petit et agréable, mais il est bondé et ne doit accepter que les réservations. On nous place dans un coin au fond. Johnny étire ses longues jambes devant lui et encercle les miennes.

Il me regarde avec un sourire narquois.

— Quoi ?

— Tu as les cheveux en pétard comme après le sexe. C'est un autre avantage de la moto.

Je passe une main sur mes cheveux emmêlés. Je ne pense pas pouvoir les démêler sans brosse. C'est un vrai sac de nœuds.

— Un avantage ?

— Bien sûr que oui. Après le sexe, c'est là que tu es la plus belle.

Mon corps me picote et mes cuisses se contractent. Euh, l'addition, s'il vous plaît ? Pourquoi sommes-nous aussi loin de l'appartement, là où je peux l'embrasser ? Tout à coup, la moto semble la pire idée du monde.

Après le dîner, nous remontons en selle. Au lieu de prendre la direction de l'appartement, il part dans la direction opposée, vers un bowling.

— Sérieusement ? Tu joues au bowling, toi ? m'exclamé-je.

— L'endroit est apparemment sympa.

Il enfile une casquette bien bas au-dessus de ses yeux et prend ma main.

Je suis touché qu'il ait fait tant d'efforts, mais je ne devrais pas être surprise. Johnny est attentionné et visiblement, un mec génial avec qui sortir.

À l'intérieur, il donne de nouveau son nom à l'accueil parce que toutes les pistes sont prises. Il fait sombre avec des néons. La musique entraînante est si forte qu'on n'entend pas les boules qui se fracassent sur les quilles. Un stand vend à manger, des bretzels et de la pizza, et il y a un grand bar.

Nous prenons nos chaussures et choisissons nos boules, puis Johnny me conduit au bar, où il me commande un cocktail au sucre pétillant, bleu vif et servi dans un grand verre avec du sucre sur le dessus. Je prends une petite gorgée. C'est doux, pétillant et délicieux. Il m'embrasse tandis que ça pétille dans ma bouche, ce qui nous fait rire.

— Tu es doué pour ça, dis-je alors qu'il tape nos noms pour lancer la partie.

— Pour le bowling ?

— Non, ça, précisé-je en nous montrant tous les deux. C'est le meilleur rencard que j'aie jamais eu.

Je ressens le besoin immédiat de corriger le mot « rencard », parce que je ne suis même pas sûre que c'est de ça qu'il s'agit. Est-ce qu'on a des rencards avec un plan cul ? Cependant, le sourire de Johnny s'agrandit lentement.

— Ah oui ?

J'acquiesce.

— Pourquoi ne sors-tu pas plus souvent avec des filles ?

Il me jette un regard et rit en guise de réponse.

— Je suis sérieuse. Depuis deux ans que je te connais, je ne t'ai jamais entendu dire que tu avais rendez-vous avec une fille ou quelque chose comme ça.

— Je n'en ai jamais eu. Pas vraiment. J'étais satisfait en traînant avec mes potes à Valley, dit-il en souriant. Et toi et les filles.

Je me demande ce qui va changer maintenant qu'il a laissé l'université derrière lui. Après mon départ, il passera plus de temps avec son équipe et rencontrera d'autres personnes. D'autres filles. Beaucoup de filles. C'est moi qui ai le privilège de voir cet aspect de lui qu'il n'a encore jamais montré et je me sens très possessive.

— À toi de commencer, dit-il en se penchant en arrière. Montre-moi ce que tu sais faire.

Je ne sais pas faire grand-chose. Je suis nulle au bowling, mais j'aime trop la compétition pour abandonner après sa première victoire.

Nous lançons la deuxième partie et je décide de baser ma stratégie sur la distraction et la frustration pour battre mon adversaire. C'est à mon tour. Quand je me place devant lui, je cambre exagérément les fesses.

Je n'arrive à toucher que trois quilles, mais quand je me retourne, il est en train de rire, les sourcils haussés.

— Tu veux la jouer comme ça, hein ?

— Comme quoi ?

Je fais l'innocente en m'asseyant à côté de lui. Je frôle au passage son bras avec mes seins en prenant mon verre. C'est le troisième. Ils ne sont pas très forts, mais amusants.

Il lèche le bord du verre et m'embrasse. Sa langue se glisse dans ma bouche et s'emmêle avec la mienne. Le sucre éclate et me picote. Quand il se retire, j'ai le souffle coupé. Son regard me fige sur place.

— On peut être deux à jouer à ce petit jeu, Kota, dit-il d'une voix rauque.

Aucun de nous ne bouge. L'air s'alourdit. Il me prend par la nuque et m'embrasse à nouveau. Sa main descend sur mon épaule, mon bras et ma cuisse, où il remonte légèrement ma robe. Je retiens mon souffle quand ses doigts disparaissent dessous et effleurent ma culotte.

Il fait sombre. Nous sommes assis si près l'un de l'autre que je ne me préoccupe pas que quelqu'un nous voit, mais je jette quand même un regard aux alentours pour vérifier que personne ne regarde vers nous. Son pouce effectue un cercle lent sur mon nœud de nerfs. Mon corps est parcouru d'une secousse tandis qu'il insinue un doigt sous la dentelle.

— Tu aurais dû mettre une robe, dis-je en plantant les doigts dans son jean.

— Si seulement.

Je remonte la main et il grogne. Ma culotte se remet à sa place quand il s'arrête et se lève.

— Allons-y.

Il prend ma main et m'entraîne avec lui. Comme je crois que nous partons, j'attrape mon sac, mais il traverse un couloir jusqu'aux toilettes. J'essaie de lâcher sa main quand il entre dans celles des hommes, mais il me force à le suivre et ferme la porte.

Dès que nous sommes à l'intérieur, il me plaque contre la porte et m'embrasse avec fougue. Ensuite, il me prend par la taille et j'enroule les jambes autour de lui. La bosse de son entrejambe me touche au parfait endroit. Mes yeux se ferment tandis qu'il se frotte à moi. Quand mon orgasme approche, je me rue sur sa braguette. Il sort un préservatif de son portefeuille et m'aide à baisser son jean et son caleçon, juste assez pour libérer son sexe. Nos mouvements sont frénétiques. Il se protège, met ma culotte sur le côté et me pénètre.

Nous gémissons tous les deux de soulagement. Je m'accroche à son cou et y enfouis mon visage. J'inspire son odeur tandis qu'il me prend contre la porte des toilettes.

— Tu es à moi. Je n'arrive pas à croire que tu sois à moi, susurre-t-il.

Je savoure le sentiment d'être à lui, même si ce n'est que pour un court instant.

La semaine suivante est floue avec tous ces orgasmes et ces fous rires. Nous passons une soirée avec Jack et Declan et une autre en visio avec nos amis de Valley. Nous sommes dans notre joyeuse petite bulle. Amis devant les autres et amants chaque fois que nous ne sommes que tous les deux.

Je sais que ça ne peut pas durer, mais je suis fière de ne pas trop m'en être souciée et d'avoir simplement profité de nos moments ensemble.

Le vendredi soir, je me prépare pour le gala tout en discutant avec Reagan, Ginny et Sienna.

— Ton maquillage est parfait, dit Ginny en levant le pouce.

— J'ai eu la meilleure des profs, lui dis-je, car c'est la reine du maquillage. Reagan ? Comment sont mes cheveux ?

— Gonflés et sexy.

— Mets la robe ! s'exclame Sienna.

Je souris devant leurs visages enthousiastes sur l'écran de mon téléphone. Elles me manquent.

— D'accord. Une seconde. Elle est pendue dans mon dressing. Maverick a essayé de savoir toute la semaine quelle robe j'ai choisie.

Il m'a commandé tellement de robes que j'étais un peu submergée. Toutes de couleurs et de coupes différentes. Toutes à ma taille. Je crois qu'il va être surpris par mon choix.

Je fais glisser le tissu soyeux par-dessus ma tête et remonte la fermeture éclair sur le côté.

Je retourne dans la chambre, où mon téléphone est posé sur le lit.

— Vous en dites quoi ?

Ginny pousse un cri et Reagan en fait tomber sa mâchoire.

— Bon sang, Dakota, dit enfin Sienna.

— C'est trop ?

Je passe ma main sur la jupe. Elle est en dentelle, un peu bouffante et féminine, ce n'est pas du tout ce que j'aurais choisi.

— C'est parfait. Tu es magnifique.

— Tu mettras tes Converse rouges ? demande Ginny.

— Non.

Je lève un pied pour lui montrer les chaussures rouges à lanières que j'ai achetées. Toujours rouges, mais un peu plus sexy.

— Je ne te reconnais même pas, dit Reagan, la main sur son cœur. Je savais qu'il y avait une diablesse en toi qui mourrait d'envie de s'habiller pour le bon gars.

— Maverick me préfère nue, dis-je.

Mon visage devient brûlant. J'ai fait attention à ne pas trop en dire à nos amies. À mon retour, je ne veux pas que ce soit bizarre pour qui que ce soit.

— Je devrais y aller. Il doit m'attendre.

— Prenez des photos ! crie Reagan. Je veux vous voir ensemble.

— Je vais voir ce que je peux faire. On fait attention de ne pas dépasser les limites de l'amitié en public, que les gens ne voient pas qu'on...

Je me demande comment décrire notre relation.

— Que vous vous arrachez vos vêtements tous les jours ? achève Sienna avec un sourire narquois.

— Quelque chose comme ça.

Je prends mon téléphone et ma pochette pour la soirée.

— Je vous appelle plus tard.

Je leur envoie un baiser et raccroche.

Je me regarde une dernière fois dans le miroir de la salle de bain. J'espère que je n'en ai pas trop fait.

— Kota, tu es prête ? lance Johnny depuis le salon, pile dans les temps.

— Une seconde, crié-je.

Je souffle un grand coup et la diablesse en moi se dirige vers le salon.

TRENTE-ET-UN
JOHNNY

JE CONTEMPLE le message que mon père m'a envoyé il y a une heure et tente de savoir ce que je dois penser de sa venue au gala de ce soir. D'un côté, il a payé sa place ridiculement cher et soutient la cause qui, ce soir, est en faveur des jeunes défavorisés. D'un autre, j'ai remarqué qu'il prévoit d'arriver une heure avant le gala et de repartir le lendemain à la première heure.

Distrait et agacé, j'ai presque oublié que je mourais d'envie de voir la robe que Dakota a choisie pour ce soir, jusqu'à ce qu'elle débarque dans le salon. Le temps s'arrête ou, en tout cas, mon cœur cesse de battre.

Elle s'est bouclé les cheveux et porte un maquillage plus chargé que d'habitude. Son rouge à lèvres rouge vif qui, je l'espère, recouvrira tout mon corps ce soir jure avec sa robe noire.

— J'espérais que tu choisirais celle-ci, dis-je en m'avançant lentement.

— Tu espérais ?

Elle passe une main sur la jupe vaporeuse.

— Je n'ai jamais porté quelque chose de la sorte.

— Elle a les mêmes bretelles que la petite robe noire que tu portais à la soirée du championnat.

Elle sourit.

— Je me demandais si c'était pour ça que tu l'avais choisie.

— Tu aurais été superbe dans n'importe quelle robe.

— Et toi ?

Elle pose une main sur le revers de ma veste bordeaux.

— Ce costume est... eh bien, c'est quelque chose. Tu fais propre sur toi.

— Ne t'inquiète pas, bébé. Je reste un petit cochon. Respectable à l'extérieur, un peu moins à l'intérieur.

— Tes deux facettes me plaisent, dit-elle.

Ses mots me touchent plus qu'elle ne pourrait le savoir. Je n'ai jamais eu l'impression de devoir être quelqu'un d'autre que moi-même en sa présence. Bien sûr, elle a beau lever les yeux au ciel, la seconde d'après, elle sourit et reste malgré les conneries que j'ai pu dire ou faire.

— On y va ?

— Dans une minute.

Je prends sa main et la force à faire une pirouette.

— Bon sang. J'ai l'impression d'être le garçon le plus chanceux du monde en me pointant et en rentrant avec toi. On pourra même se faufiler dans un placard pendant le dîner.

J'attire son corps contre le mien, les mains baladeuses.

— Un mètre de distance, prévient-elle.

C'est sa nouvelle règle chaque fois que nous sommes à la patinoire ensemble ou avec nos amis. Nous avons le droit d'être proches, comme des amis, mais pas assez pour se toucher. J'avais peut-être besoin de cette règle. Je ne peux pas m'en empêcher. Quand elle est à côté de moi, j'ai envie de la toucher.

— Peut-être qu'on devrait débarquer en se tenant la main, aller voir Blythe et lui dire qu'on est ensemble.

— Tu plaisantes, hein ?

Elle écarquille ses yeux bleus et analyse mon visage pour évaluer mon sérieux.

Je hausse une épaule.

— L'été est presque terminé et tu as dit qu'ils n'avaient rien dit à propos de l'histoire avec Jack.

— Parce que j'ai juré que je ne sortais pas avec lui.

— Oui, je suppose.

— Johnny, je comprends. J'aimerais pouvoir te tenir la main toute la nuit, mais on ne peut pas leur dire. Encore deux semaines. C'est tout ce qu'il me reste.

Je ne sais pas si elle parle du travail ou de moi.

— D'accord. Si c'est ce que tu veux, mais à la seconde où on rentre à la maison ce soir, tu es toute à moi.

J'enroule une de ses boucles rousses autour de mon doigt.

Maverick : Désolé, les gars, c'est moi qui ai dégoté le plus sexy des rencards. *Photo jointe de Maverick et Dakota qui presse un baiser sur sa joue*

Payne : Sapé comme jamais, mon pote.

Scott : *Émoji avec un pouce en l'air*

Rauthruss : Tu ne la mérites pas.

Maverick : Oh, c'est toi qui dis ça, Rauthruss ?

Rauthruss : *Photo de Sienna contre lui et lui souriant* C'est vrai. Je m'en fiche.

Rauthruss : Au fait, on monte le week-end prochain avant que Dakota ne reparte. On dîne ensemble ? Dans un endroit sympa.

Maverick : Ça marche. Je connais un bon restau. Dis-moi quand vous arrivez. Vous pouvez rester chez moi et dormir dans ma chambre. Je dormirai avec Kota pour une nuit ou deux, quel dommage... *émoji qui fait un clin d'œil*

— Mon père vient ce soir, annoncé-je alors que nous traversons la rue.

— Il vient ?

Je hoche la tête et ajuste mes boutons de manchettes.

— Je l'ai appris il y a une heure.

— Et ta mère ?

— Non, elle est en Italie tout le mois. Elle a une sœur là-bas. Ma tante, je suppose, même si je ne la connais pas vraiment.

— Elle est venue au championnat ou à la fête à Valley après ?

— Non. Elle était à...

Je réfléchis. Elle est toujours en déplacement.

— Putain. Je ne sais plus.

— Tu ne parles pas beaucoup d'eux.

— Il n'y a pas grand-chose à dire. Ils vivent à Chicago et voyagent dans le monde entier. Moi, je suis ici. De temps en temps, ils viennent me voir, généralement quand ça profite à la société.

Je ne veux pas paraître en colère, mais je crois que je le suis. Elle prend ma main et la serre.

— Je suis désolée.

J'entrelace nos doigts en regrettant de ne pas pouvoir tenir sa main toute la soirée.

— Ce n'est pas grave. Ils sont occupés à gérer un empire.

Le gala a lieu dans une grande salle de la patinoire qui a été transformée pour l'événement. Des mange-debout ont été installés tout autour de la salle et un groupe joue dans un coin. J'aperçois Dec près du bar. Dakota et moi allons le rejoindre. Elle ne plaisante pas avec sa règle d'un mètre de distance. Chaque fois que je m'approche, elle fait un pas d'écart.

— Cinquante centimètres ? murmuré-je en tournant la tête.

— Un mètre, insiste-t-elle en souriant. Tu n'es vraiment pas doué pour obéir aux règles.

— C'est une règle débile.

— Salut, vous deux, nous dit Declan. Vous aussi, on vous a dit de venir pour souffrir, hein ?

— Ce n'est pas si mal, rétorqué-je.

Il râle.

— Ils commencent tous à se ressembler au bout d'un moment.

— Je vois d'autres stagiaires, dit Dakota. À plus, les garçons.

Elle s'en va et je la regarde partir, sans même essayer de le cacher.

Quand elle disparaît derrière une foule de gens, je reporte mon attention sur Declan et je le trouve me souriant.

— Quoi ?

— L'histoire de la kiss cam t'a poussé à agir, je vois.

— Je ne vois pas de quoi tu parles.

Je vais chercher une bière au bar et bois une longue gorgée.

— Oh, je t'en prie. Vous vous êtes tournés autour tout l'été.

Je ne confirme rien ni ne nie, mais il éclate de rire et dit :

— Détends-toi. Je m'en fiche et je ne dirai rien.

— Et toi ? Je ne t'ai vu avec personne. Tu as une copine que tu gardes enchaînée à ton lit ? Ou un copain ?

— Non. Je suis trop occupé en ce moment. C'est la dernière année de mon contrat. Le prochain que je signerai devra me permettre de prendre une belle retraite.

Je lève ma bière.

— Je trinque à ça.

Personne ne danse, ce qui est vraiment dommage, car j'adorerais avoir une excuse pour prendre Dakota dans mes bras. Je la convaincs de s'asseoir à côté de moi au dîner, mais avant, elle traîne dans la salle avec d'autres personnes. Quant à moi, j'évite mon père.

Dès qu'il entre, il se met à discuter avec le coach Miller et Brad Albert, le président et PDG.

Je reste avec des gars de l'équipe et souris pour les photos. C'est alors qu'il décide enfin de m'approcher.

Je remercie le photographe et m'approche de lui, qui m'attend.

— Salut, tu es venu, dis-je en ajustant mes boutons de manchette.

Il me serre la main.

— J'ai dit bonjour à tout le monde. La patinoire est sympa. Un peu plus petite que celle de Chicago, mais pas mal.

— Pardon que ça ne soit pas à la hauteur de tes attentes.

Je serre les dents. Une seule phrase de sa part et j'ai déjà l'impression qu'il va m'envoyer un palet en pleine figure.

Il rit et me serre l'épaule.

— Allons boire un verre.

Mon père sait faire semblant qu'il connaît tout le monde, il est à l'aise dans n'importe quelle situation. Il traverse la salle comme s'il était la personne la plus importante ici. Je plaque un sourire sur mon visage et m'assure de ne jamais avoir mon verre vide.

Quand ils commencent à apporter le dîner, nous prenons place et je souffle un grand coup. À ma gauche se trouve mon père et à ma droite Dakota. Je n'ai jamais été aussi heureux de l'avoir à côté de moi. Déterminée à ressembler à une stagiaire comme les autres, elle a ramené Quinn. Jack se joint à nous.

— Papa, voici Dakota. Elle a travaillé sur le partenariat.

Je fais les présentations, ma main sur son coude, reconnaissant d'avoir une excuse pour la toucher.

— Ahh, dit-il en hochant la tête poliment. C'est vous la responsable pour les photos de mon fils en train de prendre une douche.

Il fait une grimace que j'ai souvent vue, pleine de désapprobation.

Les joues roses, elle inspire bruyamment. J'ai envie de frapper mon père au visage.

— Ce sont des produits d'hygiène, fais-je remarquer.

— Oui, oui, je sais. Nous cherchons à prendre une autre direction, quelque chose d'un peu plus chic. Un peu plus haut de gamme, explique-t-il en me désignant de la main et en prenant son whisky. Quelque chose comme la publicité que vous avez faite pour Givenchy, Jack. Ça, c'était une bonne publicité.

— C'était pour une marque de vêtements, répliqué-je. C'est loin d'être la même chose.

— Hmm hmm, dit-il avec dédain. J'aime les photos. Dakota a fait du bon boulot. Même le responsable marketing l'a dit.

— Ce n'est rien. La campagne doit correspondre à la marque.

Dakota me jette un regard noir à la dérobée et tente de sourire légèrement.

— Tu vois ? Elle a compris, dit mon père avant de lui faire un clin d'œil. J'ai apporté plusieurs costumes. Peut-être qu'après le dîner, on pourra prendre quelques photos, voir si on peut trouver quelque chose.

Il est sérieux ? D'où son désir soudain de voir son fils. Il avait besoin de quelque chose pour sa société.

Je repousse ma chaise avec bruit.

— Excusez-moi. Je vais me chercher un autre verre.

Les talons de Dakota claquent derrière moi tandis qu'elle essaie de me suivre.

— Johnny, Johnny, chuchote-t-elle.

Je ne m'arrête qu'une fois dehors. Elle s'approche de moi avant de s'arrêter, ce qui m'énerve encore plus. Je ne veux pas qu'on me dicte où et quand je peux la toucher. Surtout pas maintenant.

— Il ne reconnaîtrait pas une bonne campagne si elle lui tombait sur la tête. C'est n'importe quoi.

— Johnny, ce n'est rien.

— Tu t'es démenée pour cette campagne et elle est géniale. Je ne dis pas ça juste comme ça.

— J'aurais dû écouter ce qu'ils voulaient. J'avais ma propre vision et elle n'a pas répondu aux attentes des clients. C'est de ma faute.

Elle a beau faire comme si de rien n'était, je sais qu'elle est bouleversée.

— J'ai envie de t'embrasser, dis-je en approchant ma main de sa joue et en l'effleurant du dos de mes doigts. J'ai toujours envie de t'embrasser.

— Johnny.

Elle s'appuie contre ma main, puis recule.

— On devrait retourner à l'intérieur.

— Je ne vais pas refaire la campagne. C'est ridicule.

— Tu as signé un contrat.

— Je m'en fous.

Elle rit doucement.

— Ne sois pas en colère pour moi. Sérieusement, je suis fière de cette séance photo. Est-ce que j'aimerais qu'ils l'aiment autant que moi ? Bien sûr. Mais ce n'est pas le cas et c'est leur décision.

— C'est des conneries.

Elle fait un pas en avant.

— Un mètre, jeune fille, plaisanté-je en passant un bras autour de sa taille et en l'attirant contre moi.

Elle dépose un rapide baiser sur mes lèvres et se dégage de mon emprise.

— Je te verrai à l'intérieur.

Le reste du dîner se déroule tranquillement parce que je garde la bouche pleine grâce à mon plat et l'alcool. Je réponds aux questions que me pose mon père par des grognements et me concentre sur Dakota.

Dès que la table est débarrassée, il se lève et pose une main sur mon épaule.

— On y va, fiston ?

Je me mords l'intérieur de la joue, mais Dakota pose une main sur ma cuisse sous la table et la serre.

Je le suis vers une salle de l'autre côté du hall et engloutis la fin de mon verre en chemin. Une toile de fond et des éclairages ont été installés, le photographe nous attend. Je suis furieux qu'il ait prétendu venir pour me voir alors qu'il venait par intérêt pour sa société. Je n'ai pas envie de lui donner ce qu'il souhaite.

Blythe me sourit quand j'entre dans la salle.

— Si vous avez besoin de quoi que ce soit, faites-le-moi savoir. Je serai devant la porte.

Papa la remercie. Je retire ma veste et ouvre ma chemise. Plusieurs chemises et vestes sont accrochées à un portant, elles ont des coupes traditionnelles et paraissent chères. Chacune ressemble à un vêtement que mon père porterait. Elles respirent l'argent et l'importance. Elles sont jolies, mais je ne vois pas comment ça va faire vendre du gel douche.

Je m'habille et me place devant l'arrière-plan. Le photographe prend plusieurs photos et je cligne des yeux devant les flashs. Je tire sur le col en regrettant de ne pas pouvoir arracher le nœud papillon, ouvrir ma chemise et remonter mes manches. Je peux me montrer formel, mais là, ça me répugne. Toute cette situation m'agace.

J'aperçois Dakota devant la porte avec Blythe. Elle me sourit en se tordant les doigts. Elle est si belle et tellement parfaite.

Je la veux. Pas seulement pour l'été, mais sur le long terme. Un très long terme. De plus, j'en ai marre que nous nous cachions. Cette soirée serait tellement mieux si je pouvais l'avoir à mes côtés et si tout le monde savait pour nous.

— Souris moins, dit mon père.

Le sourire que j'affichais disparaît. Je ne me suis même pas rendu compte que je souriais, mais je suppose que c'est l'effet que Dakota a sur moi.

— On pourra retoucher ses mains ? demande mon père. Les tatouages attirent le regard.

Je baisse les yeux sur le peu d'encre visible. Stop. J'ai atteint mes limites. Je me lève, défais le nœud papillon et déboutonne la chemise.

— J'en ai ras le bol, lui dis-je.

— De quoi ?

— De ça.

Je retire ma chemise et la jette vers le portant.

— De prétendre être le fils que tu veux que je sois.

Quelqu'un se précipite pour la ramasser et la pendre, je me sens mal d'avoir provoqué une scène.

Mon père soupire et baisse la voix.

— Qu'est-ce que ça veut dire ? Assieds-toi.

— Tu ne veux pas de moi pour cette campagne. Tu veux

une version de moi qui n'existe pas. Quelqu'un qui porte des costumes tous les jours et qui n'a pas de tatouages, quelqu'un comme toi.

— Ne sois pas ridicule. La campagne...

— Était géniale. Les idées de Dakota étaient top, mais tu ne le vois pas parce qu'elles me mettent trop en valeur.

— Ce n'est pas la direction que nous voulons prendre.

— Pourquoi ? Parce que ça montre le vrai moi ? Parce que ça met en évidence tout ce que tu ne voulais pas que je sois et que tu es gêné d'être associé à moi ? Je suis un joueur de hockey tatoué qui préfère être torse nu plutôt que de porter des costumes. C'est ce que je suis, je ne vais pas changer pour répondre aux attentes de ta campagne. Tu ne veux pas que je représente tes produits et je ne veux pas non plus, d'accord ? Trouve-toi quelqu'un d'autre pour être le visage du déo pour les boules de *Maverick Company*.

J'en ai marre de m'excuser pour qui je suis. J'ai passé les deux dernières années sans que personne n'attende rien de moi, avec des gens qui m'acceptaient. Je ne vais pas perdre mon temps à essayer d'être quelqu'un d'autre. Je suis un joueur de hockey. Un blagueur. Un type qui adore les tatouages et qui trouve qu'on ne devrait pas prendre la vie trop au sérieux.

Et un homme qui est en train de tomber amoureux d'une fille qui lui donne l'impression qu'il n'y a aucun mal à ça.

Nous nous dépêchons de dire au revoir et rentrons à l'appartement. Johnny est silencieux dans l'ascenseur. Je ne sais pas exactement ce que son père et lui se sont dit, mais juste après, Johnny est parti en trombe de la séance photo. Rien que ça, ça me donne envie de crier sur John Maverick senior.

Vu que je ne peux pas faire ça, j'enlace Johnny à côté de moi.

— Est-ce que ça va ?

Il hoche la tête et m'embrasse sur la tempe. Il emmène Charli faire une rapide balade pendant que je fais les cent pas dans l'appartement en essayant de trouver un moyen de lui remonter le moral.

J'attrape toutes ses bouteilles de lubrifiant, plus de préservatifs que deux personnes pourraient utiliser en une nuit, mon vibro (qui en a vu de toutes les couleurs cet été grâce à Johnny), une bouteille de Mad Dog dans la cuisine et mon ordinateur.

Quand il revient, je suis sur un site porno. Lorsqu'il entend les sons qui sortent de mon ordinateur, il arque un sourcil.

— Qu'est-ce qui se passe ici ?

Je montre la table basse.

— Je me suis demandé comment remonter le moral de Johnny Maverick.

Il s'assoit à côté de moi sur le canapé, rit, me prend par la taille et m'attire contre lui.

Je relève ma robe et le chevauche. La vidéo montre un couple en vacances. D'après la description très brève, ils font un plan à trois avec oh là là ! la femme de ménage. Pas très original, mais c'est le mieux que j'ai trouvé en si peu de temps.

— On devrait bouger demain. Aller au lac ou autre part. Rien que nous deux, et Charli, bien sûr.

Je commence à défaire les boutons de sa chemise et il s'appuie contre le dossier du canapé.

— D'accord.

Il affiche toujours un air bougon, mais il s'avance pour retirer sa chemise et grogne quand je pose les mains sur son torse.

Je me penche et l'embrasse sur le cœur, puis je déboutonne son pantalon. Je recule, m'accroupis devant lui et attrape le lubrifiant qui picote. J'obtiens enfin un petit rire quand je libère son sexe. Il crie alors de façon exagérée, comme dans les films pornos.

La vidéo en a terminé avec la partie scénarisée et le couple commence à faire l'amour. Des gémissements féminins résonnent dans l'appartement. Johnny regarde l'écran, mais au lieu de bloquer dessus pendant que je le prends dans ma bouche, il ferme l'ordinateur avec son pied et empoigne tendrement mes cheveux.

— Ça ne te fait rien ? Tu peux choisir une autre vidéo.

— Pour l'instant, les seuls petits cris sexy que j'ai envie d'entendre, ce sont ceux qui sortent de ta bouche. Viens là. Il me redresse gentiment par le cou jusqu'à ce que je l'enfourche. Il enfile un préservatif et se guide en moi.

— Johnny, gémis-je.

Nous nous figeons. Je pose mon front sur le sien, si comblée que j'ai du mal à respirer. Du pouce, il lève mon menton et me regarde dans les yeux avec une expression qui accélère les battements de mon cœur et fait contracter tout mon corps.

— Merci de vouloir améliorer cette soirée merdique, mais rien que d'être ici avec toi, ça me suffit.

Il dépose un doux baiser sur mes lèvres. Sa voix s'adoucit et prend un ton grave.

— C'est tellement parfait. Tu es parfaite.

La gorge nouée, j'en ai les larmes aux yeux. Je ne sais pas quoi dire, donc je l'inonde de baisers et mordille gentiment son biceps pour alléger l'ambiance. Il réagit en abattant sa bouche sur la mienne. Il me retient en otage avec le plus renversant des baisers. Il me tient tout contre lui tout en levant lentement les cuisses, à un rythme tranquille et agréable.

Faire l'amour avec Johnny me consume comme avec personne d'autre, mais ce soir, c'est différent. C'est intime et réel.

Je gémis dans sa bouche en cédant au plaisir.

— Parfaite, murmure-t-il.

***

Je me réveille tôt, nue et souriante grâce à la voix grave de Johnny.

— Bonjour, bébé.

Le lit bouge et il me prend par la taille. Réveille-toi, ma belle.

— C'est samedi, murmuré-je en blottissant Charli contre ma poitrine. On veut faire la grasse mat'.

— Impossible. Charli a rencard et toi aussi.

J'ouvre lentement les yeux, prête à plaisanter que je ne vois aucun rencard intéressant en vue, mais ce serait mentir. Johnny torse nu est... eh bien, il est sexy.

— Notre rencard ? demandé-je.

Une vague d'excitation s'abat sur moi, j'ai hâte de sortir et de passer la journée avec lui.

— Je peux rester comme ça ? demandé-je en baissant la couette pour montrer mon corps nu.

Il embrasse mes deux tétons.

— Couvre-les.

Il dépose ensuite un baiser doux sur mon bas-ventre.

— Ça aussi. C'est à moi.

Il se redresse, lève les bras et, avec ses pouces et ses index, forme une fenêtre. Il me regarde à travers comme pour immortaliser l'instant. J'adore quand il fait ça.

— C'est dur de te résister, mais j'ai une surprise. Je vais emmener Charli à l'étage. Declan va la garder cette nuit.

— Pourquoi ? Où va-t-on ?

Il sourit et se frotte les mains.

— Prépare tes affaires, ma petite, on va à Vegas.

En milieu de matinée, nous prenons un avion et arrivons à Las Vegas quelques heures plus tard. Johnny arbore une casquette des Twins au lieu de celle des Wildcats, ainsi que des lunettes. Il essaie peut-être de passer inaperçu, mais on le dévisage comme si c'était une célébrité. Je suppose que c'en est une.

Dans notre suite, je pousse un cri et en fais le tour pour tout regarder. Il y a un salon avec des canapés, une table à manger, une petite cuisine et une chambre qui est presque aussi grande que l'appartement que je partage avec Reagan et Ginny à Valley.

— Johnny Maverick, qu'est-ce que tu as fait ?

Il rit.

— Tu aimes ?

— Si j'aime ?

C'est magnifique. Je m'approche de la fenêtre qui donne sur le célèbre Strip. La vue sera incroyable ce soir avec toutes les lumières.

— Qu'est-ce que tu veux faire en premier ? me demande-t-il.

Il me rejoint à la fenêtre et me prend par la taille.

Nous n'avons qu'un jour et j'ai envie de tout voir. Je veux aussi passer beaucoup de temps à profiter de cette chambre plus tard.

Après avoir traversé le casino au rez-de-chaussée, nous sortons et longeons le Strip et les centres commerciaux. Johnny insiste pour m'acheter des choses, en dépit de mes protestations. Je finis avec de nouvelles chaussures, des lunettes de soleil, une casquette bling-bling qui le fait rire et un collier avec un pendentif en forme d'étoile qu'il m'a offert sans me concerter. Je ne l'ai même pas vu l'acheter. Il est en or et j'espère que ce ne sont pas des diamants au milieu, mais, connaissant Johnny, je suis sûre que ça en est.

— Oooh, une dernière chose.

Il porte mes nombreux sacs.

— Stop, dis-je. Je n'ai besoin de rien d'autre.

— Besoin et envie, ce n'est pas pareil, rétorque-t-il en me faisant un clin d'œil. Mais ça, tu en as besoin et tu en as envie. Fais-moi confiance.

Curieusement, il sort son portefeuille et nous offre deux grandes boissons de la taille de mon bras avec des pailles jaune vif.

— Eh bien, ça a l'air dangereux, dis-je en goûtant. Oh, waouh. Ça y est, je suis bourrée.

Il rit et boit une gorgée de son verre.

— Sucré et fort. Comme toi.

Nous continuons notre promenade en buvant et en riant, jusqu'au coucher du soleil. À l'hôtel, nous nous douchons ensemble, puis je le chasse de la salle de bain pour me préparer. Il m'a fait des surprises toute la journée, mais ce soir, c'est moi qui lui en réserve une.

Je passe la tête hors de la chambre. Johnny est devant la télé, très sexy dans sa chemise blanche aux manches relevées. Il a coiffé ses cheveux sombres et retiré la casquette qu'il a portée toute la journée.

— Prêt ? demandé-je.

— Toujours.

Il se lève tandis que je sors. Il s'avance à pas lents et mesurés tout en me reluquant.

— La robe noire est enfin de retour.

C'est une robe simple, je crois que je l'ai payée quarante dollars, mais elle est courte et moulante et, eh bien, vu comme il me regarde, j'ai l'impression qu'elle vaut un million. Avec, je porte mes Converses rouges qui me représentent bien.

— Bordel, Kota, dit-il en effectuant un cercle autour de moi. J'avais l'intention de m'afficher en bas avec toi, mais maintenant...

Il me prend par la taille.

— Peut-être qu'on devrait rester dans la suite.

— Ou peut-être que si on attend un peu, ça n'en sera que plus torride.

Il hausse les sourcils.

— Torride ? Bébé, je ne sais pas si tu as remarqué, mais tu me donnes chaud.

— J'ai peut-être remarqué.

— Et toi...

Il agrippe mes fesses et s'empare de ma bouche. Il y dépose

un baiser bien plus doux que sa poigne et ses mots ne le laissaient supposer.

— Tu es un avion de chasse, j'ai juste envie de m'accrocher à toi et de laisser les flammes de ton réacteur me fondre.

Je ris de ses paroles ridicules. Il se dirige vers la table à manger et sort une bouteille de champagne d'un seau de glace.

— Tu veux un verre avant qu'on parte ?

Je me mords la lèvre.

— On pourrait la garder pour après.

Ses yeux s'assombrissent.

— Tu me tues.

— Je me rattraperai plus tard, lui assuré-je.

Il ne lâche pas ma main de toute la soirée. Nous jouons à plusieurs jeux, mais surtout, nous buvons et affichons notre affection en public, ce qui est très différent du Minnesota. Être son rencard ou sa petite amie, ou peu importe qui je suis pour lui, c'est amusant… vraiment amusant.

Je crois que je ne me lasserai jamais d'avoir toute l'attention de Johnny rivée sur moi en public. Au fond de moi, je m'inquiète un peu qu'on le reconnaisse et qu'on poste une photo de nous, mais je repousse cette inquiétude et profite simplement de notre séjour.

À notre retour, il ne me restera que deux semaines de stage. Ensuite, adieu les Wildcats et Maverick.

Ivre et joyeuse, je me délecte de sa grande main au bas de mon dos au bar du rez-de-chaussée de notre hôtel.

— J'ai envie de faire des folies, dis-je. Ça doit être Vegas qui fait ça.

— Je crois que c'est l'alcool. On devrait te nourrir.

— Je n'ai pas faim.

Je fais glisser mes ongles sur le haut de sa cuisse.

Il gémit et engloutit le reste de son verre.

— Un autre ? propose le barman en s'empressant de ramasser le verre vide.

— Deux verres de Get 27, dit Johnny.

— C'est mon shooter préféré, m'exclamé-je.

— On dirait presque que je l'ai fait exprès.

Il rit et je réalise que je suis saoule. Le visage brûlant, je me sens si libre et heureuse.

— Quatre shooters ! crié-je.

La bouche de Johnny se recourbe en un sourire amusé.

Le barman pose devant nous quatre shooters d'un liquide transparent. Johnny en prend un, me le tend et en prend un autre. Il referme ses genoux de chaque côté de mes jambes et se penche en avant.

— À ma journée avec toi, où j'ai pu te toucher autant que je le voulais.

Il m'embrasse et boit son verre. Je l'imite et savoure le liquide mentholé sur ma langue.

De l'autre côté du bar, un homme aux cheveux gris s'avance, une fille à chaque bras. Elles sont jeunes et belles. À elles deux, elles n'arrivent sûrement pas à son âge, mais les trois ont l'air satisfaits tandis qu'il commande à boire. Les femmes pendent à ses bras comme si elles étaient des accessoires.

— Regarde, c'est toi dans quarante ans, dis-je en plaisantant.

Il rit.

— Quelle est la chose la plus folle que tu aies jamais faite ?

Il a l'air d'une biche prise dans les phares d'une voiture, comme s'il ne voulait pas me le dire.

— Plan à trois ? À quatre ?

— Trois, c'est déjà beaucoup. Après ça, ça fait un peu trop gang-bang pour moi, dit-il avant de lever le menton. Et toi ? Quelle est la chose la plus folle que tu aies jamais faite ?

— Je ne sais pas.

Je suis un peu gênée de lui dire que ce sont sûrement les

nombreuses fois où il m'a fait jouir en public. Mes expériences sexuelles ont été bien moins excitantes que les siennes. Pour des raisons que je veux ignorer, j'ai envie qu'il pense à moi quand il réfléchit à toutes les choses follement amusantes qu'il a faites. Je veux être la numéro un.

— J'ai une idée, dis-je, le cœur battant la chamade avant même de le lui avoir dit.

— Qu'est-ce que c'est ?

Ses lèvres caressent mon épaule en attendant ma réponse.

— Faisons des folies. Je veux dire, on est à Vegas. Si on ne fait pas mieux que nos deux listes ce soir, alors c'est qu'on ne fait pas assez d'efforts.

Son rire profond stimule mon excitation.

— Pense aux possibilités. Faire l'amour en public, ou peut-être un sex-club. Est-ce que ça existe vraiment ? Ooooh, et pourquoi pas un plan à trois ? Il va falloir qu'on trouve un moyen de rendre ça plus fou qu'un plan à quatre, mais je crois en nous.

Il lève lentement la tête et me dévisage.

— Tu es sérieuse ? Tu veux faire un plan à trois ? Je croyais que l'idée ne te plaisait pas.

— Et moi, je pensais que tu sauterais sur l'occasion d'ajouter une autre personne à nos sexcapades.

Honnêtement, je pensais que Johnny serait partant pour un plan à trois. Surtout avec moi, après que je l'ai tant emmerdé à ce sujet.

— Tu ne veux pas ?

— Tu devrais le faire si c'est quelque chose qui t'intéresse, et, bien sûr, je voudrais être là pour en faire l'expérience avec toi.

— Tu es un type très bien, Johnny Maverick.

— Accepter un plan à trois ne fait pas de moi un saint.

Je pose les mains sur ses avant-bras.

— Tu te sous-estimes beaucoup. Cet été, traîner avec toi, le plaisir, le sexe...

Je commence à m'étouffer. Bon sang, je dois être plus ivre que je ne le pensais.

— Je ne l'oublierai pas.

— Pareil. Je ne veux pas que ça s'arrête. Reste avec moi après cet été.

Il me prend par la taille et me serre jusqu'à ce que je sois sur ses genoux. Mon cœur s'emballe.

— Quoi ? Mais je serai à Valley et toi dans le Minnesota.

— Et alors ? Je ferais un super copain longue distance.

— Johnny, je...

J'ai la tête qui tourne.

— Réfléchis-y, d'accord ?

J'acquiesce, ramasse les deux derniers shooters et lui en tends un.

— Aux folies !

Ivres, nous quittons le bar en nous esclaffant et nous rendons à la discothèque au dernier étage. La musique est forte, nous nous perdons dans les bras l'un de l'autre et dansons en rythme, les mains baladeuses. J'appelle ça danser, mais s'il n'y avait pas de musique, ce serait des préliminaires.

— Prêt à faire des folies ? lui demandé-je.

— D'accord. Un plan à trois pour la dame. Tu es sûre de vouloir faire ça ?

— Oui, ce sera amusant. Je veux savoir comment c'est.

— D'accord, très bien. C'est quoi ton genre, bébé ?

— Je ne sais pas.

Je scrute toutes les belles femmes. Apparemment, je suis une fille facile, parce que je m'imagine toutes les embrasser, mais à la seconde où je les visualise en train de poser leurs sales pattes sur Maverick, je remets ma décision en question.

— Prends ton temps. Il est encore tôt. Il y a une autre boîte à côté. On pourrait trouver d'autres façons de rendre cette nuit la plus folle de notre vie. Tu veux aller marcher ?

J'entrelace nos doigts et nous quittons l'hôtel. La chaleur émane du trottoir. De moi, aussi. Je pétille d'énergie, de désir et de si nombreuses émotions que j'ai l'impression que je vais exploser.

Nous commençons à faire la queue pour la discothèque. Nous attendons dehors sans nous soucier de ne pas être à l'intérieur.

Chaude comme la braise, j'embrasse Maverick, sans prêter attention à la queue. Je n'ai jamais été collante, mais je me plaque contre lui et ce n'est pourtant pas assez.

La fille derrière lui se racle la gorge. Je lève la tête et remarque que les gens devant nous se sont avancés et que nous les faisons patienter.

— Désolée, dis-je.

— Ce n'est rien.

Elle sourit et jette ses cheveux noirs brillants sur son épaule.

— Si j'en avais un comme ça, je n'aurais pas besoin d'entrer.

Johnny baisse timidement la tête et affiche un petit sourire.

Je me mords la lèvre et le regarde pour voir s'il pense comme moi. Elle est belle et plantureuse. Je sais que Maverick aime les gros seins, il pourra plonger dans ses gros bonnets qui lui vont bien. J'ai un peu la rage qu'ils se touchent, mais c'est le jeu. Je sais comment fonctionnent les plans à trois. Peut-être que ça m'excitera de les voir ensemble. Ou alors, peut-être que je la jetterai dehors à la dernière minute.

— Pourquoi ne pas passer devant nous, dit-il. Je dois discuter avec ma copine.

Il me sort de la file d'attente.

— On va où ? demandé-je en allongeant le pas pour le suivre. Elle était parfaite. Tu ne trouves pas ?

Il se passe une main dans les cheveux.

— Elle était magnifique, oui.

— Demandons-lui de venir dans notre chambre.

— C'est ce que tu veux ?

— Oui.

Je ris de sa réticence.

— Tu veux que je l'embrasse ? Que je la baise ?

Je serre les poings le long de mon corps.

— Tant que je suis là.

Il prend ma main et la place sur son cœur.

— Je ferais n'importe quoi pour toi, Kota, mais ne me demande pas de faire ça. Tu n'en as pas plus envie que moi.

— Dakota l'ennuyeuse ne le voulait pas, mais Dakota la farceuse ivre, si. Tu as fait des plans à trois. Je veux savoir comment c'était.

— Ça manquait d'intimité et c'était...

Il peine à trouver ses mots.

— Chaud ?

— Oui, bien sûr, ça aussi, je suppose, mais c'était loin d'être aussi incroyable que nous deux. Toi et moi, c'est spécial.

J'essaie d'en rire, mais il ne me laisse pas faire.

— Je suis sérieux, bébé. Si tu as besoin de le faire, pour que tu comprennes, alors je veux être là, mais pas ce soir. Cette journée est pour nous. Je ne veux que toi.

Je lève les mains en l'air.

— On est censés passer un été de dingue.

Tout a l'air trop sérieux, ce n'est pas ce que je voulais. Je voulais qu'on s'amuse sans réfléchir et que ça ne dure pas.

— C'est le meilleur été de toute ma vie. Je ne voudrais rien changer.

Le soulagement m'envahit, je sais alors qu'il n'y aura pas de plan à trois ce soir. Peut-être une autre fois, mais pas quand je m'accroche aux jours qu'il me reste avec lui, tel du sable qui file entre mes doigts. Il a raison. Cette soirée est pour nous.

Il m'embrasse et pose son front sur le mien.

— Je suis en revanche partant pour une autre idée de cinglé, si tu es d'accord. Celle-ci arriverait en haut de la liste.

— Ça inclut du sexe ? Parce que cette journée n'a fait que m'exciter.

Son rire chatouille mon visage.

— Évidemment, mais d'abord… tu veux qu'on se marie ?

Dakota rit.

— Bon, ce n'est pas la réaction que j'espérais.

— Tu es sérieux ?

Ses joues sont rougies par la chaleur de la nuit de Las Vegas.

— Oui, marions-nous à Vegas. Ce sera génial, et ensuite, je pourrai baiser ma femme sexy dans notre chambre.

— Tu peux baiser ton *plan cul* quand tu veux. Pas besoin de paperasse.

— Aux folies, tu te souviens ?

Elle me regarde comme si elle pensait que j'allais changer d'avis. Je suis absolument sérieux. Elle sourit.

— Je ne sais pas.

— Sois à moi, Kota. Tout à moi.

Elle jette un coup d'œil à la chapelle.

— C'est de la folie.

— Exactement. Faire l'amour contre la fenêtre de notre suite d'hôtel en tant que mari et femme, je ne suis pas sûr qu'il y a plus fou que ça.

— Tu es malade.

— Probablement, avoué-je. Tu m'épouses quand même ?

Elle secoue la tête et un sourire s'étire lentement sur son visage.

— Marions-nous.

— Sérieux ?

Ma poitrine se gonfle.

— Oui. On est à Vegas, autant faire ce que tout le monde fait ici, dit-elle en agitant la main.

Nous nous rendons à la chapelle en riant. Celle-ci est bondée, mais en soudoyant la secrétaire, je parviens à nous faire passer en premier. C'est probablement la meilleure idée que j'ai jamais eue.

— Tu as une bague ? me demande-t-elle alors que nous sommes en train de choisir ce que nous voulons.

Ils ont tout : robes, fleurs, photos, tout.

Ah, merde. Une bague.

— Je n'en ai pas besoin, dit Dakota en se rapprochant. Ne m'achète surtout pas une bague pour un faux mariage, Johnny Maverick.

Je retire l'élastique à son poignet et le passe trois fois autour de son annulaire.

— Ça suffira pour l'instant, et c'est un vrai mariage. Dernière chance de faire marche arrière.

— Pas question. Cet endroit est incroyable. J'aimerais avoir des Converses blanches.

Elle saute et fait claquer deux fois les talons de ses Converses rouges ensemble.

L'endroit est criard et sent la cigarette, mais je m'en fiche.

Dakota refuse le bouquet, mais prend un voile qui s'attache dans les cheveux et recouvre ses épaules.

— Tu n'as jamais rêvé d'un grand mariage ?

Nous attendons au fond de la chapelle que le couple qui nous précède ait terminé sa cérémonie.

— Non, répond-elle d'une voix calme. Quand ma mère est

morte, j'ai eu du mal à m'imaginer me marier sans elle à mes côtés, tu vois ?

— C'est bizarre, mais je comprends. Tu imagines ce que dirait mon père si je l'appelais et lui disais de sauter dans son jet pour assister à mon mariage à Vegas ?

Elle pose sa main sur ma joue.

— Tant pis pour lui. Tu es un homme bien.

Quand vient notre tour, Dakota et moi nous avançons et nous faisons face pendant que le type nous parle d'amour et de mariage. Je n'écoute qu'à moitié parce que je suis perdu dans ses yeux. Elle est magnifique avec la robe noire de mes rêves et ce voile blanc attaché à ses cheveux roux. Les joues rouges, elle me sourit jusqu'aux oreilles et mon cœur tambourine dans ma poitrine.

Elle est à moi, voilà ce que je ressens exactement pour elle. Elle est à moi, pas parce que je ne veux la garder que pour moi (même si c'est ce que je prévois de faire cette nuit), mais parce que j'aime tout chez elle. J'aime ce qu'elle dit et chaque centimètre de son corps. Ses pensées, ses rêves, tous ses fantasmes. Je veux les connaître et les réaliser.

L'homme s'interrompt et me regarde. Ah oui, c'est à moi.

— Je le veux, dis-je en faisant un clin d'œil à la mariée.

Il se lance à nouveau dans son discours, mais cette fois-ci, il regarde Dakota. Je retiens mon souffle. Je ne me suis jamais dit que pour elle, cet été n'était pas aussi épique que pour moi. Peut-être qu'elle ne veut pas être à moi et accepter tout ce qui va avec.

— Je le veux, dit-elle en se mordillant la lèvre, comme si elle essayait de ne pas rire.

Je l'embrasse avant qu'on nous déclare mari et femme, puis je la soulève et sors de la chapelle au son d'un cantique.

Dehors, sous les lumières de Las Vegas, je la repose par

terre. J'ai le cœur qui va exploser en la regardant et en voyant tout ce que je ressens dans ses yeux.

Je me penche et murmure :

— C'est tellement mieux qu'un plan à trois.

Elle se jette à mon cou et m'embrasse. Aucun de nous ne semble pouvoir s'arrêter. Jusqu'à l'hôtel, tout le monde nous voit sourire, rire et nous embrasser.

— Oh, mon Dieu, est-ce qu'on vient vraiment de le faire ? demande-t-elle en entrant dans la chambre et en se voyant dans le miroir.

— Oui, ma femme.

Je l'embrasse sur l'épaule.

— Mon mari.

Elle déboutonne ma chemise et la fait glisser sur mes épaules. Je ne bouge pas tandis qu'elle me déshabille si lentement que c'en est une torture. Elle passe ses doigts sur mon ventre et empoigne mon entrejambe. Brûlant de désir, je ne tiens plus quand elle se met à genoux.

— Non non, dis-je. Retourne-toi et pose les mains contre la vitre.

Ses yeux luisent de désir. Elle obéit et je la fais patienter en ouvrant le champagne et en rapportant la bouteille.

— Ouvre, dis-je en m'approchant.

Ses parfaites lèvres rouges s'écartent. Je bois une longue gorgée et la verse dans sa bouche. Elle coule sur son menton et dans son décolleté.

Je remonte sa robe noire jusqu'à la taille et m'agenouille pour lui embrasser les fesses tout en baissant sa culotte. J'enfile un préservatif et me redresse.

— Je peux t'emprunter ton alliance, chère épouse ?

Elle glousse et retire l'élastique à son doigt.

Avec, j'attache ses poignets ensemble, souriant devant l'élastique rouge.

— Les mains contre la fenêtre.

Un fichu élastique pour alliance. Oui, il lui faudra quelque chose de plus tapageur, mais c'était la solution parfaite sur le moment et, curieusement, ça nous ressemble bien. Ce petit élastique en a vu des *choses*.

Elle gémit quand je la pénètre par-derrière.

— Rien qu'à moi.

Je lui mords le cou derrière le voile en dentelle, j'aime la sensation du tissu bas de gamme et rugueux.

La décision a peut-être été prise sous l'effet de l'alcool, j'ai tout de même l'impression que c'est la meilleure idée que j'ai jamais eue.

***

Je me réveille avec la gueule de bois et le sourire aux lèvres. Dakota est enroulée autour de moi, ses cheveux roux étalés sur mon torse. Elle porte toujours sa robe et ses chaussures. Nous avons fait n'importe quoi hier soir.

J'attrape mon téléphone pour regarder l'heure, puis prends une photo de ses longues jambes emmêlées aux miennes, ainsi que sa main, arborant un nouvel accessoire à son doigt, sur mon torse.

Elle s'étire en poussant un petit grognement mignon.

— Debout, debout, ma petite femme, dis-je en l'embrassant sur la tête. On doit bientôt partir à l'aéroport.

Elle se blottit contre moi.

— Oh, j'ai mal à la tête, se plaint-elle avec une voix rauque et ensommeillée. Qu'est-ce qu'on a fait hier soir ?

— Comme d'habitude.

Je me lève et vais chercher de l'aspirine et de l'eau tandis qu'elle se redresse.

— On a pris une cuite, on a failli avoir un plan à trois et puis finalement, on a décidé de se marier.

Je l'embrasse et pose le médicament et l'eau sur le lit en face d'elle. Ses lèvres ne bougent pas sur les miennes. Quand je me redresse, elle me regarde bizarrement.

— Tu as dit marier ?

Je pointe du doigt sa tête. Elle passe alors la main sur son voile, comme si elle n'arrivait pas à croire ce qu'elle sentait. Elle pousse un grand cri, se lève brusquement et se rend devant le miroir.

— Tu ne te souviens pas ?

Je m'assois au bord du lit et mets mon tee-shirt.

— Je me souviens d'avoir bu du Get 27, puis d'avoir dansé et d'avoir fait la queue devant une autre boîte...

Elle s'interrompt, frottant la dentelle de son voile en fixant du regard le sol.

— Je voulais ramener cette fille pour un plan à trois et ensuite...

Elle contemple l'élastique rouge à son doigt et ferme les yeux.

— Oh, mon Dieu, Johnny, s'exclame-t-elle en retirant le voile de ses cheveux. Comment fais-tu pour ne pas paniquer ?

Je hausse les épaules parce que je ne sais pas quoi répondre. Je savais qu'elle avait bu, mais j'imagine que je ne m'étais pas rendu compte à quel point elle était ivre. Moi, j'étais saoul, mais je savais ce que je faisais. Je serais prêt à le refaire.

— Hier soir, c'était incroyable. Je ne changerais rien.

— Tu veux être marié avec moi ? On n'est même pas ensemble. Je veux dire, pas vraiment. C'était censé durer le temps d'un été.

— Je te l'ai dit hier soir. Je veux que tu sois à moi.

— Je crois qu'on a sauté quelques étapes. Je pourrais être ta copine, pour commencer.

— Copine, femme, dis-je en haussant les épaules.

— Sérieusement, Maverick. Qu'est-ce qu'on va faire ? Tu es joueur de hockey professionnel avec des biens à protéger. Moi, je suis... Oh mon dieu, mon stage.

— Respire, bébé, la rassuré-je en lui massant les épaules. Je ne m'inquiète pas pour mes sous. Tu ne m'as même pas laissé t'acheter une vraie bague hier soir. Je doute que tu vides mon compte en banque quand j'aurai le dos tourné. Quant à ton stage, c'est pratique. Ils ne peuvent pas te renvoyer si tu es mariée à un joueur.

Elle se masse le front avec deux doigts.

— Je sais que c'est difficile à comprendre pour toi, mais j'ai besoin qu'ils croient que je suis la bonne personne pour ce poste grâce au travail que je fournis. Pas parce que j'ai convaincu un joueur de hockey sexy qu'il me laisse travailler avec lui, et que je l'ai ensuite épousé pour garder mon emploi !

— Toi et moi, on sait que ce n'est pas comme ça que ça s'est passé.

— Mais c'est ce qu'ils vont penser.

— Je ne me suis jamais souciée de ce que pensaient les autres.

Elle ferme à nouveau les yeux et prend une profonde inspiration.

— On devrait garder ça pour nous, jusqu'à ce qu'on sache quoi faire.

— D'accord.

C'est un peu un coup de pied dans le ventre de la voir remettre en question le fait d'être avec moi.

— À notre retour, on trouvera une solution ensemble, d'accord ? Laisse-moi un peu savourer l'éclat que me donne ce nouveau statut.

— Je n'arrive pas à croire que tu veuilles te marier avec moi.

Elle fond dans mes bras et je la serre fort.

— C'est honnêtement la meilleure décision de ma vie.

Nous rentrons le dimanche après-midi et ne faisons rien du reste de la journée. Le lundi matin, Dakota se réveille à l'aube, fait ses lacets et part courir avec Charli. Elle n'a rien dit d'autre sur notre mariage à Las Vegas, mais je sais que ça la taraude toujours.

Je lui fais son smoothie quand elle revient, transpirante et toute rouge. Elle défait la laisse de Charli et mes deux femmes viennent vers moi.

— Pour toi, dis-je en lui tendant un verre puis, je dépose la gamelle de Charli au sol. Et pour toi.

— Merci, dit-elle en le posant sur le plan de travail. Je dois d'abord reprendre mon souffle. Je ne suis pas en forme. J'ai mal.

— Quand tu pratiquais l'athlétisme, quelle distance parcourais-tu ?

— Le huit cents mètres a été ma meilleure épreuve. Le record de l'État au lycée.

Je souris.

— Pourquoi as-tu arrêté ?

Elle hausse les épaules, prend le verre et se dirige vers le salon, où elle s'assoit sur le fauteuil en cuir. Elle évite le sujet. Intéressant. J'ai toujours supposé qu'elle avait arrêté parce qu'être athlète à l'université demandait beaucoup trop de boulot.

— Kota.

Je m'assois en face d'elle sur le canapé et pose les pieds sur la table basse.

— Ma petite femme.

Elle me jette un regard noir en entendant ce surnom.

— Allez, dis-moi. Je ne t'ai jamais entendu en parler, mais tu

aimes visiblement toujours courir. C'était trop avec les cours ?
Mauvais entraîneur ?

Elle lève les yeux à ma dernière supposition.

— Mauvais entraîneur ? répété-je.

— Bon entraîneur, mais homme mauvais.

Je hausse les sourcils, attendant qu'elle développe.

Elle soupire.

— Si je te le dis, tu dois me promettre de ne plus jamais en
parler. Jamais.

Charli arrive en trottant et s'allonge à ses pieds.

— On verra. Je ne promets rien tant que je ne connais pas
l'histoire.

— Quand j'étais au lycée, j'étais proche de mon entraîneur.

L'adrénaline commence à monter en moi. Je ne sais pas où
elle veut en venir, mais je sais déjà que ça va m'énerver.

— Il était bon avec moi. Il restait tard et venait le week-end
pour m'aider à progresser. Il était jeune, la trentaine, et toutes
les filles le trouvaient sexy. On l'appelait Coach Hot. Mon
Dieu, on était si jeunes et naïves.

Elle regarde fixement ses genoux.

Je reste silencieux, en me mordant l'intérieur de la joue.

— Un soir, après la dernière course d'athlétisme de ma
dernière année, il m'a demandé de venir dans son bureau. Avant
ça, je me suis toujours dit que toutes les vibrations romantiques
que j'avais avec lui étaient seulement le fruit de ma grande
imagination d'adolescente. Mais quand il a commencé à me
déshabiller, je ne sais pas, je ne peux pas l'expliquer. J'ai été
horrifiée et j'ai réalisé à quel point j'avais été bête.

Ma mâchoire est comme du verre. Une rage que je n'ai
jamais ressentie auparavant monte dans ma poitrine.

— Ce connard t'a violée ?

— Non, répond-elle d'une voix dure. Je l'ai stoppé avant que
ça n'aille si loin, mais j'avais tellement honte. Je n'avais pas

arrêté de flirter avec lui et ce n'était pas bien, donc je ne lui en veux pas d'avoir pensé que je le désirais. Mais tu dois me croire, jamais je n'aurais pensé que ça irait aussi loin, dit-elle, les larmes aux yeux. Après la mort de ma mère, j'étais perdue pendant un certain temps. Je ne m'étais même pas rendu compte à quel point je l'étais, jusqu'à ce moment précis. C'est là que je me suis demandé jusqu'où je pouvais aller pour recevoir l'affection de quelqu'un. Ça pouvait être n'importe qui. Avec lui, je me sentais spéciale. Je croyais qu'il voyait quelque chose en moi. Quand j'ai commencé, je n'étais qu'une bonne coureuse. Sans lui, je ne suis pas sûre que j'aurais gagné la moindre course. Il m'a même aidée à entrer à Valley. Mon père ne connaissait rien aux demandes d'inscription à la fac ou aux aides financières. Lui aussi était perdu.

— Bien sûr que je te crois. Ce qui s'est passé n'est pas de ta faute.

— Je sais.

Sa voix est trop calme et elle ne me regarde toujours pas.

— Tu mens.

— D'accord, d'accord, j'y travaille. Je sais qu'il a eu tort, mais ce que j'ai fait n'était pas bien non plus.

— Donc, tu as arrêté parce que tu n'avais pas l'impression de l'avoir mérité ?

Je commence à comprendre Dakota, qui elle est au fond, pourquoi elle tient tant à faire ses preuves dans son stage et son désir d'être toujours sur un pied d'égalité avec les autres.

— Je sais que ça n'a pas de sens. J'ai gagné ces médailles loyalement. Je me suis entraînée comme une folle, mais aurais-je fait tout ça s'il ne s'était pas intéressé à moi ? Et l'a-t-il fait uniquement parce qu'il voulait coucher avec moi ? Je suis tellement gênée d'avoir laissé les choses aller aussi loin. Je ne voulais pas faire partie de quelque chose qui me faisait penser à lui ou qui me rappelait à quel point j'avais été bête. Je pensais qu'en arrivant à Valley, je pourrais mettre ça derrière moi, mais je n'arrivais pas à me débarrasser du sentiment que je ne méritais rien de tout ça.

Je m'assois avec elle dans le fauteuil, l'attire sur mes genoux et passe une main sur sa queue de cheval. Elle est encore trempée de sueur et colle à mon torse nu.

— Je suis vraiment désolé, bébé.

— Merci.

— J'ai envie de le tuer. Je déteste le fait que tu aies abandonné quelque chose que tu aimais. Je n'ai même pas besoin de savoir que tu as battu le record de l'État, je sais que tu le méritais. Tu te donnes à fond dans tout ce que tu fais.

— Ça s'est bien passé. J'ai arrêté de courir pendant un certain temps, puis quand j'ai constaté que ça me rendait encore plus malheureuse, j'ai repris. Je cours presque tous les jours, ou du moins jusqu'à récemment. Je n'arrive plus à me lever aussi facilement ces derniers temps.

Elle affiche un sourire en coin.

Un souvenir me revient en mémoire.

— C'est le connard qu'on a croisé quand on courait devant la maison de ton père, dis-je en serrant le poing.

— Oui, c'est la première fois que je le revoyais depuis que j'ai obtenu mon diplôme. Ils ont essayé de me faire revenir pour que je sois intronisé au Panthéon, mais je ne peux pas m'y résoudre. Je ne veux pas l'affronter.

— En tant que mari, je me ferai un plaisir d'aller au Kansas et de le frapper avec ma crosse de hockey.

— En tant que plan cul, je vais avoir besoin que tu te calmes un peu.

— J'irais en Venfer et en reviendrais pour toi, ma petite femme.

— Je sais, dit-elle en me caressant la joue. Que dirais-tu de prendre une douche avec moi à la place ?

Avec Reese, nous devons faire visiter la patinoire jusqu'à la fin de notre stage. Nous formons une bonne équipe, lui connaît un tas d'histoires sur l'équipe et moi, je sais diriger un groupe. Ça fait du bien de ne pas être à un bureau et je n'ai pas le temps de penser à tout ce qui se passe.

En l'occurrence, je suis Madame Johnny Maverick. Trop bizarre ! Je ne l'ai dit à personne. Même pas à Reagan.

Johnny fait comme si ce n'était pas grand-chose. Il m'a demandé d'y réfléchir pendant une semaine, mais pourquoi ? Ça fait un mois que nous couchons ensemble. Nous ne nous sommes même pas dit que nous nous aimions et il veut que nous soyons mariés ?

Je crois qu'un plan à trois aurait été un choix plus sain. Qu'est-ce qui aurait pu arriver de pire ?

Le vendredi, Rhett et Sienna viennent nous voir.

— C'est si bon de vous voir.

Je serre mon amie dans mes bras.

— Je n'arrive pas à croire que vous avez été si près tout l'été et que je ne vous voie que maintenant.

Elle est vraiment rayonnante. Elle est si heureuse.

— On va se rattraper ce soir, dis-je en jetant un coup d'œil à Rhett. Soirée entre filles.

— Toujours en train de me voler ma copine.

— Tu l'as pour toi tout seul depuis des semaines.

Il sourit et regarde Sienna avec des cœurs dans les yeux. J'aime leur amour.

— Va déposer tes affaires. J'ai hâte qu'on se raconte tout, lui dis-je.

Rhett et elle apportent leurs affaires dans ma chambre, là où ils dormiront tout le week-end. Nous comptions les faire dormir dans celle de Johnny, mais la mienne est plus propre, car nous l'utilisons moins. Je suppose que nous n'avons eu besoin que d'un lit cet été.

Mon homme est allongé sur le canapé rose, il fait ça seulement quand il essaie d'attirer mon attention. Il tend les bras pour que je le rejoigne.

— Peut-être que tu devrais transformer ce canapé en édredon ou quelque chose comme ça.

— Je dois me préparer. J'emmène Sienna au *Wild's* et je veux arriver avant qu'il n'y ait plus de tables.

— C'est là que j'allais emmener Rauthruss, dit Johnny, toujours en remuant sur le canapé pour essayer de me mettre à l'aise.

— Preums !

Je m'approche de lui et il prend ma main dans la sienne en fermant les yeux et en souriant.

— Est-ce que tu vas parler à Sienna de...

Il passe son pouce sur l'élastique à mon annulaire et ouvre ses yeux sombres en attendant ma réponse.

— Je ne sais pas, avoué-je. Probablement pas. Je ne veux pas que tout le monde s'en mêle alors qu'on n'a pas encore trouvé de solution. Tu vas le dire à Rhett ?

— Pas si tu ne veux pas que je le fasse.

— Mais tu le veux ?

Il hausse les épaules.

— Oui. C'est une sacrée nouvelle.

Je ne comprends pas qu'il puisse autant assumer la situation.

— Tu peux lui dire, mais fais-lui jurer de ne pas en parler à Adam. Si Reagan l'apprend par quelqu'un d'autre que moi, elle se pointera ici et me battra à mort avec une chaussure.

Il rit.

— Il faudra qu'elle me passe sur le corps.

— Je t'en prie. Tu es la plus grosse guimauve qui soit. Elle fera semblant de pleurer et tu seras fichu.

Je le laisse m'entraîner avec lui sur le canapé.

— Je ne suis pas une guimauve, dit-il en roulant ses hanches vers moi pour me montrer à quel point il n'est pas tendre.

Sienna et moi nous rendons au *Wild's*, bras dessus bras dessous et sans nous arrêter de parler.

— Tu aimes le Minnesota ? demande-t-elle alors que nous nous installons à une table avec nos boissons.

— Plutôt, oui.

— J'en suis ravie. Maintenant, tu peux déménager ici et j'aurai une amie.

— Une amie que tu n'as pas vue depuis presque deux mois alors qu'elle était à trois quarts d'heure de chez toi.

— Je sais. Désolée. On a été tellement occupés à la patinoire et... s'interrompt-elle en souriant. On a juste traîné dans le nouvel appart.

— Comment est-ce de vivre ensemble ?

— Incroyable.

Elle affiche une expression rêveuse. Ils sont tellement amoureux.

— Je suis heureuse pour toi.

— Merci.

Elle se penche en avant, les coudes sur la table.

— J'ai attendu suffisamment longtemps avant de te harceler pour avoir des détails, mais crache le morceau ! Qu'est-ce qui se passe entre Maverick et toi ?

Mes yeux atterrissent sur l'élastique rouge enroulé autour de mon doigt et je serre le poing pour qu'elle ne le voie pas.

— On traîne ensemble.

— C'est toujours juste pour cet été ou tu penses que ça pourrait être plus sérieux ?

— Je ne sais pas, dis-je honnêtement.

J'envisage de lui parler du mariage, mais je n'arrive pas à sortir les mots de ma bouche. « Oh, salut, Johnny et moi nous sommes mariés sur un coup de tête à Vegas. » Sérieusement, qui fait ça avec un plan cul d'un été ?

— Il est dingue de toi. Ça se voit sur son visage.

— On dirait, oui, mais, sérieusement, c'est Johnny. Il vit l'instant présent.

— Tu ne penses pas qu'il pourrait se mettre en couple ?

— Je ne sais pas. Si je le lui demandais, il me dirait : « C'est réel, bébé ».

Je lève les yeux au ciel, mais souris.

— Tout est réel pour lui. Il est non conformiste et spontané. J'aime ça chez lui, mais je ne suis pas comme ça. J'aime ce qui est traditionnel. C'est comme ça que je me suis toujours imaginé en couple. En plus, je vais retourner à Valley et lui sera ici ou en voyage. Ce serait compliqué.

— Mais pas impossible.

— Tu étais censée être l'autre terre à terre du groupe. Tu es aussi nulle que les deux autres maintenant.

Elle sourit.

— Je n'y peux rien. L'amour...

— Change les gens ?

— Je ne pense pas qu'on change tant que ça, mais on se rend compte de ce à quoi on tient vraiment. Tout le monde est différent. Il faut trouver ce qui est rédhibitoire pour toi, dit-elle en inclinant son verre vers moi. Tu aimes les relations classiques, mais est-ce que la spontanéité et l'anticonformisme suffisent pour te faire quitter quelqu'un que tu aimes ?

— Apparemment non, marmonné-je en faisant tourner mon verre dans mes mains.

— Alors tu l'aimes ?

— C'est Maverick. Tout le monde l'aime. Tu devrais voir au travail. La plupart des nouvelles recrues ressentent le besoin de faire leurs preuves. Du moins, c'est ce que dit mon ami Reese, un autre stagiaire, mais Johnny, lui, il s'est intégré tout de suite et l'équipe est tellement excitée de l'avoir. Il a cet effet sur les gens qui change leurs attentes à son égard. Sans même le vouloir, je pense. Il est charmant et amusant, on a envie de l'aimer et d'être près de lui. Moi y compris.

— Et dire qu'on pensait toutes que tu étais immunisée contre le charme de Maverick.

— Il m'a fait changer d'avis contre mon gré.

— Ou peut-être que tu as réalisé que tu t'empêchais d'être follement heureuse ?

— C'était un été sympa. Restons-en là pour l'instant.

— OK. Mais sache que je vous soutiens à fond.

Johnny et Rhett nous rejoignent quelques heures plus tard. Rhett et Sienna vont chercher à boire au bar et Johnny s'assoit à côté de moi, un bras sur le dossier de la banquette. Ça fait bizarre de ne pas le toucher en public après que nous nous sommes tellement laissés aller à Las Vegas. Mais ici, les gens le remarqueraient si nous montrons des signes que nous sommes ensemble.

— Tu lui as dit ? demande-t-il.

— Non.

Je secoue la tête, m'attendant à ce que la déception se dessine sur ses traits, mais à la place, j'aperçois du soulagement.

— Oh, tant mieux.

— Tant mieux ?

Il rit.

— Je ne l'ai pas dit à Rauthruss non plus, alors si tu l'as dit à Sienna, il va m'engueuler.

— Oui, il vaut mieux ne le dire à personne. Aucun de nos amis ne sait garder de secrets les uns pour les autres. La nouvelle fera le tour du groupe si vite qu'on n'aura pas le temps de prononcer : « putain de mariage ».

— Putain de mariage, répète-t-il en souriant. Je sais qu'on est censés rester discrets, mais je peux te convaincre de m'accompagner demain soir ? Rauthruss veut emmener Sienna dans un restau chic du centre-ville. J'ai dû passer un coup de fil pour qu'on puisse y aller.

— Ton nom ouvre des portes dans cette ville, hein ?

— C'est juste pour la bonne cause.

— Je trouve ça gentil. Eh oui, mais un mètre de distance.

Je contemple le petit espace qui nous sépare.

— File de là.

— Oui, ma petite femme, murmure-t-il en s'écartant sur le banc en bois.

Le soir suivant, on nous fait traverser un beau restaurant où le bruit du vin versé dans les verres prend le dessus sur les conversations polies. J'ai l'impression qu'il faut que je chuchote.

Comme d'habitude, Johnny est à l'aise. Il se tient derrière moi pendant que je m'assois, puis s'installe à côté de moi.

Il est trop beau pour être réel. Il n'a pas mis de veste, il porte un pantalon gris et une chemise noire ouverte au col et les manches retroussées.

Rhett aussi est séduisant, mais son expression nerveuse m'indique qu'il n'est pas aussi à l'aise dans un tel endroit.

Johnny commande une bouteille de champagne, ce qui me fait rire. Oui, il a parfaitement sa place ici.

— On m'a dit que des félicitations étaient de rigueur, dis-je à Rhett une fois qu'on nous a servi nos apéritifs.

Il écarquille les yeux et regarde tour à tour Johnny et moi. J'ai l'impression d'avoir raté quelque chose.

Je réessaie.

— Sienna m'a dit que vos camps de hockey de cet été étaient complets et que vous aviez déjà une liste d'attente pour l'année prochaine. C'est tellement excitant.

— Oh, ça. Oui, ça s'est très bien passé.

— Je suppose qu'avoir un champion national à la tête d'une entreprise est bon pour les affaires, dit Johnny en levant son verre. Félicitations, mon pote.

Les plats sont délicieux. Nous finissons toute la bouteille de champagne et en commandons une autre avec le dessert. Je me sens heureuse, mais aussi frustrée que Johnny soit si loin de moi. Je ne peux pas le toucher ici. Quand nous ne nous cachons pas et que nous faisons des sorties avec d'autres couples comme ça, je nous imagine bien. Je nous imagine être ensemble pour de vrai. Mais je ne sais pas à quoi ça ressemblera si nous sommes séparés de plusieurs milliers de kilomètres.

Il me surprend le fixant du regard et il arque un sourcil.

— Tu aimes ce que tu vois ?

— Peut-être.

Je rapproche un peu ma chaise.

Il m'adresse un sourire narquois.

— Tss tss tss. Un mètre.

— Soixante-quinze centimètres ? négocié-je.

Je fais glisser mon pied sous la table afin que nos jambes se touchent. Il pose la main sur mon genou et enfonce les doigts dans ma peau douce.

Je suis perdue dans ses caresses quand Rhett se racle la gorge. Johnny s'arrête alors, puis serre ma jambe pour m'avertir. Il se dépêche de sortir son téléphone et l'oriente de l'autre côté de la table. Je lève les yeux à temps pour voir Rhett poser un genou à terre. Sienne pousse un cri, les deux mains sur la bouche et les larmes aux yeux.

Les mots de Rhett sont beaux, même si je n'écoute pas beaucoup, car je suis trop occupée à me dire que je veux ça. Tout ça. Sortir avec quelqu'un, tomber amoureuse, emménager avec, me fiancer. Nous avons tout fait de travers, Johnny et moi, et nous ne pouvons pas revenir en arrière. Puis-je vraiment retourner à Valley en tant que sa petite amie après cet été ? Je suis totalement perdue.

— Oui ! crie Sienna en prenant le visage de Rhett dans ses mains. Oui, je veux t'épouser.

Tout le monde applaudit poliment dans le restaurant.

Rhett glisse le gros diamant au doigt de Sienna et ils s'embrassent à nouveau. Je passe le pouce sur l'élastique à mon annulaire. Le diamant n'est pas le problème. C'est ce qu'il représente. Rhett a sûrement passé des semaines à planifier ce moment. Il était certain de sa décision avant d'agir. Il n'était pas ivre, lui.

— Félicitations !

Johnny remplit nos coupes de champagne et nous trinquons au couple heureux. J'ai la nausée, mais j'affiche un sourire pour mes amis.

Nous partons peu après. Johnny les invite à traîner avec

nous et à fêter ça, mais quand nous rentrons à l'appartement, ils sont tellement absorbés l'un par l'autre que je ne suis pas surprise quand ils décident de passer le reste de la soirée rien que tous les deux.

— Une soirée de folie, n'est-ce pas ? demande Johnny alors que nous nous préparons à aller au lit.

— Tu le savais.

— Oui, Rauthruss me l'a dit hier soir. C'est pour ça que je ne lui ai pas parlé de nous.

— C'est vrai. Je suis bien contente de ne pas l'avoir dit à Sienna maintenant.

— On pourra leur dire dans une semaine ou deux, quand l'excitation sera retombée. J'ai failli tout rater avec tes jambes sexy qui me narguaient. Rauthruss aurait été furieux.

— C'est gentil d'avoir fait tout ça pour eux.

— Ce n'était rien. Je suis heureux pour eux et heureux d'en faire partie.

— Ça m'a fait réaliser que c'est ce que je veux, dis-je en m'asseyant à côté de lui sur le lit.

— C'est fait, ma petite femme.

Il coche une case imaginaire dans les airs.

— Je veux dire, tout ça. Je veux sortir avec quelqu'un, tomber amoureuse, puis me fiancer. On a tout fait dans le désordre.

— Oui, mais c'était génial, rétorque-t-il en haussant les épaules.

— Tu ne comprends pas, Johnny. Je veux connaître ça. Cet été a été génial, mais il se termine et peut-être qu'on devrait s'en tenir au plan initial et en rester là.

— Tu veux rompre ?

— Est-ce qu'on est ensemble au moins ? dis-je avec un rire cassant. On s'est servis de l'autre en couchant ensemble tout l'été, puis on s'est mariés à Vegas.

— J'étais là. Je sais ce qui s'est passé, Kota. Ta description n'est pas exacte. Il n'a jamais été question de se servir l'un de l'autre et tu le sais. Quoi qu'il se soit passé, je ne le regrette pas. Et toi ?

Je ne regrette rien, pas vraiment, mais si nous ne nous étions pas mariés à Las Vegas, essaierait-il toujours d'être avec moi ? Le hic dans tout ça, le souvenir que je n'arrive pas à oublier, c'est quand Johnny s'est blessé lors de sa première semaine dans le Minnesota. Il m'a suppliée de rester parce que ma présence le réconfortait et qu'il était habitué à moi, un petit bout de Valley et une amie de l'université. Quand je partirai, il sortira plus et se fera des amis. Il rencontrera d'autres personnes. Il commencera une nouvelle vie ici et ensuite, est-ce qu'il voudra encore de nous ?

Je ne réponds pas et il hoche lentement la tête.

— Je suppose que j'ai ma réponse.

Il se redresse.

— On est bien ensemble. Je n'ai jamais connu ça avec personne. Jamais. Peut-être que ça ne rentre pas dans la case dans laquelle tu aimerais que cela rentre, mais ça n'en est pas moins vrai.

— Johnny, je...

Ma voix se brise quand je réalise qu'il ne parle pas seulement de moi. Je fais exactement ce que son père lui fait, je lui donne l'impression qu'il n'est pas assez bien.

Il lève la main et se dirige vers la porte.

— Où vas-tu ?

— Je vais prendre l'air. Crois-le ou non, parfois, je sais quand il ne faut pas insister.

Je vais me coucher en me sentant coupable et en espérant qu'il reviendra. Il revient deux heures plus tard. Le lit s'affaisse sous son poids et il s'allonge à côté de moi.

— Je suis désolée, murmuré-je.

— Moi aussi.

Il abat sa bouche sur la mienne, puis nous ne nous disons plus rien. Nous passons toute la nuit à exprimer notre amour par le biais de baisers et caresses qui promettent tout ce que nous n'osons pas dire à voix haute.

TRENTE-CINQ
JOHNNY

Lundi matin, je contemple la photo que j'ai prise de Dakota à Las Vegas, quand elle était sur moi. Ensuite, je la regarde, endormie à côté de moi dans le lit. Hier, nous avons passé la journée avec Sienna et Rhett et hier soir, au lieu de ressasser notre dispute, nous nous sommes couchés et avons fait l'amour.

Je veux que cela fonctionne entre nous. Je lui donnerai tout ce qu'elle veut. Un diamant et une demande en mariage comme il se doit ? J'y travaille. Elle ne la verra même pas venir. En fait, je m'en veux un peu de ne pas avoir fait les choses en grand dès le début. Je vivais l'instant présent, un peu ivre, et je désirais simplement qu'elle soit mienne.

Cependant, dès qu'elle ira au boulot, j'élaborerai un plan. La plus épique des demandes en mariage. Je veux mettre les petits plats dans les grands. Je vais réaliser un film avec nos amis, louer une salle de cinéma, ramener tout le monde ici et acheter cinq ou six bagues différentes pour qu'elle ait l'embarras du choix. Non, quelque chose d'encore plus grandiose. Je peaufinerai les détails plus tard.

Je reçois un e-mail de Hugh qui me demande ce que je veux faire à propos du mariage. C'est sa façon polie de me demander si je veux remplir les papiers d'annulation. Je ne réponds pas. Pas besoin, Hugh, je vais régler ça.

Mais d'abord, j'ouvre Instagram et poste la photo de Dakota. Je la rogne afin qu'il n'y ait que sa jambe sexy emmêlée dans les draps. Je légende simplement : « À moi. »

Elle est à moi, il est temps que je m'en occupe afin de pouvoir le crier sur les toits.

Je me douche et prépare son smoothie du matin. Je peux être un mari incroyable. J'ai déjà été un incroyable plan cul cet été, si j'ose dire. Il faut juste que je lui montre à quel point je prends tout ça au sérieux. De grands actes audacieux, bébé, c'est ça qu'il faut.

J'attrape mon téléphone et étudie les bijouteries du coin en attendant qu'elle se réveille. Je stresse et tape du pied, j'ai tout un tas d'idées qui fusent. Elle préfère une pierre ronde ou carrée ? Un diamant classique ou jaune, ou noir, quelque chose de totalement différent ?

— C'est quoi ce bordel, Johnny ?

Je lève les yeux de mon téléphone alors qu'elle sort précipitamment de la chambre, toujours vêtue du tee-shirt trop grand avec lequel elle a dormi.

— Bonjour, bébé. Désolé pour le bruit. J'ai essayé une nouvelle recette de smoothie. C'était nul, alors j'ai dû recommencer.

— Je ne parle pas du bruit, mais de ça.

Elle tend son téléphone pour me montrer ma publication de sa jambe sur Instagram.

— Tu devrais voir l'originale. Ton voile couvre ton visage et ton bras est autour de mon torse...

— Pourquoi as-tu posté ça ?

— Je voulais que tout le monde sache que je suis pris. Je suis engagé avec toi. Pas seulement pour l'été, vraiment. Et je n'ai pas montré ton visage et je ne t'ai pas taguée.

Elle ferme les yeux et souffle.

— Ils savent, Johnny. Ils savent que c'est moi.

— Qui ? Nos amis ? dis-je en haussant les épaules. Ils le savent déjà.

— Non, ma cheffe, tes coéquipiers, mes collègues.

Je regarde à nouveau la photo.

— Tes jambes sont mémorables, mais je doute qu'ils puissent deviner à partir d'une photo granuleuse. Je l'ai un peu floutée, c'est plus difficile à voir.

Je lui fais un clin d'œil. J'ai déjà pensé à tout ça.

Elle soupire encore.

— Les chaussures, Johnny. Ils le savent à cause de mes chaussures.

Je regarde à nouveau et vois les Converses rouges en fond. Elle les met si souvent que je n'y fais même plus attention.

— Tu as dit que tu aurais aimé en avoir des blanches ce soir-là.

Elle pose une main sur sa tête et fait les cent pas.

— Oh mon Dieu. Je vais me faire virer.

Je contourne le plan de travail et me place devant elle.

— Ils ne vont pas te virer.

— Tu ne vois pas la gravité de la situation ? s'exclame-t-elle. Ça va me coûter mon job.

— Non. Je vais la supprimer. Putain de merde. Je voulais juste le dire à quelqu'un. J'en ai marre de garder ça pour moi. Je suis fou de toi. Je suis à fond sur toi.

— Quelqu'un ? Tu l'as dit à tout le monde.

Son téléphone sonne et elle gémit en le regardant.

— C'est Blythe. Elle veut me voir à la première heure ce matin.

Déjà ? Mince. La panique me noue la gorge.

— Je lui parlerai.

— Non, ordonne-t-elle d'un ton sévère. Autant m'identifier sur la photo si tu te pointes pour lui parler.

— Je sais que tu ne veux pas le dire aux gens, mais on est mariés, Kota. Si tu lui dis, elle ne pourra pas te renvoyer.

— Tu crois vraiment que je veux encore jouer la carte de Johnny Maverick pour garder mon poste ? Je voulais le mériter. Je voulais faire les choses de la bonne manière.

— J'emmerde les bonnes manières, Kota ! Ce sont des conneries. Fais ce qui te rend heureuse.

— Comme toi ? se moque-t-elle avant de soupirer. Je suis Johnny Maverick et je fais ce que je veux quand je veux. J'emmerde les conséquences !

Elle s'interrompt, les yeux écarquillés comme si elle n'arrivait pas à croire qu'elle avait dit ça à voix haute.

— Je ne voulais pas dire ça.

— Si, et je pense que je le mérite. Je n'ai pas fait les choses comme je le voulais avec toi, mais je ne le regrette pas étant donné où ça nous a menés.

— Je dois aller travailler, dit-elle d'une petite voix brisée.

Je suis dégoûté. Je n'arrive pas à croire que j'ai tout gâché de façon aussi déplorable.

— Je suis désolé. Je ne voulais pas tout gâcher pour toi. Je voulais juste que tu saches à quel point j'ai envie d'être avec toi.

Je la serre contre moi. Je vais arranger ça d'une manière ou d'une autre.

— Tout va bien se passer. Tu verras.

TRENTE-SIX

DAKOTA

Rien ne va.

Je m'assois devant le bureau de Blythe, l'estomac noué et la bile qui remonte dans ma gorge. Reese et Quinn m'ont envoyé un message, ainsi que Reagan, Sienna et Ginny. J'ai les nerfs en pelote. Johnny pensait que personne ne saurait ? Sérieusement ?

— Katherine sera bientôt là, mais je voulais d'abord vous parler. Vous ne pouvez pas savoir à quel point je déteste m'immiscer dans la vie de mes stagiaires, mais la nouvelle que Johnny Maverick n'est plus sur le marché, ce n'est pas rien. D'autant plus que ces chaussures rouges ressemblent beaucoup aux vôtres.

Elle baisse les yeux. Je les ai mises aujourd'hui, je me sentais trop coupable de ne pas les porter.

— Nous sommes ensemble, confirmé-je. Je suis désolée. Je sais que j'aurais dû vous le dire.

Elle affiche un sourire triste.

— Katherine voudra que Johnny et vous signiez un formulaire confirmant votre relation. Ensemble, on pourra rédiger une déclaration si vous le souhaitez, mais je crains de devoir vous réaffecter dans un autre service. Je peux passer quelques coups de fil, mais c'est la dernière semaine. Que voulez-vous faire ?

— Je ne me vois pas travailler pour quelqu'un d'autre que vous. Cet été a été incroyable.

— Vous avez du talent et vous bossez dur. Vous vous en sortirez.

Ce n'est pas ce que je ressens. C'était l'occasion de prouver ma valeur et tout ce que j'ai fait, c'est devenir une légende urbaine comme Crissy l'année dernière.

Je pense au conseil de Johnny, de lui dire que nous sommes mariés. Le truc, c'est que Blythe est devenue mon modèle. Je la respecte et je ne supporterais pas de voir le regard déçu auquel je m'attends si je lui dis que je me suis mariée à la va-vite alors que j'étais ivre. Je n'ai qu'à imaginer la réaction de mon père pour me sentir comme une moins que rien.

D'autre part, elle devra sûrement me réaffecter.

— Je crois que je veux rentrer chez moi, dis-je sincèrement. Merci de m'avoir offert cette opportunité.

Elle se lève et me prend dans ses bras.

— C'était un plaisir. On reste en contact, Dakota.

Je subis un entretien de démission gênant avec Katherine, puis quitte le siège des Wildcats pour toujours.

Dans l'ascenseur de mon immeuble, je réprime mes larmes de colère, prête à me défouler sur Johnny. Cependant, je sais que ce n'est pas après lui que je suis furieuse. Tout ça, c'est à cause de moi. J'aurais dû le dire à Blythe il y a des semaines.

En arrivant au dixième étage, je prends conscience que tout ce dont je désire, c'est que Johnny me prenne dans ses bras et me dise que tout va bien se passer. Je n'y crois pas, mais j'ai tout de même envie de l'entendre. Je n'ai pas envie que notre été amusant s'arrête.

Toutefois, il n'est pas à la maison. Je ne supporte pas d'être ici sans lui, alors je reprends l'ascenseur, incertaine de là où je vais, mais je ne veux pas rester seule.

Quand l'ascenseur s'arrête, Declan et Léo sont à l'intérieur. J'essuie mes larmes et entre dans le compartiment exigu.

— Salut, Dakota, dit Léo d'une voix douce et rauque.

Les deux garçons m'observent nerveusement.

Je les salue de la main, je ne me fais pas confiance pour parler.

Je contracte la mâchoire face au silence dans l'ascenseur et me force à ne pas pleurer. J'y arrive presque, mais quand les portes s'ouvrent au rez-de-chaussée, je n'arrive pas à bouger.

— Tout va bien ? demande Léo avec hésitation et inquiétude.

— Oui, très bien, dis-je en lâchant un sanglot à la fin.

Je fonds alors en larmes.

Il pose une grande main sur mon épaule et me laisse pleurer. Nous reprenons tous les trois l'ascenseur. Plus les secondes passent, plus je pleure. Léo essaie de me réconforter et Declan ferme les portes et crie à tous ceux qui essaient de monter de prendre les escaliers.

J'ai tout gâché. J'ai vraiment tout gâché. Johnny a peut-être asséné le dernier coup, mais c'est moi qui nous ai mis dans cette situation. Johnny Maverick et moi ? Ça n'a aucun sens. Nous sommes trop différents.

Quand nous arrivons au rez-de-chaussée une deuxième fois, aucun des deux ne sort. Je lève la main pour empêcher les portes de se refermer.

— Merci, ça va aller maintenant.

Ils ne bougent toujours pas.

— Tu es sûre ? demande Léo. Tu veux que j'appelle Johnny ?

— Non, dis-je rapidement en secouant la tête. Non, ça va. Merci, les garçons.

Avec un hochement de tête, ils sortent. Juste à temps, car je me remets à pleurer quand les portes se referment.

J'appelle Reagan, les joues baignées de larmes tandis que le visage inquiet de ma meilleure amie apparaît sur mon écran.

— Oh, chérie, dit-elle, puis ses traits se durcissent. Qui dois-je tuer ?

— Moi. J'ai tout foutu en l'air.

— Je réserve un vol.

Elle se lève du lit. Sa présence m'apaise.

— Non. Je rentre à la maison.

Son sourire est teinté de tristesse.

— Tu es sûre ?

— Certaine.

— D'accord. Je serai là.

Jack tente de reprendre mon verre vide pour le remplir, mais je montre la bouteille qu'il tient.

— Ne fais pas ton radin.

— Tu es sûr qu'elle est partie ? demande-t-il après m'avoir donné la bouteille à moitié vide de tequila.

— La seule chose qui reste dans sa chambre, ce sont les meubles.

J'étais chez le bijoutier, à essayer de trouver une bague quand Declan m'a appelé pour me dire que Léo et lui l'avaient vue pleurer dans l'ascenseur. C'est alors que j'ai su. Le temps que je rentre à l'appartement, elle n'était plus là. Je suis venu ici, sans savoir exactement où aller ou quoi faire. Tout est ma putain de faute.

— Je n'ai pas pu le garder pour moi une semaine de plus, dis-je.

J'ai l'impression qu'on m'a arraché le cœur, qu'on l'a piétiné et qu'on a essayé de le remettre à sa place.

— Qu'est-ce qui t'a poussé à poster une photo d'elle presque nue, à l'exception de ces petites chaussures rouges, manifestement au lit avec toi ?

— La stupidité. Peut-être l'amour.

— Les deux vont de pair, mon ami. Où crois-tu qu'elle est allée ?

— Si je devais deviner, à Valley. Peut-être au Kansas pour voir son père.

— Tu l'as appelée ?

— Une centaine de fois.

Je bois au goulot et renverse beaucoup d'alcool sur mon torse nu. Je ne sais pas où est passé mon tee-shirt. Je crois que je l'ai déchiré et que j'ai dit qu'il ne pouvait pas contenir mes émotions. Quelle épave. Je n'arrive pas à croire qu'elle soit partie. Tout ce qu'elle a laissé, c'est une petite note disant : « Merci pour le super été ».

— D'accord. Maintenant, tu n'arrives même plus à boire, dit-il en me reprenant la bouteille. J'ai de la tequila moins chère quelque part par ici si tu veux juste te saouler.

— Qu'est-ce que je fais, capitaine ?

— C'est à moi que tu demandes ?

— Ça ne peut pas faire de mal.

— Oublie-la. Concentre-toi sur le hockey. Tu veux que j'appelle des filles ?

— Laisse tomber. Le pire des conseils. Tu as du Mad Dog ?

Il rit.

— Oui. J'ai acheté quelques bouteilles.

— Sérieux ? m'étonné-je, parce que je ne m'y attendais pas. Tu es vraiment un bon capitaine, tu stockes les boissons préférées de tes joueurs.

Il m'apporte une bouteille de Mad Dog.

— On ne sait jamais quand on va devoir délivrer des paroles de sagesse et de l'alcool.

— Pour l'instant, tes paroles de sagesse sont de la merde.

— Oui, je suis meilleur quand il s'agit de hockey. D'où l'alcool.

Je dévisse le bouchon et bois une longue gorgée. La sensation n'est pas la même et je râle.

— J'ai perdu le goût.

— Oh mon Dieu, s'exclame Jack en se passant une main dans les cheveux. Je vais peut-être devoir appeler des renforts.

Ash et Léo débarquent. Ils vivent dans le quartier, juste en bas de la rue. Ils affichent leur soutien avec des sourires tristes et en buvant avec moi. Ash me propose d'aller dans un club de strip-tease, mais je demande plutôt à Léo de me raconter chaque détail de son interaction avec Dakota tout à l'heure.

Quand je termine la bouteille de Mad Dog, la fête bat son plein. Lorsque les filles essaient de me remonter le moral en s'asseyant sur mes genoux, je m'en vais.

Declan se propose pour me ramener chez moi et j'accepte. Il conduit mon SUV et dit qu'il viendra chercher sa moto demain.

— Tu auras ta voiture au cas où tu décides d'aller la voir, dit-il. Mais promets-moi d'attendre au moins douze heures, que ton corps se débarrasse de l'alcool.

— Promis.

Je lui tends mon auriculaire, mais il ne le crochète pas au mien comme Heath l'aurait fait. Il me manque. Dakota me manque. Ma vie avant que je gâche tout me manque. Qu'est-ce qui n'allait pas avec le fait d'être son plan cul secret ? Au moins, je pouvais rentrer à la maison et elle était là.

Chez moi, je prends Charli et m'allonge sur l'horrible canapé rose. Charli descend en gémissant et court dans la pièce comme si elle cherchait Kota.

— On va la faire revenir, lui assuré-je en tapotant mon torse jusqu'à ce qu'elle monte sur moi pour me tenir compagnie. D'une manière ou d'une autre.

Vendredi après-midi, j'appelle Heath quand je n'ai toujours pas de nouvelles d'elle. Oui, j'en viens à utiliser mes amis pour dénicher des informations.

— Elle n'a pas dit grand-chose. En tout cas, pas à moi. Hier soir, elles nous ont jetés dehors, Adam et moi, pour une soirée entre filles. Ginny a une sacrée gueule de bois aujourd'hui.

Je ne m'attendais pas vraiment à ce qu'elle s'assoie sur le canapé et leur raconte toute l'histoire à nos amis, mais je me demande ce qu'elle leur a dit. Savent-ils que nous sommes mariés ? Je suppose que non, autrement, Heath m'engueulerait tellement en cet instant.

— Elle a reçu les fleurs ? Et les ballons ?

— Oui, mec, leur appart est à un bouquet près de ressembler à une chambre mortuaire.

— Il y a bien quelqu'un qui est mort.

Je suis allongé sur le canapé rose, mon nouvel endroit préféré, un bras sur le visage.

Je n'ai pas besoin de regarder l'écran de mon téléphone pour savoir que Heath se retient de rire. Je l'entends dans sa voix.

— Mec, personne n'est mort. Tu vas t'en sortir. Vous allez trouver une solution. Elle a juste besoin...

Il ne termine pas sa phrase et j'entends les voix de Dakota et Ginny en fond. Je ne comprends pas ce qu'elles se disent, mais j'entends Dakota. Tout mon être s'illumine, puis s'éteint à nouveau. Bon sang, elle me manque.

Il reste trois semaines avant le début du semestre d'automne. L'immeuble commence à nouveau à se remplir et la plupart des joueurs sont revenus pour l'entraînement de présaison. Par conséquent, il y a beaucoup d'activités de prévues et de fêtes. Non pas que ça m'intéresse.

Ginny et Reagan ont été super. Je n'ai jamais eu besoin d'être consolée et elles n'arrêtent pas de me regarder avec de grands yeux tristes. Je sais que leurs intentions sont bonnes, mais ça ne fait qu'empirer mon humeur, parce que je suis sûre que je dois avoir l'air aussi affreuse que je me sens.

Deux jours plus tôt, nous avons fait une soirée pyjama et regardé des films à l'eau de rose en mangeant de la glace et tout le fromage de Valley. Pas en même temps, mais c'était fabuleux.

Cependant, après trop de jours à m'apitoyer sur mon sort, il est temps d'agir. Je lace mes chaussures et m'en vais courir longtemps. Courir a toujours été libérateur pour moi. J'étais une enfant sportive, mais je n'ai commencé la compétition qu'à la mort de ma mère. C'était le seul endroit où personne ne me demandait comment j'allais ou pourquoi je ne parlais pas. Quand je m'asseyais toute seule dans le self au lycée, les gens parlaient de moi. Mais pas quand je courais. À l'époque, je ne me rendais pas compte à quel point l'athlétisme me permettait de m'évader, mais alors que je cherche à nouveau la solitude, je prends conscience que c'est le seul moment où j'ai le droit de ne pas aller bien.

À mon retour, je me sens plus légère que jamais depuis que je suis revenue à Valley. Reagan est dans la cuisine en train de manger un bol de céréales debout.

— Une autre livraison est arrivée.

Elle montre un carton posé sur le plan de travail de la cuisine. Ma légèreté s'évanouit en un instant.

— Tu veux que je l'ouvre ? demande Ginny, allongée sur le canapé.

Je retire mes écouteurs et les pose à côté du colis.

— Non. Oui. *Non.*

— Allez. Tu ne veux pas savoir ce que c'est ? Je meurs d'envie de le savoir.

Ginny se lève et vient dans la cuisine. Elle passe un doigt sur le ruban adhésif et regarde Reagan.

— Soutiens-moi.

— C'est fascinant. Qui aurait pu prédire qu'il t'enverrait un carton entier d'élastiques ?

Ma poitrine déjà serrée se comprime encore un peu plus. Une centaine d'élastiques pour être exact. Tous rouges. Je contemple celui à mon annulaire que je n'ai pas eu le cœur d'enlever.

— Ou le cocktail au sucre pétillant. Est-ce que j'ai envie de savoir ? demande Ginny.

— Ouvre-le, dis-je.

Même si ça fait mal, j'ai besoin de savoir ce qu'il contient. Chaque cadeau était magnifique, du pur Johnny, mais aussi plus romantique que je le pensais venant de lui.

Ginny essaie de cacher son impatience, mais c'est peine perdue. Elle déchire le carton et se fige.

— Quoi ? s'enquiert Reagan.

Au lieu de répondre, Ginny me tend le colis.

Des Converses blanches recouvertes de strass et de diamants. Oh, mon Dieu, j'espère vraiment que ce ne sont pas de vrais diamants. Quoi qu'il en soit, elles ont été customisées, donc elles sont chères. Du pur Johnny. J'en sors une de la boîte pour la leur montrer.

— Elles sont mignonnes, dit Reagan en souriant. Mais pourquoi blanches ?

Je hausse les épaules comme si je ne comprenais pas ce qu'elles symbolisaient, puis je les range dans le carton et le lui tends.

— Mets-le avec les autres. Je ne peux pas m'occuper de ça maintenant.

— Tu crois que tu lui pardonneras un jour ? demande Ginny.

— Bien sûr que oui.

Je suis en colère et blessée. Plus blessée qu'en colère. Je sais que ce n'était pas intentionnel de sa part, mais il l'a tout de même fait. Il n'a pas réfléchi et il n'a pas pris en considération l'impact que ça pouvait avoir sur moi. Je sais qu'il est désolé et, oui, je sais que je lui pardonnerai, mais pour l'instant, c'est à moi que je ne pardonne pas. Je savais qu'enfreindre les règles de mon stage pour cette amourette d'un été était une mauvaise idée, mais j'ai cédé et j'ai laissé son insouciance et sa folie remettre en question mon sérieux.

Mon téléphone sonne. Je n'ai même pas besoin de regarder pour savoir que c'est lui. Il m'appelle tous les jours, me laisse des messages interminables sur mon répondeur dans lesquels il me raconte sa journée, puis termine en s'excusant et en me demandant de le rappeler.

— Il est dans tous ses états, dit Reagan en serrant ma main.

— On n'aurait jamais dû faire ça. On était deux amis dans une nouvelle ville et on a été attirés l'un par l'autre parce qu'on était seuls et tout le temps ensemble. On est trop différents. Il vaut mieux couper les ponts maintenant. Peut-être qu'un jour, on pourra à nouveau être amis.

Je ne peux pas avouer à Ginny et Reagan que je crois que nous ne redeviendrons jamais amis. Je me connais suffisamment pour savoir que lorsque je vais le revoir, j'en aurai à nouveau le cœur brisé. Peut-être avec le temps...

— Je vais prendre une douche.

Leurs regards pleins de pitié et de tristesse me suivent jusqu'à ma chambre. Je ferme la porte et m'appuie. Je lâche une expiration tremblante.

Il me manque. Voilà, c'est dit. Waouh. Bravo. Qu'est-ce que je gagne ? Un autre jour plein de souvenirs tristes et avec le cœur brisé ?

Apparemment, je suis devenue masochiste, parce que je prends mon téléphone et écoute son message le plus récent.

— Salut, Kota, c'est moi. C'est Johnny.

Sa voix rauque enfonce de minuscules poignards dans mon cœur.

— Je suis parti promener Charli. Hier soir, je suis allé voir un match des Twins avec Jack. J'ai pensé à toi. J'ai croisé Quinn et d'autres stagiaires au *Wild's*. J'ai pensé à toi. Oh, au fait, tu sais cette rumeur sur Jack ? Comme quoi il aurait couché avec une stagiaire cinglée qui l'a affiché sur les réseaux sociaux ? Ce n'était pas Jack, mais Declan. Tu le crois, ça ? C'est lui qui me l'a dit. C'est une histoire de fou, dit-il avant de marquer une pause. J'aimerais que tu sois là pour que je puisse te le raconter en personne. Je ne crois pas que ce sera pareil via ton répondeur. Tu me manques. Je suis désolé. Je suis tellement désolé. Rappelle-moi.

Il ne dit rien, puis j'entends un soupir et le message s'arrête.

Je me rends au *Hall of Fame* pour voir ma patronne. J'aimerais me remettre au travail le plus tôt possible. Elle est ravie que je sois de retour, ce qui améliore légèrement mon humeur. J'ai peut-être été virée du job de mes rêves, mais celui-ci n'est pas si mal. De plus, Blythe m'a dit qu'elle m'écrirait une lettre de recommandation, donc cet été n'a peut-être pas été que du gâchis.

Il n'y a qu'un nombre limité de façons de tuer la journée, je finis donc par retourner à l'appartement, résignée à passer une autre soirée à regarder mes heureuses colocataires envoyer des messages ou passer du temps avec leurs petits amis.

Je jure que je voyais moins Adam et Heath quand ils vivaient de l'autre côté de la passerelle. Maintenant que nous avons emménagé dans un trois-pièces à l'étage supérieur, notre appartement est devenu le nouveau repaire.

Je suis heureuse pour mes amies. Vraiment. Encore plus après l'été extraordinaire que j'ai passé. J'ai eu un petit aperçu de ce qu'elles vivent cet été. Je comprends maintenant.

Heath est tout seul dans notre salon quand je rentre.

— Salut, dis-je en posant mes clés sur le buffet. Où sont les autres ?

— Ginny est au téléphone avec sa mère. Adam et Reagan sont dans sa chambre.

J'acquiesce et prends une eau gazeuse dans le frigo. Ginny sort de sa chambre et se laisse tomber à côté de Heath.

— Salut, tu es de retour. Où étais-tu toute la journée ?

— Je me suis arrêtée au Hall of Fame. Régina m'a trouvé quelques heures cette semaine pour aider à l'organisation d'événements et faire du travail de bureau. C'est ennuyeux, mais c'est mieux que de rester assise à attendre la fin de l'été.

Les journées sont longues, même si j'essaie de les remplir.

Quand Sienna et Rhett organisent un appel groupé plus tard, je me rends dans le salon en affichant un sourire heureux. C'est la première fois depuis leurs fiançailles qu'ils prennent des nouvelles. Nous nous regroupons autour de l'ordinateur de Ginny afin que tout le monde puisse entendre tous les détails. J'étais là, bien sûr, mais je reste et les écoute raconter toute l'histoire.

— Maverick m'a aidé à tout préparer, explique Rhett. Il est où, d'ailleurs ?

— C'est sûrement ma faute, dit Heath. Je n'étais pas sûr que...

Il me regarde et je baisse les yeux.

— Laissez-moi lui envoyer un message.

Une minute plus tard, le visage de Johnny apparaît à l'écran. Il porte une casquette des Wildcats bien bas, mais son sourire est léger et lumineux.

— Salut, les gars. Comment ça va ?

Vu que tout le monde sait désormais pour les fiançailles, les questions tournent à présent autour de Maverick. Je devine à ce qu'il y a derrière lui et les bruits de fond – les tintements de verres et les conversations – qu'il est au *Wild's*. La grosse épaule de Declan remplit la moitié de l'écran.

— Comment c'est le Minnesota ? lui demande Adam.

— Euh, ça va, répond Johnny en me regardant brièvement. La plupart des gars sont encore en vacances, mais je m'entraîne dur tous les jours et ils m'ont fait faire beaucoup de marketing avant la saison.

— Tu me manques, mon pote, dit Heath en faisant un cœur avec ses mains.

— Toi aussi.

La conversation revient sur Rhett et Sienna. Quand vont-ils se marier ? Où ?

Mon ventre se tord de tristesse et d'une pointe de

culpabilité. Je n'ai pas raconté à mes amies la chose la plus folle que j'ai faite.

Quand l'appel se termine, je demande à Reagan et Ginny de venir dans ma chambre. Normalement, Heath et Adam se plaindraient et râleraient. Le fait qu'ils ne le font pas me donne l'impression d'être une pitoyable Dakota. Peu importe, je m'en fiche. Je dois le dire à quelqu'un.

Nous nous asseyons sur mon lit. Je ne sais pas comment le leur dire. Ça sonne si ridicule dans ma tête. Je n'arrête pas de me demander si je devrais appeler Sienna. Je ne veux pas lui voler la vedette avec ses fiançailles, mais je ne veux pas non plus qu'elle se sente exclue.

Tant pis.

— J'appelle Sienna.

Je sors mon téléphone tandis que Ginny et Reagan échangent un regard inquiet.

— Ça va ? demande Reagan. C'était si dur de voir Maverick ?

— Affreux, dis-je honnêtement.

Sienna répond et j'incline le téléphone pour qu'elle puisse voir tout le monde.

— Qu'est-ce qui se passe ? demande-t-elle.

Je déglutis et regarde mes meilleures amies.

— Johnny et moi nous sommes mariés à Vegas.

La chambre est si silencieuse que j'entends les garçons et la télévision dans le salon. Ils regardent les matchs éliminatoires de la NBA. Il y a dû y avoir un retournement de situation, car ils parlent avec excitation. Je cherche à me concentrer sur n'importe quoi, tout, sauf le silence et les visages bouche bée et incrédules de mes filles préférées.

Sienna est la première à se remettre de la nouvelle.

— Quand tu dis mariés, tu veux dire...

Je lève ma main gauche.

— Mariés.

Ginny se met à glousser. Elle plaque une main sur sa bouche et agite l'autre.

— Pardon, lance-t-elle avant d'éclater de rire.

Reagan l'imite, puis Sienna et moi faisons de même.

— Je sais, dis-je.

Un mélange de larmes de joie et de tristesse coule sur mon visage.

— C'est absolument ridicule. Je voulais vous le dire, mais… je ne sais pas. J'avais peur que vous me disiez à quel point c'était fou. Je veux dire, je sais. Je le savais, mais une petite partie de moi voulait aussi en profiter. Et puis, celle-là s'est fiancée, dis-je en montrant le téléphone. Je suis tellement heureuse pour toi. Pardon de gâcher ton enthousiasme avec mon mariage désastreux. Tu vas te marier et moi, je vais demander une annulation.

— Attends, tu vas annuler le mariage ?

Les rires s'éteignent lorsque Reagan pose une main sur ma jambe.

— Eh bien, oui. C'était un flirt d'été et une décision impulsive sous l'effet de l'alcool.

Je partage une photo avec Sienna et la montre ensuite à Ginny et Reagan. C'est la seule que j'ai prise le soir de notre mariage. Nous ne voulions pas prendre le risque que la chapelle publie les photos et nous dévoile au grand jour, donc nous n'en avons pris qu'avec nos téléphones. Nous étions assez lucides pour ne pas faire la une avec un mariage à Las Vegas, mais c'est tout.

— Tu es magnifique et vraiment heureuse, dit Ginny en posant sa tête sur mon épaule. Tu es sûre que vous ne pouvez pas vous réconcilier ?

— Et puis quoi ? Il est là-bas. Je suis là.

— Mais vous êtes mariés, gémit Reagan.

— Oooooh. Les Converses blanches bling-bling prennent tout leur sens maintenant !

— Et attends, c'est ton alliance ?

Ginny touche l'élastique rouge.

— C'est toute une histoire, me justifié-je en rougissant au souvenir flou de lui et moi contre la fenêtre de notre suite à Las Vegas, mes poignets attachés par le mince élastique.

— Tu l'aimes ? demande Reagan.

Je regarde mes mains et hoche la tête.

— Oui. Je l'aime vraiment énormément.

TRENTE-NEUF
JOHNNY

Si j'avais pu, je serais parti reconquérir Dakota il y a des jours, mais Blythe a rempli mon emploi du temps de rendez-vous presse et de promotions, donc à la place, j'ai passé la semaine à remplir mes obligations, à déplacer tout ce qui était prévu la semaine prochaine et à planifier. Je n'ai jamais autant planifié ma vie. Je crois cependant que j'ai un vrai don pour ça.

Jusqu'ici, j'ai envoyé des fleurs, des chocolats, des ballons, des cadeaux qui me rappelaient elle et aussi un million de photos de Charli et moi avec : « Je suis désolé, s'il te plaît, pardonne-moi ».

Dakota n'a jamais répondu et je ne m'attendais pas à ce qu'elle le fasse. J'ai foiré en beauté. Quelques cadeaux ne vont pas lui faire oublier ça. D'autre part, nous devons régler ça en personne. Les cadeaux et les messages sont simplement là pour m'assurer qu'elle sait à quel point je suis désolé.

Samedi matin, je me réveille quand quelqu'un frappe à la porte et crie dans le couloir.

— Il n'y a personne ! crié-je en roulant sur le côté.

Je dors toutes les nuits sur cet affreux canapé rose rien que pour me sentir proche d'elle. Je ne pourrai probablement jamais récupérer mon dos d'avant. C'est tellement inconfortable.

— Ouvre la porte, *Maverick*.

Je me fige devant la voix de baryton amusée et dédaigneuse. Je sais qui c'est. Mon pouls s'accélère et je me redresse. Charli, cette traîtresse, court à la porte et a l'air heureuse quand j'ouvre au père de Dakota.

— Salut, Jerry. Ravi de vous voir, monsieur.

Je passe une main sur ma tête ensommeillée et jette un coup d'œil furtif à l'appartement en désordre.

— Tu as oublié de mettre un tee-shirt, me fait-il remarquer en entrant.

— Euh, entrez. Dakota n'est pas là.

— Sans blague.

Il regarde autour de lui pendant que je trouve mon tee-shirt et que je l'enfile. Il s'arrête sur les bouteilles d'alcool vides dans la cuisine.

— Je n'attendais personne, dis-je.

— C'est évident.

— Qu'est-ce que vous faites là ?

Je jette un tas de plats à emporter et de bouteilles vides dans la poubelle.

— Je suis venu chercher ses meubles.

— Oh, dis-je en hochant la tête. J'aurais dû les lui rendre.

Il trouve rapidement sa chambre et prend d'abord le chevet. Il a des muscles très costaud pour un vieux monsieur, du genre qui ont été développés à force d'être constamment utilisés. Cependant, je me rappelle qu'il s'est fait mal au dos la dernière fois, donc je me précipite.

Sans un mot, il me laisse faire et, ensemble, nous remplissons la remorque attachée à son pick-up. Je fais un pas en arrière sur le trottoir, les mains dans les poches. Tout ça donne un aspect de finalité. J'ai toujours su qu'elle devait retourner à l'école, mais je suppose que j'espérais que c'était ça qui était temporaire, pas nous.

— Dakota m'a raconté ce que tu as fait, dit Jerry, et mon cœur se brise. Comment tu lui as obtenu le stage et le contrat de partenariat.

— Oh.

Je suppose que de toutes les choses qu'elle aurait pu dire à son père, c'est la moins risquée.

— Elle le méritait. C'est une travailleuse acharnée et si intelligente.

— C'est difficile de ne pas pouvoir donner à son enfant tout ce qu'il veut. Il y a des choses que l'on ne peut pas contrôler. Merci pour ce que tu as fait.

Il contemple le sol en disant cela. C'est à ce moment-là que je réalise que Jerry est mal à l'aise en me remerciant. D'une certaine manière, je me sens encore plus mal. Je ne mérite pas ses remerciements et il ne le ferait pas s'il savait combien j'ai tout gâché pour elle.

— Elle a fourni un boulot incroyable.

C'est vrai.

Il me regarde avec ses yeux de papa qui sait tout.

— J'ai faim. Il y a un endroit dans le coin pour prendre un petit-déjeuner ?

— Oui, il y en a pas mal où on peut y aller à pied.

Il ferme la voiture et commence à marcher, avant de s'arrêter quelques mètres plus loin.

— Tu viens ou quoi ?

J'emmène Jerry au café où Dakota et moi sommes allés plusieurs dimanches avec Charli. Il commande la même chose qu'elle, mais je le garde pour moi.

— Alors, tu as bien merdé, hein ? me lance-t-il en me prenant à nouveau au dépourvu.

— Vous êtes au courant ?

Oh, merde. Peut-être qu'il m'a fait venir ici pour me botter le cul en public.

— Elle ne m'a rien dit, mais elle n'est pas là et tu as une sale gueule. Je suis vieux, mais pas idiot.

Bon sang, il ne se démonte pas. Je décide donc que moi non plus. Je lui raconte tout. Bon, presque tout. Je lui fais une version courte en lui expliquant comment je lui ai trouvé le stage et comment j'ai tout gâché pour elle. J'omets la partie où nous avons décidé d'être un plan cul tout l'été. En vérité, nous n'avons jamais été que ça. Nous le savons tous les deux. Nous nous sommes focalisés sur le sexe pour éviter d'y penser. Avoir une relation traditionnelle n'aurait jamais marché pour nous. Nous sommes différents. Elle a raison là-dessus. Ces différences nous auraient empêchés de voir à quel point nous nous ressemblions.

— Je l'aime et elle me manque énormément. Comment va-t-elle ?

— Elle est de retour à Valley. Elle a l'air d'aller bien. Désolé si tu espérais qu'elle pleure à chaudes larmes pour toi tous les soirs.

— Je ne l'espère pas du tout. Je ne veux pas qu'elle se sente comme ça, riposté-je en agitant une main devant moi.

Il mâche sa bouchée et m'observe attentivement.

— Je vais la reconquérir. Ou au moins essayer. Je serais bien parti, mais j'avais des engagements que je ne pouvais pas annuler.

Il hoche la tête, compréhensif.

— Parfois, les gens ont besoin de se retrouver seuls.

— Vous voulez dire que je ne devrais pas aller la voir ? Parce que je ne pense pas pouvoir rester ici en espérant qu'elle change d'avis. J'ai besoin d'elle.

— Non, je ne dis pas ça, mais elle pourrait avoir besoin de temps.

— Je respecte ça, mais je dois lui dire ce que je ressens, dis-je en baissant les yeux. Je sais que les traditions et la famille sont importantes pour Kota. Elle parle de vous avec beaucoup d'affection. Et de sa mère. De cet horrible canapé rose.

Il rit un tout petit peu.

— Mes parents… on n'est pas proches. Mais Kota, elle est comme ma famille. C'est pour ça que je l'aime et que j'ai besoin d'elle. J'ai merdé, c'est vrai. C'est un peu mon truc. Demandez à mon père. Elle a été virée de son poste, mais je dois réparer ça coûte que coûte.

Le creux que j'ai eu dans l'estomac toute la semaine s'agrandit.

— C'était tellement bête. Je voulais que tout le monde sache qu'elle était à moi. Elle m'a demandé de ne pas le faire, mais je l'ai fait quand même et elle en a payé le prix.

Je ne sais pas pourquoi je dis ça à Jerry. Il ne va jamais m'approuver, donc autant qu'il sache à quel point je suis nul.

— Ça vous est déjà arrivé d'être tellement excité par quelque chose que vous ne pouviez pas le garder pour vous ? Qu'il fallait que vous le disiez à quelqu'un, sinon vous alliez exploser ? demandé-je sans attendre sa réponse. C'est ce que j'ai ressenti. Je n'ai pas réfléchi. Je voulais juste que tout le monde sache à quel point elle comptait pour moi.

Je m'agite sur ma chaise en me souvenant de cette matinée. J'aurais aimé que ça se passe différemment.

— Si elle leur avait dit qu'on était mariés, ils n'auraient pas pu la renvoyer.

Je relève brusquement la tête. Oh, merde.

Les sourcils de Jerry se haussent et sa fourchette tombe en tintant dans son assiette.

— Il va falloir que tu répètes ça. Reprends depuis le début et n'oublie rien cette fois, *Maverick*.

QUARANTE

DAKOTA

Dimanche matin, ou le jour où je suis devenue folle, je me réveille en entendant Heath et Ginny en train de préparer le petit-déjeuner dans la cuisine. Enfin, c'est Ginny qui le fait. Elle avait tellement hâte de quitter sa cité universitaire pour pouvoir cuisiner autre chose que des pâtes au goût de carton.

Son petit ami est assis sur le plan de travail à côté d'elle pendant qu'elle fait frire du bacon.

— Qu'est-ce que tu fais ? demandé-je de l'autre côté du plan en regardant le courrier de la veille.

— Des omelettes. Tu en veux une ?

Je secoue la tête en apercevant une enveloppe qui m'est adressée. Cela vient de mon lycée. On dirait qu'ils ont fini par me trouver. Non pas qu'ils n'aient pas envoyé de courriers chez mon père, mais au moins, je pouvais faire croire que je ne recevais rien. Je l'ouvre et lis la lettre qui m'invite à une cérémonie de remise de trophée à la mi-temps du match de rentrée dans deux mois.

— On a reçu autre chose ?

Ils échangent un regard avant que Ginny me réponde :

— C'est tout.

Ah. Johnny a arrêté de m'envoyer des cadeaux et des fleurs. Je n'ai rien reçu depuis vendredi. Il a peut-être fini par lâcher l'affaire. J'aurais aimé me réjouir de ça. J'ai commencé à l'appeler si souvent, mais une part de moi ressent le besoin de lui accorder de l'espace, afin qu'il sache s'il veut réellement de moi ou s'il fait ça seulement parce que j'étais un petit bout de chez lui.

— Oh ! On va au cinéma ce soir, s'exclame mon amie, me sortant de mes pensées.

— Voir quoi ?

Aucun des deux ne répond tout de suite.

Heath se racle la gorge.

— Il y a ce nouveau film d'action.

— Sans moi, dis-je, et Ginny le frappe.

— Il voulait dire une comédie romantique, dit-elle en se tournant vers moi avec des yeux de chien battu. S'il te plaît ? Tu dois venir. On y va tous. Ce sera amusant.

— Je ne suis pas vraiment d'humeur à faire une grande sortie de groupe. En plus, je travaille au *Hall of Fame*.

— Ce soir ?

— Oui, il y a une sorte d'événement pour l'équipe de basket. En tout cas, merci pour l'invitation.

J'emporte la lettre dans ma chambre et la pose sur mon bureau. Il est peut-être temps d'affronter le passé et d'avancer. C'est le problème quand on a le cœur brisé en mille morceaux, les autres fissures et fêlures d'avant semblent bien moins graves.

Quand j'arrive au *Hall of Fame,* j'arrive à me plonger directement dans le boulot et à oublier tout le reste. L'équipe de basket de Valley organise une soirée chic pour la promotion d'un des entraîneurs. Il y aura un dîner, des cocktails et beaucoup de rires.

Je me faufile entre les invités en m'assurant que tout le monde est satisfait. J'aurais déjà pu partir. J'avais seulement besoin d'être là pour tout installer, mais mes amis sont allés au cinéma ce soir et rester toute seule à la maison, ça a l'air bien pire que travailler.

J'affiche un sourire narquois quand j'aperçois l'homme de la soirée qui se cache dans un coin, loin des gens qui sont venus pour lui. J'attrape une bière au bar et l'apporte à Wes Reynolds, le nouvel entraîneur principal de l'équipe de basket masculine. C'est le plus jeune coach de l'histoire de l'université.

— Merci. J'ai cru que j'allais devoir choisir entre abandonner ma cachette et prendre une boisson fraîche.

— Pas de problème. Vous vous cachez pour une raison particulière ? Je peux faire quelque chose ?

— Non, c'est génial. Je n'ai jamais eu de fête organisée en mon honneur. C'est un peu déconcertant. J'avais envie de prendre quelques minutes pour m'imprégner de tout ça sans avoir à parler à qui que ce soit.

Il contemple fixement la fête. Je n'arrive pas à déchiffrer son expression : de l'excitation, de la nervosité, de l'étonnement ?

— Félicitations, Coach.

Ma patronne me fait signe à l'autre bout de la pièce.

— Profitez de cette soirée. Ne vous cachez pas trop longtemps. Beaucoup de gens veulent partager ça avec vous.

— Merci, dit-il sans bouger. Peut-être juste cinq minutes de plus.

En riant, je me dirige vers ma cheffe, Régina.

— Je croyais que vous étiez déjà partie, dit-elle en souriant.

Elle n'a pas dit un mot sur les heures supplémentaires que j'ai effectuées ni même demandé pourquoi je revenais plus tôt.

— J'ai décidé de rester dans les parages. J'ai dépointé, ne vous inquiétez pas.

— Non, je suis contente que vous soyez là. Il faut qu'on visionne une nouvelle vidéo pour la salle high-tech et je suis très occupée.

— Ce soir ?

Elle hésite.

— Il y a une visite tôt demain matin et j'espérais pouvoir l'utiliser.

— D'accord. Bien sûr. Je peux la regarder.

Quel autre choix ai-je ? Rentrer chez moi et bouder ? Non merci.

Elle me tend une tablette.

— Merci, Dakota. Je l'ai renommée « Clip Dakota ».

— Ça devrait être facile à trouver, dis-je avec un petit rire.

Je tape le code pour entrer dans la salle high-tech et les portes s'ouvrent. C'est un peu bizarre d'être ici toute seule. Je l'ai déjà fait quand nous faisions des tests et réparions des défauts, mais d'habitude, nous visionnons les vidéos sur l'ordinateur. Ou alors, peut-être que Régina les regarde ici et que je n'ai jamais eu l'occasion de le faire.

Peu importe. Je clique sur « Clip Dakota ». Je ne lui ai même pas demandé de quel sport il s'agissait. Ces vidéos sont géniales, elles pourraient rendre n'importe qui fan de sport.

La musique démarre d'abord. Elle est plus lente que les autres, mais avec de fortes basses. J'adore. Elle me dit quelque chose, mais je n'arrive pas à me rappeler où je l'ai entendue.

Quand la première image apparaît sur le mur d'écrans, je pousse un cri. C'est moi. Je n'ai jamais vu cette photo auparavant, mais elle date de cet été. Je suis assise sur le canapé rose, un sourire taquin adressé au photographe. *Oh, Johnny, qu'est-ce que tu as fait ?*

Des photos de notre été ensemble apparaissent devant moi. Il en a pris tellement, je suis choquée. Ce ne sont pas que des photos aléatoires de huit semaines de la vie de deux personnes. C'est un montage de deux individus qui tombent amoureux. Je suis frappée par le fait que je n'avais aucune chance. Je referais tout, même en sachant que j'en aurais le cœur brisé. Je prendrais tous les risques pour lui. Non, j'ai tout risqué. Bien sûr, je peux lui en vouloir pour ce qu'il a fait à la fin, mais je savais ce que je faisais et j'ai décidé que ça en valait la peine. Pourquoi était-ce si dur de se souvenir de ça quand tout ce que je craignais est arrivé ?

Trois minutes et douze secondes, c'est le temps qu'il me faut pour retomber amoureuse. Les larmes aux yeux et le sourire aux lèvres, je dois taper le code deux fois parce que mes doigts tremblent.

En sortant, j'ai déjà le téléphone à l'oreille pour l'appeler. Je me fige quand je l'aperçois. Je ne sais pas pourquoi je ne me suis pas dit qu'il pourrait venir, mais je suis tellement contente qu'il l'ait fait. Johnny se tient là, vêtu d'un jean sombre et d'un tee-shirt blanc, les cheveux brossés et coiffés. La mâchoire serrée et stressé, il fronce les sourcils en me regardant.

J'ai passé l'été à voir diverses facettes de lui : apprêté, décontracté, torse nu, à la maison, au travail, avec ses amis, avec Charli, et rien que nous deux. Je l'ai vu en colère, triste, heureux, sérieux, satisfait, joueur, fatigué, blessé et un million d'autres humeurs. Il ne m'a jamais rien caché. Il ne s'est jamais retenu.

Moi non plus, dans ce cas. Je cours vers lui et me jette à son cou pour le sentir.

— Johnny.

— Kota.

Il me prend dans ses bras et s'empare de ma bouche. Il s'excuse sans cesse en m'embrassant tendrement, les mains dans mon dos et mes cheveux. Puis il me prend le visage.

— Je t'aime tellement. Dis-moi que je n'ai pas gâché ma seule chance. J'ai trop besoin de toi.

J'ai aussi besoin de lui. J'ai besoin de lui malgré et à cause de son ridicule.

— Je t'aime aussi. Follement et sauvagement, c'en est ridicule.

Il sourit.

— Qu'est-ce qu'on va faire ?

Je n'ai pas de réponse, mais je sais que je ne laisserai pas tomber notre relation sans me battre.

— On verra bien, mais pour l'instant, ramène-moi à la maison, Johnny Maverick.

Nous sortons de la chambre seulement l'après-midi suivant.

— Pardon, dis-je doucement en sillonnant du doigt son nouveau tatouage sur son torse.

C'est un canapé rose avec mon nom en lettres cursives au bord. C'est son premier tatouage coloré.

— Pour quoi ?

Il passe ses doigts dans mes cheveux.

— Je n'aurais pas dû partir. Ce n'était pas seulement à cause de tout ce qui se passait avec les Wildcats. J'avais peur. Tout allait trop vite et je ne savais pas où commençait le réel et où s'arrêtait ce style de vie fou et amusant à la Maverick.

Son rire profond secoue sa poitrine.

— Je sais. Je suis compliqué.

Je me lève pour pouvoir regarder dans ses yeux noisette.

— Je t'aime. Je suis désolée de ne pas t'avoir accordé plus de crédit. Tu es peut-être compliqué, mais tu es aussi la personne la plus sincère et la plus fidèle que je connais.

Il pose une main sur mon front comme pour prendre ma température.

— Tu as la fièvre Maverick ? Est-ce qu'on a tellement fait l'amour que tu as fait une overdose ?

— Je suis sérieuse, dis-je quand il m'attire sur lui et resserre ses bras autour de ma taille. Ce que tu fais pour les gens, ils se sentent importants, c'est quelque chose d'incroyable. Tu es un homme bien. Le meilleur, en fait.

J'incline mon visage vers le sien et il embrasse mes lèvres déjà gonflées.

Je repose la tête sur son torse, la tête posée sur son cœur.

— Quand dois-tu repartir ?

— Demain.

— Alors, restons ici toute la journée.

Il embrasse le sommet de mon crâne.

— Je ne peux pas. Nous avons beaucoup de choses à régler.

Je râle.

— Regarde-toi, toi qui es toujours en train de tout planifier. Je n'aurais jamais pensé voir ce jour.

— On ne peut pas profiter d'aujourd'hui sans aborder le fait que je ne te reverrai plus jamais ?

— C'est Reagan la reine de la tragédie, bébé.

Je me redresse.

— Je suis sérieuse. J'ai vu ton emploi du temps. Il est dingue.

— Oui. Et alors ?

— Et alors ? répété-je en riant. On ne se verra jamais.

— Sexe par téléphone. Vibromasseurs à distance. Week-ends. Lettres cochonnes. Sextos. Tout un tas de solutions, bébé. On a à peine effleuré le sujet.

Il a l'air si sincèrement excité que je ne peux m'empêcher de sourire.

— Tu n'as pas hâte de vivre ta vie de star de la NHL ? Les voyages, les groupies et, je ne sais pas, les plans à trois à foison ?

Il éclate de rire.

Je le chevauche.

— Et si tu finissais par regretter d'avoir un boulet à des milliers de kilomètres de chez toi ?

— Ça n'arrivera pas.

— On pourrait faire ce qu'on a fait cet été.

— Baiser comme des lapins à la saison des amours ?

— Quand on est ensemble, oui, mais le reste du temps, tu serais libre de faire ce que tu veux.

Je m'imagine un tas de photos sur les réseaux sociaux de Maverick et de ses conquêtes et je dois me retenir de ne pas retirer ma proposition.

— Et tu ferais la même chose ici à Valley ?

— Oui, dis-je en haussant les épaules.

Qui peut passer après Johnny Maverick ? Qui pourrait être comparable à lui ?

— Hors de question. Je n'ai pas assez d'argent pour payer ma caution chaque fois qu'un type te draguera. Pour être honnête, je n'ai pas envie d'être libre de faire ce que je veux sur la route. C'est toi que je veux. Ce n'est qu'un an. Ensuite, tu pourras être ma femme trophée.

J'arque un sourcil.

— Ou ma copine. Tout ce que tu voudras.

— Je veux travailler.

— D'accord, soupire-t-il. J'avais vraiment hâte d'avoir une femme au foyer des années 50 qui m'accueille en talons hauts et en soubrette, une bière à la main, et qui me demande comment s'est passé ma journée.

Je le pince et il rit.

— Je plaisante, mais on pourrait peut-être faire des jeux de rôle, parce que je viens d'avoir une image en tête... très excitante.

Je fixe du regard le nouveau tatouage. Je n'arrive toujours pas à croire que cet homme s'est fait tatouer mon nom sur son corps.

— Je soutiendrai toujours tes rêves. J'espère que certains d'entre eux sont des fantasmes... mais je m'éloigne du sujet. Mon contrat est de deux ans. Après quoi, on prendra les décisions ensemble. Tu veux être une grande patronne, alors je resterai à la maison en bon homme au foyer. Peut-être que je porterai une soubrette et des talons hauts.

— En voilà une idée.

— Dis simplement que tu seras à moi, Kota. Tout le reste me va.

Je hoche la tête.

— Oui ?

Il esquisse un petit sourire en coin.

— Comment pourrais-je refuser d'avoir un mari au foyer ?

— Mari ? Tu as dit « mari » ?

— Légalement, tu l'es toujours.

Il se penche sur le bord du lit et attrape son jean.

— Ta réponse à ça, c'est de t'habiller ? Sérieux ?

J'admire ses fesses fermes et les muscles de son dos. Quand il remonte, il tient une boîte noire dans sa main. Mes poumons se vident alors de tout oxygène.

— Je comptais attendre. T'emmener d'abord à un tas de rencards très chics. T'inviter à dîner, t'impressionner avec toutes sortes de gestes romantiques. J'allais le faire de la bonne manière cette fois-ci, mais c'est dans les moments tranquilles comme celui-ci que je me sens le plus proche de toi.

Il ouvre l'écrin et une magnifique bague scintille devant moi.

— Épouse-moi, Dakota. Aujourd'hui. Demain. Dans un ou cinq ans. Comme tu veux. Je te promets de ne jamais cesser de te montrer à quel point tu comptes pour moi. Mon amour pour toi est démesuré, grand et fou.

— Je ne voudrais pas qu'il en soit autrement, Johnny Maverick, dis-je en regardant à nouveau la bague. Elle est magnifique.

Il la sort de la boîte et la glisse à mon annulaire.

— Ton père m'a aidé à la choisir.

— Pardon ?

— Après que j'ai fait la gaffe de lui dire qu'on s'était mariés à Vegas.

Je crie.

— Tu n'as pas fait ça !

— Si. Désolé.

Il grimace.

Oh non.

— Mais tu es toujours en un seul morceau.

— C'était tendu pendant quelques minutes, mais je lui ai dit ce que tu représentais pour moi et je lui ai promis que je passerais ma vie à te rendre heureuse.

— Qu'est-ce que je fais de ça ?

Je tords l'élastique rouge autour de mon doigt. Je ne l'ai pas enlevé depuis Las Vegas.

Il le fait passer par-dessus la bague, puis prends mon doigt dans sa bouche pour l'enlever. L'élastique rouge entre les dents, il s'allonge sur moi.

— Les mains au-dessus de la tête, bébé.

QUARANTE-ET-UN
DAKOTA

Deux mois plus tard

Le beau visage de Johnny me regarde sur l'écran.

— Tu le portes ?

— Oui.

Je lève les yeux au ciel, mais baisse mon téléphone pour lui montrer que je porte le maillot des Wildcats qu'il m'a envoyé. Son maillot.

— Tu devrais plutôt porter le maillot du Frozen Four, peut-être. Celui que j'ai fait avec les couleurs de Valley.

— J'y ai déjà pensé.

Je soulève le maillot pour lui montrer que je le porte dessous.

— Tu vas gérer.

Il souffle en faisant gonfler ses joues. Ses cheveux noirs sont coiffés en arrière et il porte ses protections et son maillot pour son premier match.

— J'aimerais que tu sois là.

— Moi aussi.

— On fait l'amour par téléphone après ?

— Oui, et je t'envoie un petit quelque chose tout de suite.

J'envoie le message et j'attends qu'il le reçoive.

Il s'esclaffe.

— Mes deux filles préférées.

Je tapote la tête de Charli et Johnny lui roucoule des mots d'amour avec sa petite voix qu'il n'utilise qu'avec sa chienne. Nous avons décidé que puisqu'il voyageait autant, ce serait plus simple que Charli reste quelques mois chez moi. Elle et moi nous entendons à merveille, mais son homme lui manque. À moi aussi.

— Maintenant, va tout déchirer. Je veux vanter les mérites de mon mari super sexy et super talentueux à toutes mes amies. On va regarder le match et appeler Rhett et Sienna en visio. Même mon père va regarder. On est tous si fiers de toi.

— Je savais que Jerry finirait par m'aimer, dit-il en souriant avant de reprendre son sérieux. D'accord. Je t'aime. Je t'appelle plus tard.

Nous nous rassemblons dans le salon pour le match. Sienna et Rhett regardent depuis le Minnesota, mais Ginny les a appelés sur son ordinateur, donc c'est comme si nous étions tous ensemble pour regarder le premier match professionnel de Johnny.

Son stress était totalement injustifié. Les Wildcats mènent rapidement. Johnny fait une passe décisive au premier tiers-temps et quelques secondes avant la fin du match, il tire un palet qui passe au travers du gardien et illumine le tableau des scores.

Heath bondit et hurle. Il court dans tout le salon, enlève son tee-shirt et l'agite au-dessus de sa tête. Pendant que nos amis fêtent ça, je contemple la télévision, les larmes aux yeux. Je suis tellement fière de lui.

Il m'appelle dès qu'il a terminé les interviews et qu'il se rend à l'aéroport avec l'équipe.

— Félicitations !

Il sourit.

— Tu es mon porte-bonheur.

— Il faut que tu appelles Heath. Il est devenu fou quand tu as marqué ce but.

— D'accord. D'abord, consulte ta boîte mail.

— Ma boîte mail ?

— Oui. Je viens de t'envoyer quelque chose.

— D'accord.

Je me dirige vers mon bureau et ouvre l'e-mail de Johnny. Je le parcours rapidement et, en bas, je vois la photo de lui sous la douche, prise lors de la séance photo que nous avons faite cet été.

— Je ne comprends pas.

— Mon père m'a appelé après le lancement. Apparemment, ça n'a pas marché aussi bien qu'ils l'espéraient.

Je me mords la langue. J'en veux encore à son père pour sa gestion de l'affaire. Pas les photos, je peux supporter qu'on critique mon travail, mais je ne supporte pas que cet homme qui est censé aimer Johnny d'un amour inconditionnel, le traite mal.

— Il voulait renégocier, mais je lui ai dit que la seule chose que j'acceptais si je devais être le visage de la nouvelle gamme de *Maverick Company*, c'était d'utiliser tes idées. Toutes tes idées.

Je remonte le message et le lis plus attentivement pendant qu'il parle.

— Ils ont créé un nouveau parfum appelé « Rebelle ». Johnny Maverick porte « Rebelle ». Il sera lancé demain. Ils utiliseront tout ton contenu, les photos que tu as sélectionnées, les vidéos des coulisses, tout. Ton chèque est joint au courrier.

— Mon chèque ?

— Une petite prime de la part de JM Holdings pour exprimer sa reconnaissance.

— Johnny, le réprimandé-je.

Je sais que nous sommes mariés, mais je ne sais pas si je m'habituerai un jour à ce que son argent soit notre argent.

— Si tu ne veux pas t'offrir un cadeau, alors utilise-le pour venir me voir le week-end prochain. Invite toute la bande.

Et voilà. Je parie que lorsque je recevrai le chèque, il correspondra au montant exact pour m'emmener moi et tous nos amis, dans le Minnesota.

— Je t'aime.

— Je t'aime aussi, bébé. Je t'appelle dès que je rentre à la maison. Sois à poil.

C'est ainsi que se déroulent les premiers mois. Nous parlons tous les jours. Je l'encourage à distance et à la patinoire des Wildcats où j'ai passé tant de temps cet été. Je passe du temps avec mes amis, travaille au *Hall of Fame*, étudie et compte les minutes entre chaque retrouvaille et chacun de ses appels.

Un week-end froid d'automne, Johnny a deux jours de libres et nous nous rendons au Kansas ensemble. La cérémonie a lieu à la mi-temps du match de rentrée. Papa et Johnny regardent depuis la ligne de touche. Nerveuse, je m'avance sur le terrain de foot avec les autres anciens athlètes qui sont intronisés au Panthéon.

M. Hote, mon ancien entraîneur, se trouve sûrement quelque part dans les gradins, mais j'ai demandé que ce ne soit pas lui qui me remette la récompense. Je garde les yeux rivés sur Johnny et mon père qui m'applaudissent. Un trophée est sûrement moins important que les gens qui ont répondu présents.

La cérémonie se termine en quelques minutes et je me sens un peu bête d'avoir attendu toutes ces années pour revenir.

— Tu veux regarder le reste du match ? me demande mon père quand je retourne à nos sièges.

— Non, je crois que ça ira. Merci à tous les deux d'être venus.

Papa me serre fort contre lui.

— Ta mère serait très fière.

Johnny me prend la main et nous nous dirigeons vers le pick-up.

— Dakota !

Je me retourne et vois le coach Hot courir vers nous. Il est vraiment bel homme. Il a bien vieilli avec ses cheveux blond foncé et ses yeux bleus pétillants. Seules les petites rides trahissent qu'il a la quarantaine.

— Coach, dis-je en serrant fort la main de Johnny.

Mon mari fait un pas en avant et se place devant moi. J'évite le regard de mon père. S'il savait que cet homme, qui venait souvent me chercher et me ramener à la maison, a essayé de coucher avec moi, il le tuerait et sûrement moi avec de le lui avoir caché.

Le coach Hot doit comprendre qu'il n'est pas le bienvenu, car il lève les deux mains.

— Je voulais juste te féliciter. Tu étais une grande coureuse. J'ai été triste d'apprendre que tu avais arrêté. J'espère que ce n'était pas à cause de notre malentendu, dit-il avant de regarder mon père. Les coups de cœur, ça arrive. L'adolescence peut être très déroutante, surtout pour les filles.

Son regard se pose à nouveau sur moi et je reste figée. Oh, mon Dieu, est-ce qu'il essaie de leur faire croire que j'étais amoureuse de lui et qu'il m'a repoussée ? Je suis tellement en colère que je n'arrive plus à respirer.

— Tu as l'air en forme. Combien de temps restes-tu en ville ? On pourrait rattraper le temps perdu.

Johnny me tient fortement et je le serre tout autant pour le garder à mes côtés. Je n'ai pas envie qu'il se batte et qu'il soit suspendu ou qu'il finisse au tribunal.

— Espèce de fils de pute.

Papa s'avance et lui assène un coup de poing qu'aucun d'entre nous n'a vu venir. Encore moins le coach Hot. Il grimace et secoue sa main.

— Ne vous approchez pas de ma famille. Sinon, j'emprunterai la crosse de hockey de mon gendre et il me montrera comment l'utiliser sur vos reins.

Le coach s'essuie le coin de la bouche où sa lèvre est fendue. Je reste sans voix en regardant mon père.

Bon sang de bonsoir. Johnny m'éloigne et papa passe son bras autour de mes épaules comme si de rien n'était.

— Qui veut de la pizza ?

ÉPILOGUE

Johnny

Par un beau week-end de juillet, j'organise une fête. Une grosse fête monumentale. À la Mr et Mrs Maverick.

— Cette fois, tu t'es vraiment surpassé, dit Heath.

Il est assis à côté de moi à une table recouverte d'une nappe en lin blanche et décorée avec des bouquets colorés. De si nombreux bouquets. Des roses de toutes les couleurs. Des bougies, des guirlandes, de la musique, de la danse, à manger et une pièce montée.

Tout ça pour elle.

Dakota croise mon regard sur la piste de danse. Les filles et elle sont regroupées en cercle et dansent en rythme en braillant les paroles. Je ne l'entends pas d'ici, mais je perçois d'où sa voix monte. Le bonheur. Mon chez-moi. Ma femme.

Un an après notre mariage à Las Vegas, nous fêtons notre anniversaire avec le mariage que j'aurais dû lui organiser. J'ai des regrets, mais celui-ci ne fait pas partie de la liste. Tout de même, ça ne me ressemblerait pas de ne pas essayer de lui offrir tout ce qu'elle a raté.

— Et Ginny et toi ? Tu as déjà acheté une bague ?

— Sans ton aide ?

Il rit et engloutit la bière qu'il tient dans sa main. Après l'avoir vidée, il se lève.

— Bientôt. Je veux d'abord terminer mes études et toucher ma prime de début de contrat pour pouvoir lui acheter un gros diamant, dit-il en écartant en grand les bras.

Sans prévenir, Ginny se jette dans ses bras.

— Viens danser avec moi.

Il jette sa bouteille vide et la soulève.

— Excellente idée, poupée.

Je trouve Adam et Rhett épaule contre épaule au bord de la piste de danse, en train de regarder leurs copines.

— Messieurs, dis-je en m'interposant entre eux.

— L'homme de la soirée, dit Adam en brandissant son verre. Félicitations.

— Merci. J'apprécie que vous soyez venus.

Rhett bascule sur ses talons.

— Tu plaisantes ? On n'allait pas manquer ça. Qui aurait cru que tu serais le premier à te marier ?

— Que puis-je dire ? Je suis plus sage et plus mûr que vous autres, bande d'idiots.

J'éclate de rire. Bien sûr, je plaisante.

— J'ai de la chance. J'ai trouvé la bonne, j'ai des amis géniaux et je suis très beau en smoking.

— Tu fais propre sur toi, confirme Rhett. Tu auras l'occasion de le remettre le mois prochain.

— J'ai hâte.

Sienna et lui sont les suivants. Ils se marient dans une église dans la ville natale de Sienna. C'est l'été de l'amour. Le second de nombreux étés. Je pourrais bien organiser une fête d'anniversaire tous les ans.

— Je vais danser. On se retrouve à dix-sept heures comme on a dit ?

Je n'attends pas de réponse, je sais qu'ils sont là pour moi. Je me dirige vers ma femme. Maintenant qu'elle a fini son diplôme et qu'elle a déménagé dans le Minnesota, je la vois tous les jours. Je me réveille à ses côtés, rentre à la maison avec elle et elle continue à me couper le souffle.

— Ma petite femme, dis-je en la prenant par la taille et en l'attirant contre moi.

Elle porte une robe blanche et les Converses que je lui ai achetées.

— Oui, mon beau mari ?

— J'ai une surprise pour toi.

Ses yeux s'illuminent, excités et amusés.

— Évidemment.

Je l'entraîne loin de la piste de danse. Elle me prend par la main et j'entrelace nos doigts.

— Parce que la voiture, les bijoux et...

Je la fais taire en l'embrassant. Son rire doux se répand dans ma bouche. D'accord, j'ai acheté *quelques* cadeaux pour notre anniversaire. Que voulez-vous, j'aime gâter ma femme.

— Celui-ci est différent.

Certains de mes coéquipiers traînent à l'extérieur du chapiteau avec leurs amis.

Jack hoche le menton à notre approche.

— Félicitations !

— Merci, mec.

Declan me serre la main et serre Dakota dans ses bras.

Léo, Ash et Tyler tapent dans mon poing.

Quinn et Reese sont venus, eux aussi. Ensemble. Voilà un couple que je n'avais pas vu venir.

— On revient, les gars. Profitez de l'alcool, dis-je en serrant la main de Dakota.

À l'intérieur de notre maison – oui, c'est exact, nous sommes propriétaires –, je m'arrête dans l'entrée et embrasse ma femme. Nous avons acheté une maison non loin de celle de Jack. Je peux me rendre à pied chez presque tous mes coéquipiers.

— Johnny Maverick, m'as-tu arraché à notre fête pour faire l'amour ? La surprise, c'est ton pénis ? Parce que je l'ai déjà vu, dit-elle avant de se pencher et de baisser la voix. *Beaucoup*.

— Bébé, ma queue est toujours un cadeau, mais non.

Je l'attire dans le bureau au rez-de-chaussée. Nous venons d'emménager la semaine dernière et avons quelques projets pour faire de cet endroit la maison de nos rêves.

Dakota voulait une salle de sport et une cuisine du tonnerre. Moi, je voulais, non, j'avais *besoin* d'un salon où mettre la plus grande télévision possible et avec assez de fauteuils pour tous mes amis et coéquipiers. Et une dernière chose.

Sur l'étagère se trouve une photo encadrée de Kota et moi, prise il y a des années pendant que nous jouions aux sardines à Valley. Je pousse l'arrière de l'étagère juste derrière la photo et toute l'étagère se déplace.

Dakota sursaute quand le meuble pivote et révèle une pièce secrète.

— Johnny, crie-t-elle en entrant lentement.

Je la suis et lève les mains pour la regarder à travers la fenêtre que je forme avec mes pouces et mes index. Parfaite.

— C'est incroyable.

Elle tourne sur elle-même avec un sourire qui valait bien la peine de faire tout ça.

— On a enfin la meilleure cachette. On a environ cinq minutes avant qu'ils commencent à nous chercher.

— Tu as fait ça pour un jeu stupide ?

— Il n'y a rien de stupide là-dedans. Je garde beaucoup de bons souvenirs des nuits que j'ai passées à me cacher avec toi.

Elle enroule ses bras autour de mon cou.

— Et beaucoup d'autres à venir.

Merci d'avoir lu *Amour fou* !

PLAYLIST

"Twerkin in the Mirror" by Ying Yang Twins
  "If I Were U" by Blackbear feat. Lauv
  "Slow Motion" by Charlotte Lawrence
  "Let it Go" by DJ Khaled feat. 21 Savage and Justin Bieber
  "Sure Thing" by Miguel
  "Heartbreak Hotel" by Abigail Barlow
  "No Scrubs" by Sam Robs, Kelvin Wood
  "Wow" by Zara Larsson
  "Fuck Up the Friendship" by Leah Kate
  "Play with Me" by Bailey Bryan
  "Sweater Weather" by The Neighbourhood
  "Obsessed" by Mariah Carey
  "I Wanna Be Your Girlfriend" by Girl in Red
  "You & Jennifer" by bülow
  "We Belong" by Dove Cameron
  "Problems" by DeathbyRomy
  "Time of Our Lives" by Pitbull feat. Ne-Yo
  "Vices" by Mothica
  "Angels Like You" by Miley Cyrus

"Alone in My Car" by Niki Demar
"Champagne & Sunshine" by PLVTINUM feat. Tarro
"Frustrated" by Lauren Sanderson

AUTRES TITRES DE REBECCA JENSHAK

Les Nuits Du Campus

Tendre Passion

Plaisir Coupable

Cœurs Brisés

Amour Fou

Série Smart Jocks

Passe décisive

Droit au but

Un entre-deux

La Feinte

Remise en jeu

www.ingramcontent.com/pod-product-compliance
Lightning Source LLC
Chambersburg PA
CBHW031004190726
48285CB00004BB/1472